AU JOUR LE JOUR

DU MÊME AUTEUR

ROMANS

Comment Thomas Leclerc 10 ans 3 mois et 4 jours est devenu Tom l'Éclair et a sauvé le monde, Belfond, 2015

Nueva Königsberg, Philippe Rey, 2009

La Petite Cloche au son grêle, Philippe Rey, 2008 et Le Livre de Poche, 2013

Prix littéraire l'Attrap'cœur 2015
Madeleine d'or du Cercle proustien de Cabourg 2009
Prix Complètement livres 2009
Prix Biblioblog 2009
Lauréat du festival du Premier Roman de Chambéry 2009
Lauréat du festival du Premier Roman de Laval 2009

ESSAI

La Société du hold-up, Mille et Une Nuits/Fayard, 2012

DIVERS

5x24 – 5 auteurs en immersion, avec Camille de Peretti, Manon Moreau, Jean-Paul Didierlaurent, Lionel Salaün, Actusf, 2016

Mythiq 27 – 27 auteurs écrivent 27 lignes sur 27 artistes morts à 27 ans, Artaq, 2013

PAUL VACCA

AU JOUR LE JOUR

Roman

belfond

Éditions Belfond,
12, avenue d'Italie, 75013 Paris.
Pour le Canada,
Interforum Canada, Inc.,
1055, bd René-Lévesque-Est,
Bureau 1100,
Montréal, Québec, H2L 4S5.

ISBN 978-2-7144-5891-9

Belfond | un département **place des éditeurs**

place
des
éditeurs

À Laurence et Anne,
mes Uniques, mes Capitales

« Eugène Sue atteint le sommet rêvé par tout romancier,
il réalise ce que Pirandello ne fera qu'imaginer :
son public lui envoie de l'argent pour secourir
la famille Morel. »

Umberto ECO

Il a laissé derrière lui l'écume scintillante des salons, leurs lustres éblouissants, les bulles de vin de Champagne et les rires flûtés. Et puis ses habits de lumière aussi. Il a troqué bottines cirées, redingote de velours, pantalon à rayures, étole chamarrée, chapeau, gants jaunes et canne à pommeau d'ivoire contre un déguisement parfaitement grotesque : une blouse d'ouvrier peintre maculée, une marinière, une casquette de marlou, un pantalon en toile grossière et des godillots crottés.

Par cette nuit sans lune, alors qu'il traverse le pont au Change, seul, il se demande encore si c'est une bonne idée. La Seine est d'un noir si profond qu'elle semble charrier de la mélasse. Sombre présage. Où va-t-il ? Pourquoi avoir accepté ce pari stupide ? Après tout, il est encore temps de faire demi-tour…

Mais, une fois passé le pont, c'est trop tard. S'insinuant entre le Palais de Justice et Notre-Dame, il pénètre dans le quartier de la Cité. Entre horreur et dégoût, il est happé par son dédale de rues obscures et tortueuses. Il aurait presque envie de rire. C'est une blague. Il est le jouet d'un mauvais écrivain gothique. Ça ne peut être que ça ! Tout y est : le vent qui s'engouffre en hululant, la lueur blafarde et vacillante des réverbères agités par la bise rauque, leur pâle reflet dans le ruisseau d'eau saumâtre qui s'écoule parmi les pavés gras. Il se faufile entre des immeubles délavés, percés parfois de quelques rares fenêtres aux châssis vermoulus et presque sans carreaux. Il arpente des allées infectes et noires qui conduisent à des escaliers plus infects et plus noirs encore. Il pourrait se prendre pour Dante – sans Virgile pour guide – ou pour Orphée dans sa descente aux Enfers en quête de son Eurydice. De quelle Eurydice ?

Émergeant du clair-obscur poisseux, il distingue maintenant quelques ombres. Il ne sait plus si ce sont des hommes ou des fantômes… Et puis lui, que fait-il dans cet accoutrement ? Un frisson lui parcourt l'échine. Le frisson du vertige alors qu'il est happé par la nuit sans fond de cette ruelle.

Dix heures ont sonné à l'horloge du Palais de Justice. Pourtant, il n'en perçoit qu'un vague écho irréel lui parvenant d'un autre espace-temps. Non seulement il a posé ses pas dans un Paris de lui totalement inconnu, mais il vient de pénétrer dans un *autre monde*.

Toutefois, cela, il l'ignore encore. Il ne sait pas qu'ici il a rendez-vous avec son destin ; que dans ce cœur sombre de Paris sa vie va être bouleversée ; que son double romanesque se trouve déjà avec lui. Qu'il plonge dans une autre dimension, là où la réalité va prendre des allures hallucinantes de roman-feuilleton. Le comble pour un feuilletoniste !

Mais n'anticipons pas !

Commençons par le début. Quand tout cela a-t-il démarré ? Voyons, voyons… Un petit retour en arrière s'impose. Nous y voilà…

Première partie

Retour à Dandyland

1

Depuis l'aube, la malle-poste qui avait fait une halte au Mans roulait à pleine vitesse sous l'averse, éclaboussant les bas-côtés d'une eau boueuse. Lorsque l'équipage atteignit les hauteurs de Saint-Cloud, les nuages s'ouvrirent soudain comme un rideau de théâtre, l'offrant tout entière à son regard. Oui, elle se tenait là, sublime et majestueuse, vibrante et lumineuse.

Son Unique, sa Capitale.

— Plus vite ! hurla le passager dans la cabine.

Le cocher s'accrocha de ses dernières forces à ses rênes qu'il fit cingler sur les croupes fumantes des chevaux à la gueule pleine d'écume. Le véhicule plongea dans la descente sinueuse qui menait à la Seine. Porté à pleine vitesse, il survola le pont et s'enfonça sous les frondaisons du bois de Boulogne, chahuté par les nids-de-poule. Le passager, secoué comme dans un *shaker*, hurlait son impatience :

— Allez ! Du nerf !

Pourquoi les derniers moments d'un voyage étaient-ils toujours aussi interminables ? Il n'avait pas souvenir que ce foutu Bois fût si grand ! Enfin, les secousses chaotiques cédèrent la place aux trépidations régulières du pavé parisien ! Le signe que son exil touchait à sa fin.

La malle-poste avalait les pavés des Champs-Élysées. Le jeune homme sortit la tête par la fenêtre, laissant le vent fouetter son visage. Paupières closes, il respira à pleins poumons cet air chargé de toutes les promesses. Et lorsqu'il ouvrit les yeux, quel ravissement ! C'était l'heure où l'on allumait les réverbères. Ce moment où les derniers rayons du jour teintent d'une couleur fauve la foule qui flâne sur les avenues. Alors qu'il était étourdi par ce flot de couleurs, ce camaïeu de chairs, cette farandole de tissus chamarrés, l'envie lui prit de se jeter tête la première dans la foule comme on plonge dans une onde bienfaisante.

— Je vous aime !

Les chevaux, ivres de fatigue, jaillirent rue Royale devant des piétons effrayés. Le passager, l'œil aux aguets, reconnut alors le porche, son terminus.

— C'est ici !

L'équipage s'arrêta dans un crissement de ferraille sur le pavé. Le passager surgit du véhicule comme un diable de sa boîte. Il sortit sa montre de gousset.

— Bravo ! Brest-Paris en quarante-sept heures et vingt-quatre minutes, haltes comprises ! C'est sûr, nous avons battu un record !

Il régla sa course, gratifiant le cocher d'un large pourboire. Ce dernier n'avait même plus la force de le remercier.

— Et surtout, reposez-vous bien !

L'équipage s'éloigna cahin-caha dans un souffle de forge.

Le jeune homme lissa ses habits et glissa sous le porche. Une vaste cour pavée où la majestueuse façade d'un hôtel particulier palpitait sous le vacillement des flambeaux. Lestement, il gravit les marches du perron. Un épais rideau de velours rouge se fendit sur son passage, libérant une vague de notes de musique, d'éclats de rire, de tintements de cristal et de parfums capiteux. Il se sentit chavirer. Un valet lui proposa un loup de feutrine noire. Il s'infiltra alors dans la pénombre entretenue par le savant agencement des candélabres et des bougeoirs. Il croisa pêle-mêle un fakir, une bergère, un prince ottoman, une esclave romaine, une Colombine, un roi Arthur, un Arlequin et même une momie qui toussait de la poussière sur son passage. Lui avait tout simplement conservé sa tenue militaire, devenue un pur déguisement.

Saisissant au vol une coupe de champagne qui passait à sa portée, il se lança dans le dédale des pièces. Dans un des salons, un quatuor à cordes emperruqué, enrubanné et poudré, semblait tout droit sorti de la cour de Marie-Antoinette. Les invités se massaient autour de la scène avec des déhanchements à la nonchalance étudiée.

Et dire que, seulement quelques heures plus tôt, il était encore dans sa caserne ! Il eut envie de crier sa joie. Mais à présent, il avait mieux à faire. D'ailleurs, à cet instant même, il les aperçut. D'où il se trouvait, derrière son loup, il pouvait les observer à loisir sans crainte d'être démasqué : un moine et un pirate. Ça leur allait si bien ! Il fut tenté de courir à leur rencontre, mais une idée l'illumina. Non loin d'eux, il remarqua une Schéhérazade scintillant de mille miroitements. Il la reconnut immédiatement à ses yeux rieurs sous son voile. Il s'approcha et discrètement lui glissa quelques mots à l'oreille. Après un léger mouvement de recul, la jeune femme cessa de danser et lui sauta au cou.

— C'EST TOI ? Mais qu'est-ce... ?

Il lui posa sa paume sur la bouche. Elle voulut lui montrer du doigt le chanoine Kir et Surcouf en pleine discussion, mais il lui saisit la main et lui parla à l'oreille. Elle acquiesça dans un grand éclat de rire.

Schéhérazade ondula autour de son partenaire dans une danse du ventre ; ses bras s'enroulèrent autour de lui tels des serpents. Leurs deux corps se fondirent. Puis le militaire saisit la main de sa complice et l'entraîna ostensiblement devant le moine et le pirate. Main dans la main, ils traversèrent l'alignement de salons et, d'un pas de plus en plus pressé, s'élancèrent vers le parc qui se trouvait à l'arrière de l'hôtel particulier. Les deux hommes en discussion se turent aussitôt, échangeant un regard inquiet.

— C'est Blandine, non ?

— Oui. Et que fout-elle avec ce soldat ?

Sans même prendre le temps de poser leur verre, le moine et le pirate partirent à la poursuite du couple.

Les deux fugitifs s'étaient dissimulés derrière un bosquet à l'extrémité du parc. Accroupis, ils épiaient à travers le feuillage l'arrivée de leurs poursuivants. Ils jubilaient.

— J'étais sûr qu'ils mordraient à l'hameçon !

— Ah, ah ! Évidemment, mon frère ne me lâche pas d'une semelle. Une véritable sangsue.

Le couple les observait en riant : deux malheureux chiens de chasse à l'affût. Déboussolés, ils tournoyaient de tous côtés sur la grande pelouse du jardin, décrivant des arcs de cercle, puis revenaient l'un vers l'autre, tête basse, avec des haussements d'épaules d'impuissance. Alors qu'ils étaient sur le point de jeter l'éponge, sur un signe du jeune homme, Schéhérazade lança d'une voix suraiguë déchirant le clair-obscur :

— MONSIEUR, NON… NON ! JE VOUS EN PRIE…

Alertés par les appels paniqués de la jeune femme, les deux chiens de garde tournèrent la tête, firent volte-face et se précipitèrent à l'arrière du bosquet.

— NON ! JE VOUS EN PRIE ! JE SUIS PURE, VOUS SAVEZ…

Schéhérazade tentait de toutes ses forces de résister aux assauts d'un officier de marine. Les deux hommes montrèrent les crocs et aboyèrent :

— Tu n'as pas honte, espèce de satyre !

— Tu vas la laisser, gredin !

Le pirate menaça le soldat en brandissant son sabre d'opérette. Mais rien n'y fit, l'intrus continuait de s'agripper à Scheherazade dont les cris se faisaient toujours plus déchirants et désespérés, même si en réalité elle haussait le ton pour couvrir son rire. Les deux hommes plongèrent sur l'officier de marine afin de libérer la jouvencelle des griffes de ce faune en rut qui ne semblait absolument pas décidé à lâcher sa proie. L'altercation vira au grabuge : les coups de savate volèrent, les poings s'abattirent et les corps s'emmêlèrent dans un joli fatras. De haute lutte, le prélat et le bandit des mers réussirent à immobiliser le forcené, pesant de tout leur poids pour le maintenir plaqué au sol.

— Pervers ! Tu mérites une bonne correction !

Les deux hommes lui arrachèrent son loup dans un cri de rage.

Ils restèrent pétrifiés.

— QUOI ? MARIE-JOSEPH ! C'EST TOI ?

Le moine en bégayait.

— MAIS... MAIS... MAIS... QU'EST-CE QUE TU FAIS ICI ?

Le militaire se dégagea et se remit sur pied, ajustant son costume et sa dignité froissés.

— En voilà des manières ! s'offusqua-t-il théâtralement. C'est ainsi que l'on accueille les amis ? Merci, cela fait plaisir ! Vraiment.

Le rire de Schéhérazade éclata dans leur dos.

— Au moins, voilà la preuve que l'honneur de ta chère sœur est bien gardé, pirate !

La jeune femme leva les yeux au ciel en poussant un long soupir.

La surprise passée, les trois compères se sautèrent dans les bras. Le moine et le pirate touchaient leur ami comme pour s'assurer que c'était vraiment lui.

— Marie-Joseph, tes canulars sont toujours aussi minables !

Bras dessus, bras dessous, ils rejoignirent le cœur de la fête. Soudain, le plaisantin s'arrêta.

— Ah ! au fait, les garçons, faites-moi plaisir. Cessez de m'appeler Marie-Joseph ! Ou Marie-Jo ou MJ. C'est fini, tout ça. Ce prénom empeste l'eau croupie de bénitier. Basta ! Vous avez face à vous un homme tout neuf.

Les deux autres se fixèrent mutuellement en arquant les sourcils.

— Entendu… mais on t'appelle comment, alors ?

— Eugène. Appelez-moi Eugène. Ça a quand même une autre gueule que Marie-Joseph, non ?

La soirée fut joyeuse, lumineuse, électrique. Eugène – appelons-le désormais ainsi, puisque tel était son désir – se sentit revivre sous les ondes de la fête. Virevoltant, papillonnant, vibrionnant, il retrouva quelques connaissances.

— Quoi de neuf à Dandyland ? s'enquit-il.

C'est ainsi qu'il appelait cette contrée fabuleuse de la rive droite sise entre le boulevard de Gand et le boulevard des Italiens. Son terrain de jeu favori, qu'il n'avait pas vu depuis six mois ; autant dire une éternité ! Quelle était la dernière mode ? Le lieu dernier cri ? La nouvelle étoile montante ?

Si ses anciens amis furent surpris de le revoir, ce soir-là, Eugène fit de nouvelles rencontres. Quel plaisir de retrouver cette griserie particulière de la fête, ces instants de grâce éphémères et fragiles, morsures de plaisir volées au temps qui passe !

Puis, alors que la lune apparut dans le ciel, masques et déguisements s'évanouirent. La soirée prit des accents plus doux. L'orchestre distilla les harmonies subtiles d'une sonate. Les oiseaux à moitié endormis soupiraient d'aise dans les grands arbres du parc. Le gazouillis cristallin du jet d'eau se mêlait aux voix chuchotées des invités qui se dispersaient dans le jardin.

Eugène retrouva ses amis un peu plus loin sous une tonnelle. Il sourit ; leur déguisement leur allait si bien. On aurait donné le bon Dieu sans confession à Ernest, visage poupin et bonhomie si bien emballée dans ses habits de moine. Et l'espièglerie de Théodore trouvait sa pleine expression dans son costume de pirate. Il apprit qu'Ernest continuait ses études de médecine et que Théodore, dont les toiles commençaient à trouver preneurs, avait enfin déniché l'atelier de ses rêves près de la rue des Martyrs. Eugène promit d'aller le voir en se frottant les mains.

— Et toi ? Comment ça se passe ?

Alors, sous la voûte étoilée, Eugène entreprit de raconter son « exil ». Brest, le Finistère, la fin des terres… Pire que tout ce qu'il s'était figuré. Double ration d'enfer : la vie de caserne et les cours de chirurgie.

— Vous n'imaginez pas !

En effet, ils peinaient à se représenter leur camarade plongé dans un tel milieu. Un dandy parmi les troufions, cherchez l'erreur. C'était plus qu'incongru, inconcevable. Le tableau qu'il leur brossa était oppressant : les joies de la chambrée virile, le lever aux aurores, les affres de la préparation militaire, les repas à la gamelle, les corvées humiliantes, et puis les saignées, les horreurs sur la table de dissection… Au récit de ce chapelet d'épreuves, ses amis avaient de plus en plus de mal à contenir leur fou rire.

— Ça vous amuse ? Merci pour votre compassion !

Ils s'empressèrent de faire diversion.

— Bon, alors… et tes permissions, tu en profites au moins ?

Eugène soupira.

— Les permissions ? Parlons-en. D'un ennui mortel. Je me demande si ce n'était pas pire que la caserne finalement. Sais-tu au moins ce que c'est qu'une sous-préfecture, Théo ?

Ils tentèrent autre chose.

— Et tes sorties en mer ? Tu as goûté le vent du grand large ?

Eugène courba la tête. Il regarda autour de lui pour s'assurer qu'il était hors de portée de voix et qu'aucun autre invité ne pouvait l'entendre. Il baissa le ton, laissant traîner son regard sur le sol.

— En fait, il n'y en a eu qu'une…

— Pardon ?

Il répéta et les iris de ses amis devinrent d'énormes points d'interrogation.

— Comment ça ? Qu'une seule sortie en mer ? En six mois ?

Alors, Eugène raconta.

L'enfer routinier et quotidien qu'il vivait à terre dans l'enceinte de la garnison n'avait fait que renforcer son désir de prendre la mer. Le soir, dans son lit, à la lueur vacillante d'une chandelle dans sa chambrée ronflante, il dévorait les seuls livres disponibles à la bibliothèque du camp militaire : les romans maritimes de Fenimore Cooper. Il s'endormait avec des pirates aux vies aventureuses qui s'embarquaient sur de fières caravelles et foulaient le sable pur des îles Sous-le-Vent à la rencontre de peuples autochtones à la beauté indigène… Il rêvait lui aussi de respirer cet air du grand large. Sortir du confinement rance de la caserne, embrasser l'infini des horizons. Les réveils dans le dortoir étaient rugueux. Il voulait enfin vivre *ça*.

Devant ses piètres prestations lors des exercices au sol, ses supérieurs ne manifestaient pas un grand empressement de voir leur recrue s'embarquer. Pourtant, un matin, il reçut son affectation. Une mission de rodage de quelques jours seulement en tenant le cap vers l'ouest.

La veille de son expédition, Eugène ne ferma pas l'œil de la nuit. Il s'imagina des splendeurs océanes, lui qui n'avait jusqu'alors connu que la houle du lac du bois de Boulogne. Au moment d'appareiller, tout se présentait pour le mieux : un ciel dégagé, une mer calme et des vents cléments. Eugène y vit un bon présage, une manière de cadeau de bienvenue. Toutefois, un léger frisson lui parcourut l'échine au moment même où il posa le pied sur l'embarcation. Il ne voulut pas y prêter attention, si impatient qu'il était de vivre l'aventure. On siffla le départ et le navire largua les amarres.

— Nous voilà partis. On laisse le port de Brest derrière nous. C'était superbe, les amis ! Sous l'azur pur, notre caravelle fend une mer à peine plissée par quelques vaguelettes. L'équipage en tenue militaire s'affaire en sifflotant dans une chorégraphie parfaitement réglée. Vous auriez vu ça : la lourdeur terrestre des membres de l'équipage s'est miraculeusement évaporée sur les flots. À la caserne, je n'aurais jamais soupçonné que ces êtres pataud et rustres étaient capables de tant de légèreté et d'habileté.

Eugène, lui, se tenait immobile à la proue du navire, fixant l'horizon d'un air de défi. Pour sa première sortie en mer, on ne lui avait assigné aucune tâche technique particulière, sinon celle de donner un coup de main en cuisine pour la plonge. Il profita alors de son temps libre pour savourer. Charmé par l'étendue bleue et bercé par le chant des alcyons qui escortaient le bateau, il devinait des ailleurs, des contrées vierges, des îles au trésor, des peuplades sauvages, des fruits inconnus… Prendre la mer, finalement, ce n'était que cela ? Lui qui s'en faisait tout un monde. Toutes ces mises en garde, à quoi servaient-elles ? Grisé par l'air marin comme par le plus suave des alcools, ses craintes aussitôt s'évanouirent.

— Un pur moment d'extase, les garçons ! L'appel du large comme un chant des sirènes, un air aussi familier qu'une langue maternelle…

Oui, à mesure que le navire prenait de la vitesse, Eugène s'enivrait d'assurance. Cela devint pour lui une évidence. Il était fait pour parcourir les mers, chevaucher les océans, fouler de nouveaux continents… Foin de mal de mer ! À nous le grand large ! Il se mit même à regretter qu'il n'y eût pas un peu plus de houle. Maintenant, il était impatient de défier la mer. Il s'enhardit jusqu'à lâcher le bastingage et, dans un réflexe, il étendit ses bras en croix. À la proue du bateau, il se sentit soudain invincible. Il ferma les yeux, respira à pleins poumons l'air salé. Cela lui sortit comme un cri du cœur : « Je suis le roi du monde ! » Traverser les océans, mettre le cap sur l'aventure, fouler des terres inconnues, c'était fait pour lui…

— On prend de la vitesse. Les embruns me fouettent le visage. La proue fend l'écume avec plus de mordant. Cap à l'ouest ! On chevauche allègrement les vagues. C'était si grisant, les amis !

Eugène mima les gestes du cavalier caracolant sur les vagues. Soudain, il se figea. Son auditoire fut comme pris dans la glace.

— Sans crier gare, l'horizon se met à chavirer. Le plancher se dérobe sous mes pieds. Comme s'ils étaient sortis de leurs étriers. L'avant du bateau commence à tanguer, telle la tête d'un cheval fou de rage. Je m'agrippe alors au bastingage, mais c'est pire encore. Un violent haut-le-cœur me saisit. Je ferme les yeux pour essayer de dompter cette horrible sensation, mais tout bouge encore plus. Tout tourne autour de moi comme un manège déréglé. Je me sens happé par les gouffres amers…

Ses amis s'imaginèrent une tempête de tous les diables. En fait, Eugène homérisait. Il forçait le trait, donnait dans l'hyperbole. Il leur décrivit les vaguelettes comme des déferlantes, le simple ressac comme des lames de fond, se gardant bien de leur préciser que pendant ce temps-là l'équipage officiait tout à fait normalement. Une banale expédition de routine. De fait, la mer avait rarement été aussi calme. Restait qu'Eugène pour sa part n'était pas loin de passer par-dessus bord. Il venait de faire l'horrible découverte qu'il n'avait pas le pied marin.

— Tout à coup, je vois ma vie qui défile. Oui, ma propre vie, du berceau jusqu'à ce jour, en accéléré. Ma vie ? Disons mon passage éclair sur terre. Quelques images fugaces, quelques sourires féminins, des blagues avec vous, les amis, quelques moments comme ce soir, quelques fous rires aussi… Et si c'était la fin ? Et si tout s'arrêtait là ? Et si c'était le terminus ? Maintenant. Aussi bêtement que ça. Non, évidemment, ce n'est pas possible. Je n'ai rien vécu encore. Ma vue se brouille. J'implore le ciel, la mer, Neptune, Poséidon, que sais-je…

Eugène marqua une pause, solennel.

— Alors je prends un engagement au cas où je sortirais vivant de cette tempête…

Les deux amis d'Eugène éclatèrent de rire.

— Visiblement, tu t'en es sorti.

— Rigolez, rigolez ! En attendant, un des membres de l'équipage m'a récupéré in extremis au moment où je me suis évanoui… J'étais à deux doigts de tomber à la mer !

Eugène raconta ensuite comment il avait passé le reste de l'expédition à vomir tripes et boyaux. Et comment les gars rentrés au port, vidant bock sur bock dans les tripots de la rade, l'avaient tout simplement oublié dans la cale ! Voilà à quoi s'était résumé sa seule et unique expédition marine.

— Bref, ce fut un cauchemar. Mais, heureusement, tout cela est terminé…

— Tu ne retourneras plus en mer ?

— Plutôt mourir.

— Mais comment vas-tu faire ?

— Faire quoi ?

— Eh bien, à la caserne ! Tu ne vas pas pouvoir te défiler éternellement, moussaillon.

— Ah ! Je ne vous ai pas dit : c'est terminé, je n'y retourne plus.

Les deux amis lancèrent à Eugène un regard halluciné.

— Comment ça ?

— Eh bien, tout ça, c'est fini. Je suis rentré pour de bon.

— Tu ne devais pas rester à Brest pour faire ta médecine militaire ?

— Si. Mais voilà : j'ai repris ma liberté.

— Tu as déserté ?

— Mieux que cela.

Eugène leur raconta alors comment, après cette pitoyable prestation, il avait dû simuler la folie pour qu'on ne le fasse pas repartir en mer. Puis avait formulé une demande de libération auprès des plus hautes instances de l'armée.

— Tu leur as fait une lettre où tu disais que tu étais fou ? C'est pas un peu contradictoire, ça ? « Je vous déclare par la présente, sain de corps et d'esprit, être fou à lier et demande subséquemment ma libération. »

Les amis éclatèrent de rire.

— C'est ça, foutez-vous de moi. J'ai tourné la lettre de façon à leur faire penser que je pouvais en arriver aux dernières extrémités… Et après une attente insoutenable, j'ai fini par recevoir une lettre de libération deux heures à peine avant d'être réquisitionné pour une nouvelle sortie en mer.

— Sauvé par le gong !

— Oui, gracié juste avant de partir à l'échafaud. Remarquez, la hiérarchie militaire ne s'est pas vraiment interposée pour me garder. Bien trop heureuse de se débarrasser de moi de façon officielle.

Il leur tendit une lettre.

— Et voilà le travail !

Théodore et Ernest inspectèrent la missive ministérielle sous toutes les coutures à la lueur d'un photophore.

— Ne vous inquiétez pas, les amis, ce n'est pas un faux.

En effet, le sceau semblait tout ce qu'il y avait de plus authentique. Eugène s'empressa de récupérer sa lettre, la plia soigneusement et la glissa précautionneusement dans sa poche comme une relique. Reste qu'une question brûlait les lèvres de ses amis :

— Mais… ton paternel, lui… qu'est-ce qu'il en dit au juste ?

— De quoi ?

— Eh bien, de ta libération…

Malaise palpable. Eugène se passa la main dans les cheveux en grimaçant. Il toussota.

— Eh bien… c'est justement là que le bât blesse. Je n'en sais rien encore.

Les deux amis sursautèrent.

— Quoi ?!? Tu n'en as pas parlé au Chevalier ?

— Ben… non.

— Houla ! C'est la catastrophe… Tu vas lui dire ?

— Oh, à l'heure qu'il est, à mon avis, la nouvelle lui est certainement parvenue. Les mauvaises, comme on le sait, circulent toujours très vite…

— Mais… s'il refuse ? C'est bien lui qui t'a envoyé là-bas, non ?

Eugène brandit la lettre.

— Il ne va tout de même pas se mettre en travers de l'autorité suprême. Ce n'est pas son genre.

— Ça veut dire que tu vas reprendre tes études de médecine à Paris ?

— Ah, non, ça jamais ! C'est fini !

Les deux amis se fixèrent, ébahis.

— Ne faites pas ces yeux-là : oui, c'est bel et bien terminé !

— Mais…

— Tout à l'heure, je vous ai bien dit que sur le bateau j'avais pris un engagement au cas où je sortirais vivant de ma virée en mer…

— Oui, et quel est-il ?

Eugène marqua une pause.

— J'ai décidé de *vivre.*

Silence poli des deux amis.

— *So what ?*

— Vous avez bien entendu : je veux *vivre.*

— On a compris… mais *concrètement* tu penses faire quoi ?

— Vivre, cela ne te paraît pas suffisamment concret, peut-être, mon Ernest ?

— Qu'entends-tu par « vivre » alors ?

— Vivre, c'est ne pas se laisser dicter sa vie, précisément. Vivre, dans mon cas, c'est ne pas se faire imposer viscères, vésicatoires, cataplasmes, saignées et autres tortures médicales. Désolé, mon Ernest, mais moi, je ne supporte pas tout cela, comme tu le sais. Vivre, c'est trouver sa propre voie. Ne pas faire de plans. Ne pas entrer nécessairement dans la carrière.

— En somme, c'est faire ce qui te plaît…

— Oui, Ernest. C'est vivre au jour le jour, cueillir ce que chaque journée est en mesure d'offrir de nouveau.

Bref, en profiter chaque jour comme si c'était le dernier, pour ne rien regretter… Voilà ce que je me suis promis alors que je pensais ma dernière heure venue…

— Eh bien, pour ma part, je souscris pleinement à ce programme, lança Théodore en levant son verre. *Carpe diem quam minimum credula postero…*

— Tout juste.

Et sous le clair de lune, les verres de nos trois amis s'entrechoquèrent.

Théodore éclata de rire.

— Vivre, c'est aussi voir la tête que fera le Chevalier à la Triste Figure quand tu vas lui dire : « Père, fini la médecine, au diable les scrofules ! Ce que je veux faire, c'est *vivre* ! »

Les premiers rayons du soleil s'allumaient derrière le Louvre, répandant une blancheur de craie sur les toits de Paris. Le fiacre glissait le long de la Seine, qui ce matin-là avait des reflets d'opale. Par la fenêtre, Eugène pouvait admirer le fleuve majestueux et sa sublime enfilade de ponts. De la surface assoupie de l'eau s'élevait une brume légère qui donnait à ce tableau le *sfumato* d'un rêve. Les yeux du jeune homme s'embuèrent de bonheur.

Un peu plus loin, le véhicule déposa Eugène devant la porte cochère de l'immeuble familial. Pour s'extraire de la voiture, il dut chevaucher les corps avachis de ses camarades de virée cuvant les excès de la nuit, la bouche ouverte.

— Hé, ho ! Les gars ! Vous pourriez au moins me souhaiter bonne chance !

Ils émirent un « merde » ensommeillé et repiquèrent aussitôt du nez. Eugène claqua la portière et régla le chauffeur. Alors que le fiacre était sur le point de repartir, il le rappela.

— Puis-je vous demander une faveur ?

— Ce que monsieur voudra.

— Serait-il possible de déposer ces deux sacs ronflants aux Halles ?

— Aux Halles ? Très bien.

— Plus exactement devant À la marée.

— Le poissonnier ?

— Oui, juste au pied de l'étal, ce sera parfait.

Le cocher leva un sourcil interrogateur. Eugène lui glissa dans la paume un autre billet assorti d'un clin d'œil.

— Ah, monsieur veut dire dans la glace.

— Oui, la glace conserve, ça fouette les sangs. Rien de mieux pour remettre d'aplomb.

— C'est ce que l'on dit…

Le fiacre s'éloigna, avalé par la lumière poudreuse du matin parisien. Eugène sourit. Un pirate et un chanoine échoués parmi les morues, les soles et les lottes ; dommage, il allait manquer ce spectacle… Mais, sitôt poussée la lourde porte cochère, son sourire perdit de son éclat : l'heure de l'inévitable confrontation approchait.

2

L'odeur d'encaustique étreignit le cœur d'Eugène, ravivant les mauvais souvenirs des affrontements avec son père. Il gravit les marches de l'escalier, le pas lourd. Arrivé au deuxième étage, il s'arrêta devant la plaque en laiton.

M. Jean-Joseph Sue
Docteur honoris causa
de la Faculté de médecine de Paris
Membre honoraire de l'Académie royale de médecine
section Chirurgie
Officier de la Légion d'honneur
Chevalier de Saint-Michel

Il approcha son visage de la plaque et, se mirant entre les lettres, tâcha de mettre un peu d'ordre dans sa chevelure. Il reboutonna le col de sa chemise et défroissa sa veste militaire. Puis il se déchaussa et pénétra dans l'appartement en chaussettes, sur la pointe des pieds, bottines à la main. Il essaya de se faire le plus léger possible. Pour autant, il ne put empêcher le parquet d'émettre des craquements sur son passage. Surtout, ne réveiller personne. Il s'immobilisa un instant en équilibre instable sur une jambe, mais sur sa droite une porte s'entrouvrit. Par l'embrasure, le visage d'une jeune femme apparut. Angoissé, puis surpris, et enfin ravi. C'était Laure, la blonde sœur cadette d'Eugène. Elle lui sauta au cou.

— Marie-Jo, tu es rentré ?

Eugène l'embrassa.

— Chuuut, petite sœur. Je n'ai pas envie de réveiller la maisonnée.

Trop tard. Une femme élégante dans sa chemise de nuit sortit d'une chambre et s'approcha, inquiète. Son visage s'illumina à la vue d'Eugène.

— Mon fils ! Tu es de retour ?

Plus loin dans le couloir, une autre porte s'ouvrit. Un petit bout de femme fit irruption. Elle lâcha son plateau et son plumeau, puis sa voix partit dans des aigus insoutenables.

— *Môssieu Marie-Joseph, il est reviendou !*

Les trois femmes piaffaient autour d'Eugène, l'étouffant d'attentions, l'assaillant de questions.

— Tu dois être fatigué, mon pauvre petit ! Tu as voyagé toute la nuit ?

— Laisse-moi te regarder. Comme tu as changé !

— *Il l'est encore plou bô !*

— Quel beau costume d'officier ! Ça te va à ravir !

— Tu dois avoir des tas de choses à nous raconter, non ?

— Veux-tu qu'on te fasse couler un bain ?

— *Il doit l'avoir faim, le môssieur ? Je vais loui prépaler quèque chosse.*

En fait d'entrée discrète, c'était parfaitement raté. D'ailleurs, tout au fond du long couloir, une silhouette filiforme coupait le contre-jour comme une lame. Son tranchant s'approcha lentement du groupe dans un effet de halo terrifiant, faisant grincer le plancher à chacun de ses pas. Le quatuor se figea.

— Cessez ces effusions ridicules !

Une voix lugubre faite de bois sec. Le chœur des femmes s'évapora aussitôt.

— Et vous, allez donc vous changer. Vous n'êtes plus digne de porter cette tenue. Je vous attends dans mon bureau.

Eugène se changea *prestissimo.* Dans sa garde-robe, il évita tout ce qui aurait pu se révéler trop voyant, trop élégant, trop coloré, trop brillant. Il ne s'agissait pas d'indisposer inutilement le Chevalier, qui abhorrait tout ce qui était *trop*. Eugène opta donc pour quelque chose de passe-partout, une denrée plutôt rare dans sa penderie. Il s'aspergea de vétiver pour tenter de masquer les vapeurs d'alcool. Mit un semblant d'ordre dans sa chevelure. Il se scruta dans un miroir en serrant les poings. « Tu tiens. Pas question de céder, hein ? » se dit-il à lui-même.

Arrivé à la porte du cabinet du Chevalier, alors qu'il s'apprêtait à frapper, il marqua une halte, se cabra, durcit sa mâchoire. Et se répéta en lui-même comme un mantra : « Tu tiens. Tu ne cèdes pas. Tu tiens. Tu ne cèdes pas. » Il respira une grande bouffée d'air. Puis frappa.

De l'autre côté du lourd battant, une voix cassante envoya un « Entrez ! » glacial.

Eugène pénétra dans le clair-obscur de l'immense bureau du Chevalier. Une grande pièce éclairée par des vitraux, véritable temple à la gloire de la médecine, avec les diplômes, les immenses dos patinés des encyclopédies, les gravures anatomiques, les écorchés et ce squelette qu'Eugène avait surnommé Bébert et auquel il avait offert une promenade sur le pont Neuf, effrayant les passants. Mais aujourd'hui le jeune homme n'était pas d'humeur à rire. Il s'arrêta à quelques mètres du pupitre derrière lequel se tenait son père dans une pose hiératique. Celui-ci attaqua :

— J'ai appris de quelle manière fantasque vous avez manœuvré à seule fin de vous soustraire à vos engagements militaires. Permettez-moi de vous féliciter. Au moins, l'art du repli stratégique ne vous est pas totalement étranger. On m'a pareillement fait part de votre comportement au sein de la caserne. Vous vous êtes montré si convaincant qu'ils ont préféré vous laisser filer plutôt que de vous garder. Vous pouvez être fier de votre exploit…

Silence. Eugène se dit qu'il était peut-être temps de prononcer quelques mots, mais le Chevalier ne lui en laissa pas le loisir.

— Sachez qu'il me serait tout à fait possible d'activer de nouveau mes recommandations et d'exiger votre réintégration immédiate. Et peut-être même dans une autre caserne, comme celle de Toulon…

Cette phrase fit trembler Eugène malgré lui. Désormais, la seule évocation d'une ville portuaire lui donnait des frissons.

— Pour autant, j'ai décidé de n'en rien faire. J'ai bien réfléchi. Un père doit parfois savoir écouter son fils.

M. Sue marqua un temps d'arrêt. Ce fut tout à coup comme si une éclaircie inattendue s'était présentée dans un ciel menaçant. Eugène préféra ne pas bouger et ne rien laisser paraître. Il ne voulait pas prendre le risque de gâcher une telle aubaine.

— Figurez-vous que je me suis mis à votre place. Je ne pense pas me tromper en disant que la province et la vie soldatesque ne sont pas faites pour vous. Vous avez grandi à Paris, avec tout ce qu'une capitale peut offrir. Je conçois parfaitement que c'est là votre milieu naturel. Mon erreur a été de vouloir vous en extraire. Il ne faut pas forcer la nature, la science me l'enseigne bien assez tous les jours.

Le jeune homme n'en crut pas ses oreilles. Le Chevalier aurait-il finalement compris ? C'était inespéré. Même dans ses hypothèses les plus optimistes, Eugène n'avait pas envisagé pareille situation. Il se contenta d'opiner du chef sans ostentation.

— Toutefois, je ne remplirais pas mon rôle de père si je ne vous mettais pas en garde contre les mirages de la Ville lumière, où l'oisiveté ou les activités stériles de toutes sortes ont plus qu'ailleurs droit de cité. Paris est une ville de tentations. Combien de jeunes gens doués comme vous l'êtes ont cédé aux illusions de la vie facile et aux plaisirs de l'instant pour regretter ce choix durant toute leur existence ? Leurs ambitions se sont dissoutes dans la futilité du temps présent.

Eugène fronça les sourcils.

— Alors, pourquoi n'opteriez-vous pas pour la sage décision qui consiste à marier harmonieusement l'utile à l'agréable, pour un avenir plus radieux : l'agréable en restant à Paris, et l'utile en envisageant de reprendre vos études de médecine ? Mais attention : sérieusement, cette fois-ci.

La mâchoire d'Eugène se contracta. Peut-être le Chevalier le remarqua-t-il. Il enchaîna aussitôt :

— Reste que je tiens à vous laisser disposer pleinement de votre libre arbitre. Les événements récents m'ont montré à quel point il était inutile et stérile de chercher à vous forcer à agir contre votre gré. La décision vous incombe. Libre à vous de choisir…

Nouveau soulagement d'Eugène qui voulut mettre à profit l'ouverture sur le « libre arbitre » que lui offrait le Chevalier. Il était sur le point de parler quand M. Sue reprit avant qu'il ait pu prononcer la moindre syllabe :

— Avant que je vous entende, laissez-moi vous dire que je comprendrais parfaitement que vous penchiez pour une autre option. Quel que soit votre choix, vous aurez ma bénédiction. Que ce soit clair.

Le jeune homme se détendit, sentant la libération proche.

— En tout état de cause, c'est un choix qu'il vous faudra assumer pleinement, et seul…

Nouvelle contraction involontaire. *Seul ?* Que voulait-il signifier par là ? Le Chevalier poursuivit, comme s'il avait entendu ce que pensait son fils :

— Oui, je dis « seul ». Car, entre adultes, il nous faut adopter une attitude cohérente. Soit vous vous inscrivez dans le sillon familial, auquel cas je continue de subvenir à vos besoins comme je l'ai fait jusqu'à présent ; soit vous choisissez de vous affranchir de la lignée et, en cette circonstance, je vous accorde votre entière liberté en vous laissant vous débrouiller seul…

— Seul ?

Ce mot, son premier, avait jailli de lui-même.

— Oui, seul, par vos propres moyens.

— Par mes propres moyens ? Mais…

— N'est-ce pas ce que souhaite quelqu'un de libre ? Être pleinement et entièrement indépendant, de tout faire, *motu proprio*… La liberté ne se partage pas. Il faut en jouir entièrement.

Le Chevalier marqua un nouveau temps d'arrêt.

— Alors, mon fils, que décidez-vous ?

Eugène resta un long moment figé, incapable de répondre. Il sentit le sol se dérober de nouveau. Oui, comme s'il se retrouvait sur la caravelle lors de sa calamiteuse expédition. Mais cette fois-ci, contrairement à sa situation à la proue du navire, ce ne fut pas le passé qui se mit à défiler sous ses yeux, mais son avenir. Il lui apparut menaçant comme deux enfers qui s'ouvraient, béants, à ses pieds. À gauche, un premier enfer. Une existence morne et poussiéreuse dédiée aux cautères répugnants, aux plaies purulentes, aux révulsifs, aux scrofules, aux fistules, à la lymphe, au pus, avec toutes ces nuits d'études consacrées à ingurgiter inutilement des formules latines, le contact avec les viscères et le sang… À droite, une existence libre, oui, la liberté chérie… Mais à quel prix ? En se débrouillant par ses propres moyens ? Une vie de bohème impécunieuse et triste… Libre mais pauvre.

— Alors, mon fils, que décidez-vous ?

La voix métallique du Chevalier lui parvint dans un écho lointain alors qu'il vacillait entre ces deux précipices effrayants, sommé de choisir entre peste et choléra.

— Je vous écoute.

Tétanisé, Eugène s'entendit répondre :

— Je vais reprendre mes études de médecine.

Le Chevalier tendit l'oreille.

— Pardon, je n'ai pas entendu.

— Je vais reprendre mes études de médecine.

La fine moustache du patriarche frémit.

— Sage décision, mon fils ! Je savais bien que je pouvais compter sur votre sens des responsabilités. Heureux que cela soit un choix mûrement réfléchi de votre part.

À quel genre de héros avons-nous affaire ? Pas au plus héroïque, semble-t-il. Dont le mantra : « Tenir. Ne pas céder » a capitulé devant la première offensive paternelle. Sans qu'il manifeste la moindre velléité de résistance. Il convient de reconnaître à la décharge de notre piètre héros que le Chevalier avait parfaitement manœuvré, soufflant avec maestria le chaud et le froid, lui offrant la liberté pour aussitôt la lui reprendre, neutralisant du même coup tous les effets d'Eugène en lui donnant le tournis.

Mais notre dandy aurait au moins pu dire quelque chose pour sa défense. On est en droit d'attendre d'un héros qu'il regimbe un minimum, qu'il argumente, qu'il revendique un tant soit peu son statut. Au lieu de se laisser dicter sa loi. Et tout ce beau discours qu'il tenait à ses amis voilà à peine quelques pages ? Il a vite enterré ses illusions, semble-t-il…

Oui, on aurait bien aimé qu'il tente une estocade. Mais soyons réaliste, qu'aurait-elle bien pu peser face à l'attaque du Chevalier, dès lors que celui-ci avait sorti sa botte de Nevers : se débrouiller *seul* ?

Un coup imparable.

Pourtant, il y avait certainement une part de *bluff* dans les propos du Chevalier. Dans sa mansuétude paternelle, il n'aurait sûrement pas laissé son fils seul. Si inflexible qu'il pût se montrer, son âme chrétienne n'aurait pas accepté de le congédier. Eugène, qui était pourtant joueur – comme on aura l'occasion de le voir dans la suite du récit –, ne se risqua pas à le parier. S'agissant de ses études de médecine, il savait le Chevalier prêt à tout. D'une détermination froide et inhumaine. Et quand bien même, dans son extrême charité chrétienne, celui-ci lui eût-il assuré le gîte et le couvert, Eugène aurait dû de toute façon dire adieu à ses « dépenses d'agrément ».

Or, ces dépenses d'agrément constituaient justement ce qui était vital pour Eugène. Une vie sans gants, sans canne, sans la dernière redingote à la mode, sans cigares, sans champagne, sans soupers fins avec les amis, ce n'était pas une vie !

On jugera Eugène superficiel. Et on aura raison : il l'était, avec beaucoup d'application même. Car c'était un dandy. Qu'on ne se méprenne pas, ce après quoi il courait, ce n'étaient pas les gants, les cannes, la dernière redingote à la mode, les cigares, le champagne ou les soupers fins *en soi*. L'accumulation de biens, la thésaurisation, le clinquant-clinquant, Eugène laissait ça aux bourgeois. Ce qui l'électrisait, c'était la vibration de ces objets, le potentiel de jouissance qu'ils renfermaient. Et plus encore leur valeur de symbole : le superflu, le trop, le brillant étaient pour lui l'antidote le plus efficace à l'ennui, un pied de nez à l'uniformité, un bras d'honneur au juste milieu, cette idéologie rampante faite de conformisme bourgeois et de bien-pensance bedonnante qui sévissait plus que jamais sous le règne de Louis-Philippe, le roi bourgeois. Or, Eugène exécrait plus que tout le *politiquement conforme.*

3

Le compte à rebours s'était enclenché. Le moment de retrouver les bancs de l'université approchait. Avant de reprendre les cours à la faculté de médecine, Eugène comptait profiter pleinement de ses derniers instants de liberté. Comme un condamné en sursis. Pour ne rien perdre, les jours qui restaient ne furent qu'une longue *virée tzigane*, une dérive rythmée par le pouls de Paris. De quoi achever ses amis par son endurance à la fête.

« Qu'avons-nous fait dans la nuit du 10 au 23 mars ? » se demanderaient-ils plus tard.

Ce fut un tourbillon effréné de jouissance et d'insouciance. En conquérant des Boulevards, chevelure éloquente, moustaches impressionnantes, barbu comme un moujik, il prit d'assaut les hauts lieux de la fête et du plaisir : Tivoli, Le Frascati, Tortoni, le Café de Paris, le Palais-Royal, la promenade de Longchamp… Un baroud d'honneur au cours duquel Eugène serra Paris dans ses bras jusqu'à l'étouffer.

Paris fut une vaste fête. Hélas, le jeune homme ne le savait que trop, plus rien ne serait pareil lorsqu'il reprendrait le chemin de la faculté de médecine. Il serait nécessairement plus distant, moins disponible, moins à son écoute, et finirait par être infidèle à son Unique, à sa Capitale. Quel crève-cœur ! Quel horrible supplice ! Avoir sous ses yeux l'être aimé et ne plus être en mesure de vivre avec lui. Pourquoi ne le serait-il pas toujours ? Oui, Paris *est* une fête. Elle l'est dans un présent d'éternité. Dans le présent actuel, Eugène ne parvenait pas à se résoudre aux inévitables adieux.

Alors, fatalement, les derniers jours, la fête devint triste, les clairs de lune se firent plaintifs et les petits matins déchirants.

Pourtant, un soir, au beau milieu d'une *sauterie* aux Tuileries, Eugène se sentit traversé par une soudaine illumination.

— YEEEEEEEEES !

Ce jaillissement extatique résonna si fort dans la salle de réception que la mazurka interprétée par l'orchestre s'arrêta net. Un vent d'effroi courut parmi les danseurs qui se figèrent de frayeur. Quelques flûtes de champagne se brisèrent au sol. Un serveur lâcha son plateau d'argent qui tonna comme un coup de cymbale sous la coupole. On ventila une douairière qui s'était évanouie dans une méridienne en lui agitant des sels sous le nez.

Eugène, au centre de tous les regards, s'employa à rassurer la compagnie :

— Ce n'est rien, tout va bien. Tout va très bien. Le mieux du monde même !

Et la fête reprit. Eugène, survolté, fit danser toute la gent féminine de seize à quatre-vingt-six ans. La soirée fut un ravissement. Au cœur de la nuit, les joyeux convives quittèrent la place et se retrouvèrent sur le pavé à s'embrasser en promettant de se revoir bientôt. Telle une nuée de papillons chatoyants, ils se dispersèrent dans la nuit bleue. Grand prince, Eugène offrit son carrosse et son chauffeur à quelques amis.

Ivre de bonheur, il préférait rentrer à pied. Dans la fraîcheur de la nuit parisienne, il pouvait à son aise embrasser l'immensité du ciel, vaste voûte étoilée. Il lui sembla que la lune incandescente et joufflue lui lança à ce moment précis un clin d'œil complice. Il respira à pleins poumons l'air de la liberté. Sa liberté retrouvée. Il allait pouvoir vivre son amour pleinement ! Ne pas se partager ni se sacrifier !

Eugène grimpa sur le parapet qui bordait la Seine. Celle-ci, en contrebas, s'était parée d'une robe scintillante. Une longue traîne de mariée. Il lui glissa à l'oreille ce qu'il comptait faire. Une étoile filante scella leur union. Cette nuit-là, Eugène dit « oui » pour toujours. Il n'avait qu'un amour. Et c'était Paris.

Eugène pressait le pas. Il bouscula quelques étudiants. Les douze coups de midi venaient de sonner à l'horloge de la Sorbonne lorsqu'il passa sous le porche de la faculté de médecine. Il était tout sourire, dans un état de fébrilité joyeuse. Arrivé dans le hall d'entrée, il en scruta tous les recoins. Enfin, il l'aperçut. Sous la statue de l'auguste Hippocrate dans une niche se tenait Ernest. Il faisait les cent pas, soufflait son impatience, la mine agacée.

— Ah, te voilà !

— Oh là, je suis pile à l'heure, se justifia Eugène.

— Oui, mais tu crois que ça m'amuse ? Je n'ai pas beaucoup de temps, je dois filer à la Salpêtrière après.

Eugène se frotta les mains.

— Alors ? Tu l'as trouvé ?

Ernest hocha la tête sans conviction.

— Mouais. Allons-y, il va bientôt sortir de cours.

Les deux amis empruntèrent un long couloir, grimpèrent quelques marches, puis s'engagèrent dans un nouveau couloir plus étroit qui les mena dans les entrailles de la faculté. Là, ils se postèrent devant une vaste porte en bois massif. Une plaque indiquait :

AMPHITHÉÂTRE GALLIEN – IVe ANNÉE
– CHIRURGIE –

— C’est là. Il ne devrait pas tarder à sortir maintenant.

À peine Ernest eut-il terminé sa phrase que la porte s’ouvrit, libérant un flot d’étudiants drapés de noir, chargés de dossiers et de sacoches en cuir mafflues. Ernest scruta leurs visages et lança son coude dans les côtes d’Eugène.

— C’est lui.

L’étudiant en question était de taille moyenne, le cheveu brun bouclé, le regard vaguement bleuté, le nez franchement canaille, le teint hâlé et le sourcil touffu. Eugène grimaça.

— Quoi ! Tu trouves qu’il me ressemble ?

Ernest explosa :

— Écoute, c’est ce que j’ai trouvé de plus ressemblant ! C’est un très bon élément de sa promotion. Si cela ne te va pas, on laisse tomber. Personnellement, je n’y vois aucun inconvénient.

Ernest partit en bougonnant. Eugène le rattrapa.

— C’est bon, Ernest, te fâche pas. On va faire avec. Tu es sûr qu’il a besoin d’argent au moins ?

— Ça oui ! Il est obligé de donner des cours tard le soir. Je l’ai suffisamment entendu se plaindre.

— Bon. Attends-moi là, j’y vais.

Eugène accosta l’étudiant.

— Auguste Carragnou ?

Le garçon acquiesça en fronçant les sourcils.

— Puis-je vous parler deux minutes ?

— Euh... Oui. Juste deux minutes, je dois donner un cours. C’est à quel sujet ?

— Un projet. Trouvons un endroit tranquille, voulez-vous ?

Eugène attira l’étudiant dans un coin à l’abri des oreilles indiscrètes, une niche abritant la statue de Corvisart qui, avec son nez crochu et son menton en galoche, ressemblait plus à un fossoyeur qu’à un médecin.

Ernest, resté volontairement à l’écart, observait le manège entre les deux hommes. Il vit Eugène engager la discussion. Son interlocuteur l'écoutait en plissant le front. Puis il se raidit, bougonna, grimaça et hocha négativement la tête. La gestuelle d'Eugène se fit plus ample et insistante, mais il se voyait toujours opposer des signes de refus. L'étudiant, visiblement excédé, tourna les talons en redressant la tête dans une pose altière boursouflée : une parfaite allégorie de l'orgueil blessé.

Eugène revint auprès d'Ernest.

— Pffft... C'est vraiment un tocard ! Il ne veut même pas en entendre parler. Non mais, pour qui se prend-il ?

Eugène était hors de lui.

— Et en plus, il a un horrible accent du Sud-Ouest.

Ernest haussa les épaules, fataliste et un brin soulagé.

— Tant pis, allons-y.

Mais Eugène s'arrêta et lui saisit le bras.

— Qu'est-ce qu'il est en train de faire, là ?

— Qui ça ?

— Ben l'autre idiot, précisa Eugène sans regarder dans la direction de l'étudiant.

Ernest jeta une œillade vers ce dernier par-dessus l'épaule de son ami.

— Là ? Il ralentit le pas... Il s'arrête... Attends, attends, il se retourne... Il nous regarde... Il revient vers nous...

Un sourire de triomphe illumina le visage d'Eugène.

— Parfait ! Viens, Ernest. Partons.

— Quoi, tu ne l'attends pas ?

— Non, non, partons, je te dis.

Ernest emboîta le pas à Eugène. Tous deux s'éloignèrent lentement, Eugène entamant une conversation factice, faisant des mouvements de moulinet avec ses bras pour se donner une contenance. À dessein, il accéléra la cadence dans le dédale de couloirs, contraignant Carragnou à hâter le pas pour les rejoindre. De plus en plus distancé, celui-ci dut courir pour les rattraper. Les deux amis arrivaient maintenant devant la statue d'Hippocrate, dans le hall d'entrée.

Eugène entendit les pas de Carragnou se rapprocher. Une main se posa sur son épaule. Eugène se retourna vers l'étudiant, qui était tout essoufflé.

— Ah, c'est vous ? feignit-il de s'étonner.

— Oui... Je voulais savoir... Pour information... Par simple curiosité... En admettant que j'aie été d'accord, débita Auguste Carragnou avec un accent de langue d'Oc, c'eût été *combiengue* ?

Eugène se rapprocha de lui et lui glissa la somme à l'oreille. Instantanément, les pupilles de l'étudiant se dilatèrent. Il déglutit avec peine, ce qui fit saillir sa pomme d'Adam.

— Euh, balbutia le Languedocien, cela nécessite *réflession*... Et si je vous donnais ma réponse...

Eugène l'interrompit :

— Ne vous inquiétez pas. J'ai entendu vos craintes. Je trouverai bien quelqu'un d'autre...

C'est justement ce qui inquiétait Auguste. Un éclair de panique passa dans son regard. Il déglutit et lança, comme un appel au secours :

— J'accepte votre *propositiongue* !

Et les deux nouveaux collaborateurs de se serrer la main pour sceller leur pacte. Ils convinrent de se revoir pour en fixer les modalités précises.

Lorsque l'étudiant eut tourné au coin de la rue, Ernest explosa :

— Tu es le diable personnifié ! Faust et Méphistophélès sont des enfants de chœur comparés à toi !

— Merci.

Ernest jeta un coup d'œil à sa montre de gousset.

— Je suis en retard.

Il quitta Eugène au pas de course pour se rendre à son cours à la Salpêtrière. Ce dernier le regarda s'éloigner avec attendrissement. Pourquoi lui faisait-il penser à un gros lapin blanc ? Quelques mètres plus loin, Ernest s'arrêta et se retourna vers Eugène, le sourcil réprobateur sous ses besicles.

— En fait, je ne vois vraiment pas pourquoi je me fais le complice de tes agissements machiavéliques !

Puis il reprit sa course.

— Mais parce que tu m'aimes, mon lapin !

Ernest ne put s'empêcher de sourire.

Et c'est ainsi que, sous le regard de marbre froid du grand Hippocrate, fut scellé ce qu'Eugène et ses amis allaient appeler le *serment d'Hypocrite*. L'accord, purement verbal, stipulait que, contre rémunération, Auguste Carragnou passerait les examens en lieu et place d'Eugène Sue, pendant que le véritable Eugène vivrait sa vie loin des amphithéâtres, des plaies purulentes et des viscères sanguinolents.

Toutefois, pour rendre le dispositif de substitution opératoire, il fallut rhabiller le pseudo-Eugène de pied en cap. Ce qui n'était pas un luxe car Auguste Carragnou n'avait rien, mais vraiment rien, d'un dandy. Par la même occasion, il lui fut instamment demandé de lisser son accent rocailleux qui le démasquerait.

Pour ce qui concernait le savoir médical, en revanche, c'était un jeu d'enfant pour Auguste Carragnou : brillant sujet de quatrième année, il se plaçait régulièrement dans la botte, à savoir dans les dix premiers.

Ce fut donc en toute sérénité qu'Eugène put se dédier entièrement à ses propres matières, elles aussi nombreuses et accaparantes : étude de l'air du temps sur les terrasses des Boulevards, emplettes diverses et variées, pratique de la boxe française chez lord Seymour, lecture dans son bain moussant, courses de carrosses, fréquentation intensive d'avant-premières, participation assidue à des raouts, déjeuners, dîners et soupers, séduction appliquée dans les cafés et les vernissages.

4

Chaque jour, parmi ses nombreuses occupations et ses *hobbies* aussi divers que variés, Eugène avait institué un rituel: il passait à l'atelier de Théodore. D'ailleurs, ils convinrent tous deux d'un marché. Eugène apprendrait à son ami à monter à cheval contre quelques cours de peinture. Un échange de bons procédés. Ainsi, Théodore se mit à monter les chevaux les plus fougueux de l'écurie d'Eugène, en contrepartie de quoi il apprit à ce dernier à manier le pinceau, lui proposant d'exécuter des copies réduites de ses propres toiles, généralement des marines. Le maître reconnut que son élève possédait un joli coup de patte et un regard affûté, même s'il manquait terriblement de patience.

Eugène fut très vite fasciné, hypnotisé même par le génie de Théodore: ses marines imposantes illuminaient l'atelier, lui donnant des airs de caravelle sous le vent. Là, oui, Eugène put ressentir la griserie des langueurs océanes et le vertige des profondeurs bleutées sans jamais éprouver le mal de mer.

Il découvrit l'ivresse particulière de l'activité de peintre. L'odeur grisante de la gouache, les mélanges magiques des couleurs, l'affolement des pinceaux sur la toile. Il se trouva qu'il avait quelques aptitudes dans la composition des tableaux, même si la technique lui faisait défaut. Mais au-delà, c'était la vie d'atelier qui enivrait Eugène. Les rituels bohème de cette joyeuse communauté informelle qui vivait, tableau après tableau, autour de déjeuners et de dîners improvisés, qui s'étripait dans des joutes artistiques épiques pour se sauter dans les bras l'instant d'après. Une vie émaillée de blagues de potache, de déguisements et de travestissements, de virées en fanfare à travers la ville.

Dans cette existence rêvée, les déjeuners familiaux dominicaux se chargeaient de ramener Eugène à la réalité. Ce jour-là, comme tous les dimanches chez les Sue, la grande table de la salle à manger était dressée pour le traditionnel rendez-vous auquel étaient conviés oncles et tantes d'Eugène, flanqués de leur progéniture.

Ces repas n'avaient pas pour caractéristique d'être des moments de franche rigolade. Tout en rigidité, le Chevalier, sanglé dans son costume trois-pièces couleur muraille, son visage sec émergeant d'un faux col amidonné comme d'une minerve, présidait la tablée avec un sérieux pontifical. Ce jour-là pourtant, sa main droite était animée d'un mouvement presque imperceptible : ses doigts maigres pianotaient sur la nappe, jouant avec le manche d'ivoire de son couteau. Rien de frénétique, évidemment. C'était toutefois chez lui le signe indéniable d'une folle gaieté.

Du reste, aujourd'hui rien ne semblait pouvoir contrarier le Chevalier : quel que soit le sujet de discussion, il approuvait d'un hochement de tête comblé. Autre indice : des bouteilles de romanée-conti étaient de sortie. Des magnums 1815, s'il vous plaît ! Millésime de sa chère Restauration et de l'année de naissance d'Eugène.

Alors que la discussion s'aventurait sur le terrain savonneux de l'actualité politique, le Chevalier fit tinter sa cuiller en argent sur son verre, signifiant la fin de la partie. Il se leva, tendit sa coupe vers l'assemblée avec une raideur solennelle, s'éclaircit la gorge.

— Qu'il me soit permis aujourd'hui de porter un toast. Il arrive que la vie réserve d'heureuses surprises, même aux plus sceptiques – dont je suis, comme vous le savez tous ici. Je tiens à manifester mon contentement vis-à-vis d'une personne qui m'a procuré la plus vive satisfaction. Mes éminents confrères de la Faculté ne tarissent pas d'éloges le concernant. Ses copies, me dit-on, sont remarquables. Ses interventions orales très pertinentes. Elles témoignent d'une large et solide culture médicale, d'un vif esprit de synthèse ainsi que d'un sens aigu de l'analyse. Et ce en anatomie, en somatologie, en étiologie, bref, dans toutes les matières.

Les regards des convives convergèrent sur Eugène, qui jouait la partition du triomphe modeste. Par un haussement d'épaules un peu gêné et un regard presque contrit, il entendait signifier qu'il ne méritait pas tant d'éloges.

Le Chevalier continua son panégyrique :

— « Bon sang ne saurait mentir », a conclu l'un de mes distingués confrères… (La voix tendue du Chevalier se brisa légèrement, son regard s'humecta.) Pour moi, c'est aussi une belle leçon de vie, dont je tire trois enseignements. Le premier est qu'il faut savoir accorder sa confiance. Le deuxième, qu'il ne faut jamais désespérer et, enfin, le troisième m'apprend que les vocations les plus patentes ne sont pas nécessairement les plus précoces ni les plus démonstratives.

À la fin du discours du Chevalier, tous levèrent leur verre et trinquèrent à la carrière d'Eugène. Outre la fierté pour son fils, on pouvait aussi voir s'allumer dans les yeux du Chevalier l'étincelle de la vengeance. Il trinqua de bonne grâce avec ses beaux-frères, qui avaient tous condamné un peu vite le garçon à l'oisiveté à perpétuité.

Laissant ses invités dans les effluves de cigare, le Chevalier demanda à son fils de le suivre. Léger moment d'inquiétude chez Eugène. Voulait-il l'entretenir de quelque sujet médical ? La panique s'empara de lui en le voyant prendre la direction de son bureau. Dès les premiers pas, pourtant, le Chevalier marqua une pause face à un gigantesque tableau suspendu au mur qu'Eugène avait côtoyé quotidiennement depuis sa plus tendre enfance. Puis il s'engagea dans le long couloir de l'appartement familial, s'arrêtant devant chaque portrait. La dynastie Sue et ses éminents membres masculins en tenue de carabins dans le plus pur style académique. Depuis le règne de Louis XIV, répartis sur quatre générations, quatorze avaient manié le bistouri et administré la saignée. Quatorze tableaux imposants que le patriarche détaillait à la manière d'un guide de musée. Eugène se sentit gagné par la torpeur alors que son père égrenait la litanie des titres, des fonctions et des honneurs : professeurs à la Faculté, académiciens, chevaliers de la Légion d'honneur, chirurgiens de la Garde impériale, médecins-chefs, auteurs de thèses remarquables et remarquées…

Eugène ne fut pas mécontent d'arriver enfin au quatorzième et ultime portrait, celui du Chevalier en personne.

— Je ne m'attarderai évidemment pas sur celui-ci. Vous le connaissez suffisamment pour le fréquenter *in vivo*.

En revanche, il s'arrêta devant l'espace vacant à côté du tableau et resta un instant absorbé dans la contemplation du mur nu.

— Ne vous êtes-vous jamais demandé, mon fils, pourquoi il n'y avait rien ici ?

Eugène sourit béatement. Il n'avait que trop bien compris. Et le Chevalier confirma en effet ses craintes.

— Le quinzième, c'est vous, mon cher fils ! Il va falloir sérieusement songer à vous faire tirer le portrait.

Deuxième partie

Une vocation impromptue

5

Ce fut bien la première fois qu'Eugène traîna les pieds pour se rendre à l'atelier de Théodore. Ce jour-là, il s'y ennuya ferme. Vissé sur un tabouret, figé dans une pose hiératique, adoptant au millimètre près la posture officielle des membres de la dynastie Sue sur les tableaux familiaux, il suffoquait sous son déguisement de médecin. Il perdit patience devant Théo qui exécutait son portrait, un sourire goguenard aux lèvres.

— Tu sais que tu es magnifique !

— Allez, dépêche-toi, c'est interminable ! Tu le fais exprès ou quoi ?

— Et toi, arrête de gigoter, sinon demain on y est encore !

Les joyeux compères des ateliers voisins passaient en s'esclaffant à la vue de la mine de supplicié qu'arborait Eugène.

— C'est fini là, non ?

— Attends, je ne bâcle pas. C'est une commande de ton père. C'est lui mon client. Pas toi. Et je respecte toujours le client !

Eugène, n'y tenant plus, quitta son tabouret, laissant Théodore officier seul derrière son chevalet. Il s'aventura dans un coin de l'atelier où son ami entreposait ses derniers travaux pour les faire sécher. Eugène glissa un regard distrait sur quelques-unes des toiles posées contre le mur jusqu'à ce que l'une d'elles le fasse réagir.

— Waouh !

Il resta médusé. Il recula de quelques pas et, s'agenouillant à distance, plissa les yeux et détailla le tableau, hochant la tête en connaisseur.

— Magnifique. La grâce.

Théodore frétillait d'aise sur son tabouret, se laissant tendrement bercer par la mélodie des superlatifs.

— Superbe. Sublimissime.

Il avait beau se déclarer « radical », s'affirmer « sans concession », il lui était impossible de résister – pas plus que n'importe quel artiste – au chant béni des louanges…

Eugène se frottait le menton devant la toile.

— Tu sais, j'ai déménagé. Et il irait parfaitement dans ma chambre ou dans le *dressing*, tiens ! Me lever et me coucher sous son regard…

Soudain, un doute s'empara de Théodore. Il plissa les yeux.

— Mais de quel tableau parles-tu ?

Eugène tourna l'œuvre dans sa direction et aussitôt la déception se dessina sur le visage du peintre.

— D'accord, je vois…

Parmi tous ses tableaux, Eugène était allé pêcher le seul dont Théodore avait honte. Un pastiche botticellien des plus pompiers. Une Vénus dont un voile vaporeux recouvrait pudiquement les parties les plus intimes de son anatomie.

— Ah, celui-là… C'est impossible !

— Et pourquoi donc ? Allez ! Ton prix sera le mien.

— Non. C'est une commande. Ç'a été un enfer !

— Comment cela, un enfer ? Avec cette sublime créature ? Tu te fous de moi !

Théodore confirma que ç'avait été la pire commande qu'il eût jamais dû honorer.

— Mais alors, si tu ne veux pas me céder le tableau, présente-moi l'original !

Théodore hocha négativement de la tête.

— Ah, non ! Ça aussi, c'est impossible.

— Impossible ? s'énerva Eugène. Qu'est-ce qui te prend ? Tu n'as que ce mot-là à la bouche aujourd'hui. Impossible, et pourquoi ça ?

— Parce que c'est chasse gardée, mon ami !

— *Chasse gardée* ? Ça veut dire quoi ?

Eugène fixa Théodore en fronçant les sourcils, puis son regard s'éclaira comme s'il venait de comprendre.

— Ah, ah… Je vois. Franchement, tu me déçois, mon Théo. Je t'ai connu plus partageur. Tu vires au bourgeois ou quoi ? Et notre amitié, qu'en fais-tu ?

Théodore éclata de rire.

— Ah ! tu n'y es pas du tout, mon pauvre. Je n'ai rien à voir là-dedans, hélas. Je te l'aurais présentée avec grand plaisir. Mais voilà : cette jeune femme est avec un sénateur.

— Et alors ? Où est le problème ? Elle peut être avec qui elle veut. Ce ne serait pas la première fois.

— Le problème, mon cher Eugène, est que le sénateur en question est un ultraconservateur.

— La belle affaire. Ça change quoi ? Il pourrait être légitimiste, libéral ou…

— Sauf que, dans son cas, il l'est également en ce qui concerne sa maîtresse, ultraconservateur ! D'une jalousie explosive, hyperbolique. Othello, c'est de la roupie de sansonnet à côté ! La jeune beauté est mieux gardée que les joyaux de la couronne.

— Il doit bien y avoir un moyen…

— Non ! C'est le pire des clients que j'aie jamais eus. Une séance cauchemardesque. Le sénateur ne m'a pas lâché d'une semelle, une vraie sangsue, toujours sur mon dos. À l'autre bout de l'atelier, un colosse ne me quittait pas des yeux non plus. J'avais la désagréable impression d'exécuter un tableau le fusil sur la tempe. Je devais montrer de l'intérêt pour le sujet mais en même temps n'en manifester aucun. Un supplice, je te dis ! Heureusement qu'il paie bien !

À ce moment précis, on entendit un carrosse s'engager dans la ruelle. Il s'arrêta devant l'atelier. Théodore regarda par la baie vitrée.

— Quand on parle du loup... Tu vas voir ça !

Par la fenêtre, les deux amis observèrent le sénateur, redingote stricte, tout en ventre et bacchantes, s'extraire péniblement de la calèche. Il s'approcha en soufflant puis frappa sans ménagement à la porte de l'atelier. Théodore ouvrit et invita l'élu à entrer, lui offrant sa révérence la plus flagorneuse.

— Excellence, vous êtes venu en personne ? Quel insigne honneur ! Si vous voulez bien vous donner la peine d'entrer.

Le sénateur pénétra dans l'atelier. Il expirait comme un bœuf en s'épongeant le front avec un mouchoir. Il loucha, au comble de la nervosité.

— Vite ! Où est-il ? Est-il prêt ?

— Pour sûr, Altesse. Il est prêt, et bien prêt.

Théodore lui désigna le tableau qu'Eugène tenait encore entre ses mains. L'homme lança une œillade vénéneuse au dandy, l'écume aux lèvres, fondit sur l'œuvre et la lui arracha des mains. Théo lui tournait autour. Il s'approcha de son client tout en se frottant les mains.

— Alors, Votre Seigneurie, qu'en pense-t-elle ? Le velouté de la peau lui convient-il ?

— Combien je vous dois ?

— Et le galbe de la gorge est-il bien rendu ?

— Oui ! C'est combien ?

— Et la pulpe des lèvres ?

— Cessez. Combien vous dois-je, parbleu ?

— Cinq mille francs, monseigneur.

L'homme tendit les billets à Théodore qui les empocha avec une courbette.

— Vous êtes un bienfaiteur des Arts, Éminence !

L'élu s'empara du portrait et se dirigea tête baissée vers la sortie tandis que Théodore, dans son dos, adressait à Eugène un clin d'œil complice.

— Mais, si Votre Altesse le permet…

Le sénateur ralentit le pas, incapable de cacher son agacement.

— … comme vous pouvez le constater, la peinture n'est pas tout à fait sèche. Imaginez que quelqu'un, par mégarde, y laisse traîner ses doigts, la pureté de votre tableau pourrait s'en trouver souillée.

L'homme ne tenait plus en place, la rage montait en lui à gros bouillons.

— Si je puis me permettre de vous donner un conseil, poursuivit Théodore, laissez-le ici en dépôt quelque temps encore, et je veillerai à ce qu'il sèche dans les conditions optimales.

Excédé, le sénateur haussa les épaules et quitta l'atelier dans un grognement et un claquement de porte. Les deux amis éclatèrent de rire. Par la baie vitrée, ils l'observèrent en surplomb rejoindre son fiacre, charriant le portrait, à bout de bras et de souffle. Soudain, Eugène eut une épiphanie. Hélas, trop furtive ! Dans la porte ouverte du fiacre apparurent deux longues jambes parfaitement galbées, un mèche d'un blond diapré, des yeux d'un bleu profond et des lèvres à l'incarnat saisissant.

Un autre chef-d'œuvre, mais bien vivant celui-ci.

Le sénateur s'enfonça dans le véhicule, qui s'éloigna dans la ruelle.

— Tu vois, mon pote, je ne t'ai pas menti. Tu as vu de quelle manière il se comporte avec la copie ? Alors imagine un moment ce que cela peut être avec l'original !

Eugène secouait la tête de dépit.

— Si c'est pas malheureux, ça ! Pauvre beauté. Quel gâchis !

Eugène tournait en rond dans l'atelier.

— Chasse-la de tes pensées. C'est une mission impossible. Même pour toi, bel hidalgo ! Allez, viens reprendre la pose, qu'on en finisse avec ton foutu portrait !

Eugène regagna sa place sur le tabouret, mais ses pensées vagabondaient.

— Il doit bien y avoir un moyen…, ruminait-il.

— Tiens-toi droit ! Regarde par ici.

— Et sinon, elle fait quoi dans la vie ?

6

— On n'est pas bien, là ?

Eugène, grand prince, avait invité Ernest à une représentation théâtrale. Il avait obtenu les meilleures places dans ce petit théâtre : deux fauteuils de choix à l'orchestre, au troisième rang, à quelques mètres seulement de la scène.

Ernest acquiesça par pure politesse. Non seulement il était terriblement mal assis sur un siège dont les rivets lui pénétraient les chairs, mais ce qu'il apercevait en laissant courir son regard alentour ne lui disait rien qui vaille. Un théâtre minuscule qui sentait fortement la poussière et le renfermé. Quelques toiles d'araignée prisonnières des pampilles opaques de l'énorme lustre de travers. Un public qui se réduisait à une petite vingtaine de personnes. Visiblement, la pièce n'était pas la sensation de la saison.

Bizarre. Eugène qui se révélait si pointilleux d'ordinaire dans le choix de ses spectacles… Et puis il était resté étonnamment évasif sur l'argument de la pièce, son auteur, son metteur en scène, la distribution. Pour seul indice, Ernest possédait un titre – *L'Auberge des Trois Canards* – qui n'était pas particulièrement propre à le rassurer.

Il observa Eugène, qui se trouvait au comble de l'excitation, et lui lança un regard inquiet.

— Dis-moi, tu es sûr que c'est la bonne pièce qu'on est venus voir ?

— Chuuuuut ! Ça va commencer !

En effet, on éteignait les lumières. La salve des trois coups résonna, faisant chanceler le lustre. Le rideau se leva et le supplice d'Ernest débuta. Dès les premières répliques, ses doutes concernant la qualité de la pièce furent confirmés. Il n'avait jamais vu un pareil désastre : un décor miteux, un texte calamiteux, une mise en scène piteuse, un sujet minable, des acteurs désolants. Rien à sauver. Et à mesure que les scènes s'enchaînaient, Ernest s'enfonçait toujours plus dans son siège, dont les rivets se faisaient sans cesse plus mordants. Il eût souhaité pouvoir se laisser aller à somnoler pour faire passer le temps. Mais autant chercher à dormir sur une planche de fakir. Y fût-il même parvenu que la voix de l'actrice qui interprétait le rôle de la soubrette l'en eût empêché : c'était un véritable perce-tympan !

Assommé par tant de médiocrité, Ernest jeta des regards désespérés en direction de son voisin qui, lui, semblait totalement subjugué par le spectacle. Il lui lança des coups de coude insistants, mais Eugène ne réagissait pas, trop absorbé qu'il était par ce qui se passait sur scène. Ayant atteint son seuil de résistance, Ernest se leva mais aussitôt Eugène, dans un geste réflexe, le rattrapa par le pan de sa veste et le força à se rasseoir.

— Attends la fin de la représentation, au moins. Ce n'est pas toi qui me dis toujours qu'il faut juger une œuvre dans son ensemble ?

Les visages des deux amis offraient un contraste des plus saisissants, comme s'ils n'assistaient pas au même spectacle. Ernest se morfondait et soupirait alors qu'Eugène retenait son souffle, le regard tendu vers la scène, chaussant sa lorgnette dès que la jeune soubrette apparaissait.

Elle était encore plus éblouissante que sur le portrait de Théodore !

Le rideau tomba, mettant un terme au supplice d'Ernest. La troupe salua le public et se présenta. Parmi tous les noms, Eugène ne retint que celui de l'actrice interprétant le rôle de la servante : Sandra Florival. Debout sur son siège, il applaudissait à tout rompre, avec une ferveur inédite depuis la première d'*Hernani*.

Dès que le rideau se referma, Eugène s'échappa en courant.

— Attends-moi dehors, Ernest, j'arrive tout de suite.

Eugène se dirigea vers les coulisses et poussa une porte barrée d'un immense *INTERDIT AU PUBLIC* inscrit en lettres rouges. Il s'enfonça dans un couloir étroit et sombre, croisant machinistes, accessoiristes et acteurs. Il arrêta l'un de ceux-ci, qui retirait son faux nez et sa perruque.

— La loge de Sandra Florival, s'il vous plaît ?

— Au fond à droite.

L'acteur s'empressa de quitter le théâtre comme s'il y avait le feu. Au fond à droite, il y avait bien une porte, mais sur le seuil se tenait un homme à la corpulence impressionnante campant sur ses jambes arquées, les bras croisés, mâchoire en avant. Eugène s'approcha de lui et se composa la voix la plus flûtée et le sourire le plus mielleux.

— Pardon, cher monsieur, je souhaiterais m'entretenir avec Mlle Florival.

Le colosse resta inerte.

— À quel sujet ? éructa-t-il.

— Eh bien… je viens pour lui parler de la pièce… lui dire combien l'on a apprécié son jeu.

Le garde du corps ne bougea pas un cil.

— On lui transmettra.

— Mais je…

L'armoire à glace ne laissa pas Eugène terminer sa phrase. Il pointa du menton un écriteau rappelant que le lieu était INTERDIT AU PUBLIC.

— Il ne sait pas lire ?

Eugène sentit d'instinct qu'il eût été inutile – et surtout dangereux pour sa santé – d'insister. La boxe, il la pratiquait en *sporstman*. Il se résigna alors à quitter les lieux, retrouvant Ernest qui l'attendait, passablement énervé, à la sortie du théâtre.

— Allons-y, lui dit Eugène, un cerbère bloque l'entrée. On retentera notre chance demain.

Ernest s'esclaffa.

— *Tu* retenteras ta chance demain. Moi, c'est bon, j'ai vu la pièce une fois. Et c'était une fois de trop !

Le lendemain, ce fut Théo qui se retrouva au théâtre en lieu et place d'Ernest. Les rangées étaient tout aussi clairsemées que la veille, le spectacle tout aussi indigeste et le contraste entre les deux visages tout aussi saisissant. Eugène témoigna la même exaltation, lorgnette à la main, ne manquant pas un détail de la prestation de Sandra Florival. Cette fois-ci, il était venu armé d'un énorme bouquet magnifiquement composé de chez Prévôt, au Palais-Royal, qui avait coûté une petite fortune. Quant à Théodore, il tenta bien lui aussi de s'enfuir à la faveur d'un changement de décor, mais Eugène le rattrapa in extremis par la manche.

Comme la veille, au moment des présentations, Eugène se leva de son siège, applaudissant frénétiquement. Sitôt le lourd rideau poussiéreux tombé, il s'éclipsa. Il franchit la porte INTERDIT AU PUBLIC, avança dans le couloir où les acteurs et les techniciens s'éparpillaient, tels des rats quittant le navire, et s'approcha de la loge, dissimulant son visage derrière sa composition florale qu'il arborait comme un bouclier.

Le cerbère était toujours là en faction. Imperturbable.

— Urgent ! claironna Eugène, travestissant sa voix derrière les fleurs. Un bouquet à livrer à Mlle Florival de la part d'une *very important person*…

Eugène avait caressé l'espoir que le colosse le laisserait passer à la faveur de ce subterfuge. Mais, d'un geste brusque, il lui arracha la composition florale.

— On lui donnera, aboya-t-il.

— Mais, balbutia Eugène, il est spécifié : « À remettre en main propre ».

Le front étroit du colosse se plissa. Il planta son strabisme au plus profond des yeux d'Eugène. Un frisson parcourut l'échine du dandy, qui en conclut très rapidement qu'il ne lui restait plus qu'à rebrousser chemin. Vaincu et rageur, il retrouva Théodore à la sortie du théâtre.

— Allons-nous-en, proposa celui-ci, pressé de quitter ce lieu.

Eugène s'apprêtait à le suivre mais, au même moment, Sandra Florival – escortée de son cerbère, cela va sans dire – sortit du théâtre et alla rejoindre la calèche qui l'attendait. Eugène observa la scène, ruminant son impuissance. Théodore lui fit une tape dans le dos.

— Je t'avais bien dit que c'était chasse gardée. Pourquoi tu t'acharnes ? Franchement, je ne te comprends pas. La ville regorge de femmes, et c'est précisément elle que tu veux ?

Eugène suivait des yeux le tilbury qui emportait au loin l'objet de son désir. Il se ressaisit très vite.

— Allez, on lève le camp ! Tant pis pour elle après tout ! Et dire que je me suis tapé deux fois cette daube ! Quelle pièce horrible !

— Ah oui, ça… Allons nous laver de cette souillure.

Ils sautèrent dans le carrosse d'Eugène, qui demanda à son chauffeur :

— Hubert, chez Tortoni !

Ils traversèrent Paris. En contemplant la lumière des réverbères qui se reflétait sur le pavé humide, Eugène continuait semblait-il à réfléchir à sa déconvenue. Il n'aimait pas ce sentiment de retraite. Avant d'entrer dans l'établissement, Théodore lui attrapa le bras.

— Remarque, il y aurait bien un moyen…

Eugène le fixa.

— Ah bon ? Tu as une idée ?

— C'est une actrice, non ?

Eugène haussa les épaules.

— Oui. Merci pour l'information. Et alors ?

— Qu'est-ce qui intéresse une actrice par-dessus tout ?

— Je ne sais pas, moi. La célébrité ?

— Certes. Mais encore ?

Théodore arborait un sourire satisfait qui agaça Eugène.

— Euh… Je n'en sais rien… La reconnaissance ?

— D'accord. Mais encore ?

Eugène fronça les sourcils.

— L'argent ?

Théodore hocha négativement la tête, heureux de mettre à l'épreuve la patience de son ami.

— Arrête de jouer au sphinx, Théo ! Tu m'énerves, là ! À quoi tu penses, nom de nom ?

Théodore chercha encore à ménager son effet.

— Eh bien, ce qui intéresse par-dessus tout une actrice, c'est d'obtenir des rôles, non ?

— Oui. Et alors ? Tu m'exaspères avec tes devinettes !

— Tu ne vois pas ?

— Non, je ne vois pas, non !

— C'est pourtant simple : tu n'as qu'à lui écrire un rôle.

— Lui écrire un rôle ?

— Tout juste.

— Mais comment ça ?

— Eh bien, tu lui écris une pièce.

— Une pièce ?

— Oui, une pièce de théâtre, imbécile !

— J'avais compris, merci. Mais…

Ce fut au tour de Théodore de manifester son agacement.

— Tu es bouché à l'émeri ou quoi ce soir ? Oui, tu écris une pièce spécialement pour elle et tu la rencontres pour le rôle. Il y a marqué « Interdit au public » mais pas « Interdit aux auteurs ».

Eugène resta songeur.

— Alors, tu vois ou pas ?

— Oui, je vois bien. À une réserve près – oh, juste un tout petit détail de rien du tout, mon Théo. Je n'ai jamais écrit la moindre foutue pièce de théâtre !

— Il y a un début à tout, mon ami. Et franchement, tu veux que je te dise, même en te donnant tout le mal du monde, je ne vois pas comment tu pourrais faire pire que ce qu'on a subi ce soir ! Parce que merci pour la purge ! J'en ai encore les fesses tout endolories, de ta pièce !

Une nuit de feutre noir recouvrait Paris et la figeait dans un silence à peine troublé par quelques fiacres lointains. Eugène était assis, le coude posé sur le bureau, la main en l'air tenant entre ses doigts une plume. On eût dit qu'il cherchait à la retenir de s'envoler au plafond.

Face à lui, une feuille blanche, parfaitement blanche, vertigineusement blanche.

À quoi pouvait bien ressembler une *idée* ? Cette question lui trottait dans la tête depuis qu'il avait quitté Théo quelques heures auparavant. Toujours pas l'ombre d'une réponse. Alors, Eugène quitta son bureau, fit le tour de sa chambre, à la recherche d'une inspiration qui ne venait pas. Il croisa son regard vide dans la glace, fit diversion en se préparant un nouveau café et, péniblement, alla reprendre place à son bureau, maudissant Théo et ses stratagèmes à la…

Quand tout à coup, alors qu'il était sur le point d'abandonner, quelque chose lui apparut : est-ce que ce serait ça, une idée ? Son pouls se mit à gambader, son visage prit feu et, dans une sorte de réflexe, il saisit sa plume, la trempa dans l'encrier et inscrivit sur une page vierge :

CHASSE GARDÉE
Un impromptu d'Eugène Sue

Alors, sa plume traça quelques mots comme si elle cherchait son élan, puis elle galopa, trébucha parfois. Page après page, elle prit son envol sur la surface veloutée du papier. Plus moyen de retenir le flot des mots, Eugène ne remarqua même pas les premiers rayons du soleil qui ricochaient sur les toits de Paris. Il s'accorda une unique pause tandis que le soleil était au zénith, juste le temps d'avaler un bol de café bien tassé avant de réattaquer sa rédaction.

Maintenant, il se tenait debout devant la table haute, face à la fenêtre. Il se sentait plus à l'aise. Une habitude prise à l'atelier de Théodore avec le chevalet. Les feuillets s'amoncelaient devant lui à un rythme toujours plus rapide. De nouveau, les ombres s'étirèrent sur la capitale puis furent absorbées par la pénombre du crépuscule. De l'autre côté de la Seine, dix heures sonnèrent à Notre-Dame et il faisait parfaitement nuit lorsque Eugène apposa le mot « Fin ».

Le dandy rassembla toutes les pages éparses qui jonchaient le sol, lustra ses bottines avec une peau de chamois, enfila une chemise, un costume vert d'eau, noua une cravate à la diable et saisit au passage une fleur qu'il fixa à sa boutonnière. Il sortit de l'appartement, claqua la porte et dévala les marches quatre à quatre. En passant devant le grand miroir dans l'entrée de l'immeuble, il ajusta le col de sa veste et son nœud de cravate. Il remarqua alors qu'il avait oublié de se raser. Trop tard. Finalement, c'était peut-être mieux comme ça, il n'en paraîtrait que plus auteur…

Eugène arriva au théâtre à l'instant même où le maigre public en sortait, la mine dépitée. D'un joli coup de savate que lui avait enseigné son professeur de boxe française, lord Seymour, il enfonça la porte INTERDIT AU PUBLIC et jaillit dans le couloir qui lui était désormais familier. Fidèle au poste, toujours aussi colossal, le cerbère vit arriver Eugène de loin. Malgré sa volonté de ne rien laisser paraître, il ne put réprimer totalement le petit sourire de contentement qui frisa sur ses lèvres.

— Encore toi ! Tu as vraiment besoin de besicles. C'est…

— … *interdit au public*, je sais ! Au public, mais pas à un auteur dramatique qui vient proposer une pièce à la grande Sandra Florival.

Eugène haussa le ton.

— UN RÔLE EXTRAORDINAIRE ! ÉCRIT SUR MESURE POUR SANDRA FLORIVAL !

La patience du vigile avait atteint son point limite. Rester toute la journée comme une statue, forcément, cela lui donnait des envies d'action. Et se payer un mirliflore comme Eugène, c'était vraiment trop tentant. Il serra les mâchoires, joignit ses deux énormes paluches, les fit craquer aux jointures en fixant le dandy comme une pâtisserie qu'il s'apprêtait à dévorer. Sous son habit, on pouvait voir onduler ses muscles qui s'échauffaient, prêts à entrer en action pour éconduire cet insolent freluquet une bonne fois pour toutes. L'odeur du sang le galvanisait.

La voix d'Eugène se fit moins claironnante, perdant de l'intensité à mesure que le colosse s'approchait de lui.

— UN IMPROMPTU ÉCRIT SPÉCIALEMENT POUR LA GRANDE SANDRA FLORIVAL…

Eugène sentait sur lui le souffle des nasaux du garde du corps quand – miracle ! – la porte de la loge de Sandra Florival s'entrouvrit. La jeune femme apparut dans l'embrasure, vêtue d'un splendide déshabillé vaporeux, le regard aux aguets.

— Ai-je rêvé ? On a parlé d'un rôle ? lança-t-elle avec un phrasé emprunté, comme si elle était encore sur scène. À la vue d'Eugène, elle émit un petit gloussement d'aise, portant son index à ses lèvres, les cils papillotants.

— Piouh ! C'est vous l'auteur ?

— Euh… oui…, répondit ledit auteur qui n'avait pas encore un jour.

Elle lui adressa un sourire des plus engageants, puis se tourna vers le cerbère et, *tragediante*, laissa éclater son courroux :

— Mais enfin, qu'attendez-vous pour laisser entrer monsieur ? En voilà des manières ! C'est bien de penser à ma protection, mais l'on ne fait pas attendre un *auteur*, voyons ! Ma carrière en dépend, et vous y faites obstacle !

Le colosse s'effaça, cédant de mauvaise grâce la place à Eugène qui passa sous son nez, un sourire de triomphe scintillant aux lèvres. Une fois qu'il fut entré, Sandra lança :

— Que l'on ne nous dérange sous aucun prétexte !

Puis elle referma la porte derrière eux. Ses longs cils brassaient autant d'air qu'un éventail andalou. Plus comédienne que jamais, elle se lova dans la méridienne, croisa ses longues jambes et fit signe à Eugène de venir prendre place à ses côtés.

— Désolée, ma loge n'est pas bien grande, mais on va se serrer, dit-elle en lui lançant une œillade oblique du plus beau bleu, fruit d'une longue pratique. Elle s'empara du manuscrit, effleurant au passage les mains d'Eugène qui sentit un voluptueux frisson irradier dans tout son corps.

— Hum, « *Chasse gardée*, un impromptu d'Eugène Sue »..., lut-elle d'un air gourmand.

La jeune femme tourna les pages du manuscrit, puis le posa aussitôt.

— Tout cela m'a l'air passionnant, dites-moi ! Mais maintenant que vous vous êtes donné la peine de venir jusqu'à moi, que vous avez franchi tous les obstacles, tel un preux chevalier, j'aimerais entendre l'histoire de votre bouche. De quoi parle cette pièce ?

Eugène se passa la main dans les cheveux et plongea son regard dans les grands yeux bleus de la jeune femme.

— C'est l'histoire d'une jeune chanteuse belle et talentueuse tenue en laisse par un barbon, un sénateur affairiste, ultraconservateur, bref, le louis-philippard dans toute sa splendeur. Rouflaquettes moutonneuses, bedaine rebondie... Vous imaginez le personnage ?

— Parfaitement ! Continuez, je suis tout ouïe.

Le visage de la jeune femme se rapprocha de celui d'Eugène.

— L'ultraconservateur mal conservé est d'une insondable jalousie – Othello est un enfant de chœur à côté –, il ne lâche pas sa proie d'une semelle, la fait chaperonner par un fort des Halles intransigeant.

— Hum, je vois…

À présent, leurs visages n'étaient qu'à quelques millimètres l'un de l'autre et leurs souffles se mêlaient. Sandra posa son index sur les lèvres d'Eugène.

— Chut ! Laissez-moi deviner la suite. Un tout jeune et fringant écrivain – ô combien prometteur ! –, parvenant à tromper la vigilance du geôlier qui tient la jeune actrice en captivité, réussit à s'introduire dans sa loge. Il lui propose un rôle pétillant dans une pièce rythmée et bien troussée… !

Eugène applaudit.

— Absolument ! La pièce fait un triomphe sous les yeux même du barbon qui l'applaudit tous les soirs. Oh, mais vous m'épatez, comment avez-vous deviné ?

— Je sens immédiatement les grands rôles. Dites-moi, j'espère que cela se termine bien. Car j'affectionne particulièrement les *happy end*, voyez-vous. Est-ce que votre comédienne et son auteur… Comment dire… ?

— Ha ! ha ! Je vous laisse deviner.

— Ne me dites pas que…

Leurs lèvres se frôlèrent puis s'embrasèrent dans un long baiser langoureux. Le couple s'étreignit, basculant maladroitement dans la méridienne, froissant le manuscrit qui se répandit sur le tapis.

Mais on frappa à la porte.

— Ciel, mon sénateur ! chuchota Sandra à l'oreille d'Eugène.

— *Tu es là, mon poussin ?*

Le couple échangea un dernier baiser furtif puis chacun reprit sa place sur l'ottomane. On frappa de nouveau.

— Un instant ! J'arrive !

La jeune femme rajusta son déshabillé tandis qu'Eugène rassemblait les pages du manuscrit qu'il posa sur le guéridon. Juste avant d'ouvrir la porte, Sandra l'embrassa fougueusement.

— Tu en as mis du temps, ma cocotte ! se plaignit le sénateur d'une voix aigre-douce.

Lorsqu'il aperçut Eugène, son visage se décomposa. Il darda sur lui un regard chargé de haine.

— Je vous présente..., s'empressa de dire Sandra, ne laissant pas au sénateur le temps de découvrir où il avait bien pu voir cette tête d'effronté... Monsieur...

— Sue. Eugène Sue, dit l'intéressé en tendant une main que le sénateur refusa de serrer.

Sandra s'interposa.

— Oui, M. Sue est un auteur dramatique majeur qui est venu en personne me proposer le premier rôle de sa nouvelle pièce. Plus qu'une proposition, c'est un cadeau inespéré !

Sandra tendit à Eugène une main ferme et professionnelle.

— Merci mille fois, cher monsieur, d'avoir pensé à moi. Je lis votre pièce dès ce soir. Que diriez-vous si nous nous revoyions dans les tout prochains jours, afin de poursuivre notre discussion ?

Eugène s'inclina.

— À votre service, madame.

Puis le dandy prit congé, non sans gratifier le cerbère d'un petit clin d'œil. Dans le dos des deux hommes, Sandra souffla un fougueux baiser à Eugène sur sa paume ouverte.

Le jeune homme courut dans le couloir et d'un coup d'épaule envoya valser la porte INTERDIT AU PUBLIC qui s'ouvrit sur la rue. Jaillissant comme un cabri sur le pavé, totalement insensible à la fatigue, Eugène courut, s'enivrant de l'air de la capitale. Le cœur bondissant, survolté, pour célébrer sa conquête et son nouveau personnage, il partit se fondre dans les trépidations de la nuit parisienne sous les lustres étincelants et les stridences de la fête.

L'impromptu d'Eugène fut joué. La Florival réussit en effet à convaincre son sénateur de miser une partie de sa fortune sur la pièce. Du reste, il n'eut pas à s'en plaindre, car elle rencontra un certain succès. Pas vraiment pour sa valeur artistique, ni grâce aux louanges de la critique parisienne. Non, ceux qui en assurèrent la meilleure publicité furent les ennemis politiques du sénateur : un bouche-à-oreille inespéré qui se répandit dans la capitale, d'autant que lesdits ennemis étaient nombreux et décidés – tant dans le camp adverse que dans le sien propre. Venir en groupe à ce spectacle devint rapidement un *must* à Paris. La pièce acquit même le statut envié de *pièce culte*. Le spectacle devenait particulièrement irrésistible lorsque le sénateur assistait en personne aux représentations. C'était un délice d'esthète que de voir l'élu applaudir à tout rompre. Aveuglé par un ego aussi gonflé que sa bedaine, il était visiblement le seul à ne pas avoir perçu qu'il s'agissait d'une pièce à clefs dont il était le héros involontaire.

C'est ainsi que naquit de la manière la plus inattendue qui soit la vocation littéraire d'Eugène. À la faveur de cette pièce écrite en une nuit et un jour, ne venait-il pas de faire l'expérience de la toute-puissance de la littérature ? Comment avec quelques feuilles de papier, un peu d'encre, un agencement plus ou moins judicieux de voyelles et de consonnes, il lui avait été possible de faire céder une porte scrupuleusement verrouillée.

Outre que cet impromptu l'avait fait accéder au statut enviable d'auteur et lui avait servi de laissez-passer, sa rédaction donna l'occasion à Eugène d'expérimenter une nouvelle forme de plaisir. Une sensation qu'il n'avait fait qu'entrevoir dans l'atelier de Théodore, pinceau en main, face à la toile blanche. Avec les mots, il sentit qu'il détenait une plus large palette. En se jetant dans l'écriture, il avait perçu une sensation physique, une forme de vertige délicieux, qui tenait aussi pour une grande part au sentiment d'urgence. Une impression enivrante, comparable à ce qu'il éprouvait lorsqu'il portait l'un de ses pur-sang au galop, l'avait saisi. Et que dire de la délectation de voir enfin naître sous ses yeux un sujet achevé ? Ce qu'il n'avait jamais réussi à obtenir avec une toile.

C'était là une forme de vocation littéraire assez singulière. Rien à voir avec Chateaubriand ou Lamartine, le souffle des hauteurs de l'esprit. La vocation d'Eugène tenait plus de l'appel des sens que d'une exhortation du destin. Nulle trace de transcendance ni d'une quelconque quête métaphysique. Juste une forme de frisson qu'il avait ressenti et qu'il souhaitait revivre.

Pourtant, le destin y prit aussi sa part. Car, au même moment, une révolution était en train de se produire à Paris et en France. Une révolution littéraire qui allait se vivre au jour le jour.

Troisième partie

Les Feuilletonistes

7

Au commencement, les journaux n'étaient que de tristes feuilles grisâtres enfilant sur quatre pages à la typographie serrée des nouvelles à la fraîcheur douteuse, d'arides comptes rendus parlementaires et judiciaires, à peine agrémentés de quelques faits divers plus ou moins crapoteux. Non seulement ils étaient parfaitement ennuyeux, mais ils étaient aussi hors de prix et introuvables. Impossible de se les procurer au numéro, il fallait être abonné. Seuls les cafés, les cercles et les cabinets de lecture pouvaient se permettre de souscrire un abonnement à un journal pour en faire profiter leur clientèle.

C'était une spirale infernale. Les journaux devenaient de plus en plus chers et de plus en plus ennuyeux. De quoi faire fuir leur peu de lecteurs. On parla alors de la mort de la presse.

Quand arriva à son chevet un homme providentiel : Émile de Girardin. Flamboyant affairiste et bretteur insatiable, il mit au point une formule pour dynamiser la presse. Tout simplement en introduisant de la réclame dans les journaux. Grâce aux annonces, ceux-ci ne tireraient plus uniquement leurs bénéfices du prix des abonnements, mais aussi du produit de la réclame. La manne ainsi obtenue permettrait alors de réduire le prix de l'abonnement et des numéros. Cela attirerait de nouveaux lecteurs et occasionnerait une augmentation du prix des annonces publicitaires. Ce qui accroîtrait encore le revenu obtenu par la réclame, permettant une nouvelle baisse du prix du journal et l'arrivée de lecteurs supplémentaires…

Ce joli tour de passe-passe – qui nous semble à nous, lecteurs d'aujourd'hui, naturel et désuet – redonna soudainement confiance à cette industrie subclaquante. Et de fait, on assista alors à la multiplication instantanée des journaux et des revues.

Encore fallait-il, pour que le phénix renaisse entièrement de ses cendres, donner *envie* de lire le journal. Vendre celui-ci pour une misère était une bonne chose, à condition d'aiguiser l'appétit du lecteur. C'est là que le génie de Girardin donna toute sa mesure. Les nouvelles, les faits divers, les comptes rendus parlementaires, bref, l'information, c'était bien. Mais comment se garantir un public quotidien ? Il fallait trouver un appât.

Ce fut le roman-feuilleton.

Ainsi, Girardin avec *La Presse* et Armand Dutacq avec *Le Siècle* eurent l'idée, en marge des informations, des faits divers et des annonces, de proposer un roman. Un roman débité en chapitres, composés au jour le jour, et placé au « rez-de-chaussée » du journal, à savoir en bas de la première page. Chaque parution adopta la longueur d'un petit feuillet, autrement dit d'un *feuilleton*. Ainsi naquit ce que l'on allait appeler d'abord le feuilleton-roman, puis définitivement le *roman-feuilleton*.

Ce fut une bénédiction pour la presse. Le roman-feuilleton eut un double effet miraculeux : d'une part, il apporta aux journaux une nuée de nouveaux lecteurs – et lectrices – pas nécessairement friands d'actualité, d'autre part, la grâce de la fiction sut les rendre durablement fidèles.

Et cela marcha au-delà même des attentes. Grâce à la publication des romans-feuilletons, les journaux doublèrent rapidement leurs tirages et la pratique se généralisa. Le roman-feuilleton s'installa et chassa peu à peu les autres rubriques comme les causeries mondaines, les fragments historiques, les récits de voyages ou la critique littéraire... Malgré la résistance de cette dernière, qui se voyait délogée de son pré carré, le roman-feuilleton s'imposa à tous les journaux, tous bords confondus.

Au départ, on se contenta de publier des romans déjà existants que l'on saucissonnait pour une parution journalière. Puis on en écrivit spécialement pour les journaux, en temps réel. Du même coup, une nouvelle race d'écrivains vit le jour. Jeunes, impétueux, pressés, prêts à tout pour réussir, c'étaient les *feuilletonistes*. Mercenaires de la plume, ils avaient pour mission de livrer quotidiennement, qu'il pleuve ou qu'il vente, leur épisode aux journaux avides de satisfaire leurs lecteurs avec de nouvelles péripéties.

Eugène voulut en être. Écrire et séduire au jour le jour pour quelqu'un qui voulait vivre et jouir au jour le jour, n'était-ce pas l'occupation rêvée ? Comment ne pas y voir un appel de la Providence ?

La Providence prit la forme d'un émissaire un peu spécial. Lors d'un raout, un soir, Eugène ressentit de la gêne avec l'un des invités. Arrogant et fat, il se comportait comme un malpropre avec les convives et particulièrement la gent féminine. Eugène n'était pas un parangon de savoir-vivre, mais là, c'en était trop. Désireux aussi d'apparaître comme un sauveur auprès de la maîtresse de céans et de ses parents, il décida de réagir et de prendre à partie l'énergumène. Le ton monta rapidement, ils se traitèrent de tous les noms et en vinrent aux mains, tant et si bien que tous deux furent renvoyés de la soirée par les huissiers. Eugène apprit trois choses à cette occasion : les deux premières furent que l'on ne jouait pas impunément au chevalier blanc et que l'on pouvait se trouver confronté à l'ingratitude des hommes. La troisième découverte allait changer sa vie. Mis ensemble au ban de la soirée, les deux ennemis partagèrent des verres et finirent par conclure une paix des braves. L'homme travaillait pour le compte d'un journal et il était chargé de dénicher des talents. Il expliqua alors à Eugène les dessous de la fabrication des romans-feuilletons et ce que les éditeurs recherchaient. Ce dernier évoqua l'écriture de son impromptu, faisant rire son acolyte. Du reste, il avait entendu parler de cette pièce. Lorsqu'ils se quittèrent à l'aube, l'homme lui demanda s'il ne connaissait pas un feuilletoniste potentiel. Parce que justement, ils recherchaient urgemment un nouvel auteur.

— Moi, répondit aussitôt Eugène.

— Tu as une idée ?

— Oui.

En réalité, il n'en avait aucune. Pas plus que pour son impromptu. Mais il sentait qu'il devait saisir sa chance. Ici et maintenant. Les deux nouveaux compères étaient assis sur le parapet d'un pont qui enjambait la Seine.

Eugène raconta alors ce qui lui passa par la tête à ce moment-là. Il s'embarqua au hasard dans une histoire de pirates qu'il évoqua à grands traits.

— Intéressant, les histoires de pirates. Pourquoi pas… Passe me voir mardi.

Eugène fut soulagé en voyant partir son nouvel ami. Il n'avait pas tiqué lorsqu'il lui avait impunément resservi la trame du *Corsaire rouge*, le roman maritime de Cooper qu'Eugène avait relu à Brest, à la caserne. En rentrant, il se mit à son bureau.

Sous sa plume naquit *Kernok le pirate*, vaguement inspiré du *Corsaire rouge* en effet, mais revu et corrigé et assaisonné à ce qui allait devenir la sauce d'Eugène, sa marque de fabrique : *le mauvais esprit.* Sa griffe, devrait-on dire. Là où Cooper insistait sur les aspects techniques de la marine, donnant de longues descriptions dilatoires à l'action – « Hissez le grand foc ! Virez le cabestan ! », etc. –, Eugène préféra se concentrer sur la cruauté de la vie à bord et sur celle de son personnage, qui nourrissait les plus noirs desseins, faisant voler le manichéisme en éclats. Ce qui donna les aventures de Kernok, jeune Breton qui, à quinze ans, décide de s'embarquer sur un navire servant au commerce des esclaves. Un drôle de roman d'apprentissage.

Eugène joua le jeu, livrant son épisode bien frappé, avec des poursuites, des orgies de pirates, des massacres, des matelots fouettés à mort, des trahisons, des abordages, une femme emportée par un boulet, une jambe arrachée, des hommes brûlés vifs ou laissés en mer…

Il s'en donna à cœur joie, se pourléchant les babines en inventant quotidiennement des épisodes à la noirceur toujours plus jubilatoire. *Kernok* lui servit de laissez-passer sur la scène parisienne du roman-feuilleton. Eugène devint rapidement un jeune auteur prometteur.

Le voile du lit à baldaquin laissait entrevoir la silhouette d'un couple enlacé. Dans le clair-obscur de l'appartement, on eût dit deux carnassiers qui s'arrachaient les vêtements comme des lambeaux de peau. Le deux bouches se rapprochèrent. Tout à coup, la jeune femme repoussa le mâle d'un bras ferme, le tenant à distance.

— Je ne sais même pas ce que tu fais ! lui dit avec un accent ibérique l'imprévisible nièce de l'ambassadeur d'Espagne venue passer quelques jours à Paris.

— Je suis feuilletoniste, lui répondit Eugène, sans trop de conviction.

La pression du bras se relâcha et leurs bouches s'accouplèrent à nouveau. Mais soudain, le bras de la jeune femme se tendit de plus belle.

— *¿ Feuilletonista ?* Mais qu'est-ce que c'est ?

— Ah ! C'est tout un programme, tu sais…

Eugène chercha à l'embrasser mais elle ne relâcha pas la pression sur son bras.

— Raconte-moi.

— Te raconter ? D'accord. Alors… Comment te faire comprendre ? Il faut séduire la lectrice, si possible de moins de cinquante ans.

— Ah, ah !

— C'est tout un art. Il faut savoir l'accrocher dès le début…

— Ah oui ? Comment ?

Eugène déboutonna le chemisier de la jeune femme.

— … la prendre en main grâce à une action forte *in media res*, dans le feu de l'action…

— Ah oui, je vois…

Le couple s'embrassa fougueusement.

— … mais aussi avoir recours au dialogue pour que ce soit plus vivant, n'est-ce pas ?…

— Je vois, le dialogue, c'est excitant, en effet.

Eugène s'attaqua alors au corset, tandis que sa partenaire le déshabillait entièrement.

— … puis faire monter son désir en levant progressivement le voile sur l'intrigue…

— Ahhhh ouiiii…

— … et lorsque la lectrice, cette chère lectrice, se trouve en état de grâce, embarquée dans l'action, avide de poursuivre…

— Ouiiiii…

— … il faut la guider d'une main sûre vers *la coupe*…

— La coupe ? Qu'est-ce donc que cela ?

— La coupe, c'est… la dernière phrase…

— Déjà ?

— … qui la harponne.

— Ahhhh !

— … Soudain, alors que cette admirable lectrice est pantelante de désir, il nous faut lever l'ancre, quitter la scène, suspendre l'action sur la phrase fatidique : *« La suite à demain »*…

— Quoi ? Déjà ?

— … qui la suspend dans une attente insoutenable jusqu'au jour suivant.

Eugène leva les mains et se détacha brusquement de la jeune femme.

— *Mais c'est horrrrriiiible !*

— Oui, mais tel est notre secret. Ne jamais se donner entièrement. Sinon, il n'existe plus de lendemain.

Eugène s'approcha du corps entièrement dévêtu de la jeune femme, leurs lèvres portées à incandescence se frôlaient, quand soudain on frappa à la porte. Des coups marqués.

Eugène se figea, sourcils froncés.

— Pas moyen d'être tranquilles !

On tambourinait de plus belle. Eugène se leva, nu comme un ver, s'approcha à petits pas. Il souhaitait juste que ce ne fussent pas des huissiers, le moment eût été vraiment inopportun. Il emprunta alors sa voix flûtée de servante espagnole.

— *¿ Es para qué ?*

— Monsieur Sue, répondit une voix juvénile de l'autre côté de la porte (visiblement, la manœuvre du feuilletoniste avait échoué), c'est de la part du journal *Le Matin*, on attend votre feuilleton du jour pour dans une heure au plus tard.

Eugène sursauta. Déjà ? Il n'avait pas vu le temps passer. Heureusement que le rédacteur en chef envoyait toujours un messager : une manière de « pense-bête » pour ses feuilletonistes. Car pour lui comme pour la plupart de ses confrères, c'était toujours sur le fil. Pour autant, jusqu'à présent, Eugène n'avait jamais manqué une livraison. Rater le bouclage, c'était se disqualifier. Non seulement une faute professionnelle mais aussi une faute morale. Nu au milieu du couloir, il eut une hésitation. Il fit quelques pas vers la chambre à coucher – où il aperçut le corps nu et offert de sa partenaire. Comment résister à une telle tentation ? Pourtant, il se montra héroïque et rebroussa chemin. Passant dans le salon, il se saisit d'un plaid qu'il enroula autour de son corps en guise de toge et se précipita à son bureau.

— Je reviens, lança-t-il à la jeune femme.

Où en était-il déjà ? Ah oui, ça lui revenait. Debout à son bureau, face à sa fenêtre ouverte sur le tumulte de la rue parisienne, il noircit d'une seule traite un feuillet entier. Sous ses yeux, la Seine majestueuse se métamorphosa en une mer houleuse sous la menace de lourds nuages charbonneux.

Kernok, son jeune héros, se trouve à bord du brick qui fouette les vagues, toutes voiles dehors, la proue se tend vers les côtes d'Afrique, au large des îles du Cap-Vert. La lune bleue se reflète à la surface de l'océan en des milliers de diaprures colorées. Le capitaine a forcé sur le vieux rhum. Il prend l'air, assis devant sa fenêtre, tirant sur sa longue pipe noircie comme l'aile calcinée d'un alcyon. Il a un *spleen* tenace, la mer ne le console plus, il pleure comme un nouveau-né. L'ivresse aidant, la pleine mer lui fait songer à la grasse campagne normande de son enfance. Elle est là qui lui tend les bras.

Le jeune Kernok écoute son maître pleurnicher sur son épaule. « Heureusement que tu es là, Kernok. — Mon maître, je serai toujours là pour vous rendre service. » Le jeune moussaillon lui tend une main et l'aide à avancer sur le pont surplombant la mer démontée. « Oh, mon fidèle Kernok, que ne donnerais-je maintenant pour pouvoir gambader à nouveau dans mon vert paradis normand. » Une larme coule sur sa joue, ajoutant au sel des océans lointains. Mais c'est une larme de bonheur. Elle va rejoindre ses lèvres qui palpitent de plaisir. « Oh, tu es là, Mamet, attends-moi. » Son sourire édenté le fait soudain ressembler à un nourrisson. Alors, n'écoutant que son cœur, Kernok donne une tape pleine de compassion dans le dos de son capitaine. Avec un couteau. Il accède ainsi à son désir. Dans sa chute, Kernok croise le regard reconnaissant du vieil homme qui, le sourire aux lèvres, regagne pour toujours la riante prairie de son enfance, absorbé par les flots écumants.

Le sillage argenté du bateau se teinte de rouge sous les reflets glaçants de la lune.

Kernok, après un rapide *De profundis* pour son maître adoré, prend la tête du navire. Il libère les esclaves retenus prisonniers dans les soutes pour en faire des pirates. L'océan n'est-il pas plein de trésors flottants ? Caravelles chargées de louis d'or, bricks regorgeant de diamants, embarcations remplies de bois précieux, bateaux marchands lestés de lingots d'or. Vive la piraterie et la flibuste ! L'équipage reste suspendu au verbe puissant de

Kernok, hypnotisé par son torse puissant et ses yeux brillants et injectés de sang.

Parmi les hourras de l'équipage, il perçoit les cris d'une jeune femme espagnole…

— *Qu'est-ce qué tou fais,* mi amor ?

Eugène, émergeant de son récit, réalisa alors qu'il s'agissait de sa partenaire qui manifestait son impatience dans la chambre à coucher.

— Un moment ! J'arrive…, lança-t-il depuis son navire secoué par les flots et les vivats.

Tout l'équipage porte en triomphe son nouveau capitaine. « Kernok ! Kernok ! Kernok ! » scande-t-il d'une seule voix.

Arrivé au bout de ses trois feuilles, le jeune homme griffonna la mention « La suite à demain ».

Eugène se faufila vers son dressing et s'habilla *veloce.* Il revint vers sa compagne, l'embrassa et lui glissa à l'oreille : « *La suite à demain !* Je dois y aller, ma dulcinée… »

La jeune femme, le regard en feu, lui lança un « *¡ Hijo de puta !* » assassin, alors qu'Eugène claquait la porte de l'appartement et dévalait les marches quatre à quatre. Les Parisiens qui passaient ce jour-là furent sidérés par le spectacle d'une déesse ibérique en tenue d'Ève sur un balcon proférant *urbi et orbi* des injures comme des imprécations.

Échappant de justesse à un vase Ming qui s'écrasa sur la chaussée, Eugène sauta dans son cabriolet.

— Au *Matin*, vite !

À l'arrière de la voiture, il parcourut son texte, y apportant quelques corrections de dernière minute malgré les soubresauts. Soudain, le carrosse s'arrêta net. Une carriole s'était renversée, répandant au sol tout son chargement de vin, d'huile et de farine. Impossible de rebrousser chemin car d'autres véhicules avaient rejoint celui d'Eugène, produisant une belle confusion. On s'énerve, on s'insulte, les chevaux ruent et piétinent et glissent sur le mélange poisseux, mais on n'avance pas d'un pouce.

— Décidément, rouler dans Paris, c'est de pire en pire ! se lamenta Hubert, le cocher. Qui donc prendra un jour de vraies mesures pour que l'on circule mieux dans cette foutue capitale ?

Eugène grogna en signe d'approbation mais il n'était pas franchement d'humeur à engager une discussion sur les perspectives de la circulation parisienne et ses voies sur berge. Il sauta à pieds joints hors du cabriolet, manqua s'affaler dans une flaque d'huile et se rendit au journal au pas de course, se faufilant entre les attelages en tenant contre lui ses précieux feuillets. Il arriva au *Matin* à bout de souffle, poussa la porte sans ménagement et tendit ses pages au rédacteur assis derrière son bureau. Au même moment, un oiseau mécanique jaillit d'une horloge helvétique, tenant dans son bec une pancarte mentionnant : « Bouclage ! »

— Sauvé par le gong !

Le rédacteur en chef lut les feuillets.

— C'est encore du bien corsé ! Les lectrices vont se régaler !

Sans même le regarder, il lui fit un signe de tête en direction de la caisse. Eugène y alla et un employé lui tendit ses billets. Il les empocha prestement et quitta les lieux sur un tonitruant :

— LA SUITE À DEMAIN !

8

Libéré, Eugène était impatient d'y retourner. Il arriva essoufflé et, dès qu'il poussa la porte, il fut saisi par un volume sonore qui lui sauta au visage. Une clameur.

On était aux Feuilletonistes. Un café à proximité des bureaux des journaux, au cœur de Paris. C'est là que la nouvelle vague d'écrivains pressés se retrouvait. Après la livraison de leur épisode du jour, ils trinquaient, soulagés d'avoir remis leur *came* à temps.

Passé l'heure du bouclage, donc, le café s'emplissait et se transformait en repaire de brigands. Écrivains à gages, ils honoraient tous un contrat. À la ligne. Exécution immédiate. Et si le texte ne répondait pas aux attentes du lecteur, il était remanié, abrégé ou, pire, guillotiné, interrompu du jour au lendemain.

C'était là, dans la salle enfumée du fond, qu'ils ourdissaient leurs complots narratifs, mettaient au point des rapines littéraires et se préparaient à toucher le magot grâce au *feuilleton qui tue*. Marabouts de la plume, ils tentaient des mélanges, des mixtures improbables. Ils testaient de nouvelles formules narratives à base d'ingrédients improbables : aventuriers sous les tropiques, échelles de soie, narcotiques et poisons en tout genre, innocentes héroïnes infortunées et persécutées, curés malfaisants, pâmoisons à répétition, faux chevaliers servants, progénitures perdues et retrouvées, puis reperdues, trahisons, rapts, sévices, châteaux maléfiques, secrets inavouables, révélations sur un lit de mort, malédictions séculaires, trésors cachés, vengeances implacables…

L'ambiance était survoltée. Dans une cacophonie tabagique et hilare, chacun raillait les exploits feuilletonesques de ses concurrents en les lisant à haute voix.

Une ambiance de criée.

— Ah !!! Tiens, v'là le Beau Sue !

Une blague récurrente que ses confrères de plume – adeptes du comique de répétition – lui servaient avec une régularité quotidienne. Eugène était vacciné : il la subissait déjà depuis les bancs de l'école.

Il se joignit à eux alors qu'un jeune homme aux cheveux longs regroupait sur la table les différents journaux fraîchement livrés. Il ouvrit le premier :

— *Corricolo*, par Alexandre Dumas.

Puis il s'empara d'un deuxième :

— *Le Capitaine Aréna…*, par Alexandre Dumas.

Et enfin, il en feuilleta un troisième :

— *Speronare…*

Toute la tablée reprit en chœur : « Par Alexandre Dumas ! »

— J'arrête là, mais il y en a peut-être d'autres, qui sait ?

Il pointa d'un doigt inquisiteur un flamboyant métis, la trentaine rondouillarde, qui souriait, goguenard.

— Ce n'est plus possible, vous asséchez le marché, mon cher Alexandre ! Dites-nous au moins comment vous faites ! Vous ne dormez donc jamais ? Êtes-vous un vampire ? Disposez-vous de journées de trente-six heures ? Allez, dites-nous où se trouve votre Faust, que l'on signe avec lui.

Au bout de la table, l'accusé distilla un sourire en coin.

— Disons qu'il m'arrive de faire appel à des collaborateurs.

— Des *nègres*, tu veux dire ?

Les insultes jaillirent de toutes parts dans un joyeux capharnaüm.

— Tricheur !

— Esclavagiste !

Dumas leva nonchalamment le bras pour sa défense.

— Eh, les amis ! N'allez pas croire que ce soit de tout repos. Il faut orchestrer tout cela comme une petite entreprise. Et quand ça va mal, à qui on s'adresse ?

— Négrier !

— Exploiteur !

— Et puis, poursuivit-il, nul n'est à l'abri d'une surprise. Vous savez ce que m'a fait un collaborateur l'autre jour ? Un coup pendable !

Les regards interrogateurs convergèrent sur Dumas.

— Eh bien, il est mort !

Silence glacial. Même la fumée se figea.

— Lorsque j'apprends la funeste nouvelle, je me rends aussitôt à son domicile pour consoler sa femme et ses enfants. Je les aide à organiser les funérailles, etc. Vous connaissez mon grand cœur ! C'est tragique. Cueilli dans la fleur de l'âge, laissant femme et enfants…

Il marqua un temps d'arrêt, l'œil humide.

— Et c'est seulement au beau milieu de la nuit que je prends conscience du tragique de *ma propre* situation. Je me réveille en sursaut, couvert d'une sueur glacée : LA LIVRAISON DE MON FEUILLETON ! Eh oui, occupé à mourir, mon collaborateur a oublié de livrer *mon* feuilleton. Je tremble dans mon lit. La bévue professionnelle stupide. Une carrière prometteuse foudroyée en plein vol, tous les chefs-d'œuvre à venir anéantis.

Dumas prit une gorgée de café.

— Et au petit matin, avec la mine du condamné à mort, j'arrache le journal à mon aboyeur de la rue des Martyrs. Haletant et blême, je le regarde, en proie à la panique que vous imaginez. Prêt à affronter le vertige de la page blanche… mais celle du journal, cette fois-ci. Je tourne les pages. Et à ce moment-là, que vois-je ?

Alexandre sirota à nouveau son café pour ménager son effet – le café faisant en quelque sorte office de passage à la ligne, comme dans un feuilleton. Il pouvait ainsi observer d'un œil jouisseur les oreilles tendues autour de la table.

— Et qu'est-ce que je vois, disais-je, eh bien, je vous le donne en mille, je vous le donne en cent : *le feuillet habituel se tenait bien sagement à sa place, suivi de notre signe de ralliement à tous*, « La suite à demain » !

Une houle d'étonnement parcourut l'auditoire.

— Et le lendemain, idem !

Dumas leva les yeux au ciel au moment où un rayon de soleil traversait la verrière. Il étendit les bras en croix dans une pose saint-sulpicienne.

— Magique, non ?

Il porta de nouveau la tasse de café à ses lèvres, bien qu'elle fût vide.

— J'ai cru un moment que j'avais été touché par la grâce divine ou que j'étais moi-même devenu l'égal d'un dieu : mon roman-feuilleton s'écrivait tout seul !

Les regards dans l'auditoire louchèrent d'incrédulité. Quelques éclats de réprobation jaillirent :

— Remboursez !

— Pas crédible !

— Pipeau !

— Tu nous prends pour des gogos ?

— Bonimenteur !

Dumas baissa les bras comme s'il avait été atteint par leurs flèches.

— Tout mollo, les amis, doucement ! Hélas, la réalité est bien plus prosaïque que cela. L'explication ?

Et hop, un autre passage à la ligne avec sa tasse.

— Elle est toute simple. Je m'étonne que des esprits aussi subtils que les vôtres n'y aient point pensé. Eh bien, mon nègre, comme vous dites, avait lui aussi un nègre. Oui, parfaitement, son nègre à lui dûment appointé sans que je le sache. Et celui-ci continuait de livrer sa came au journal.

L'ambiance tourna à la foire aux idées. Les feuilletonistes échangeaient leurs tuyaux. La conversation portait sur la question de savoir comment délivrer le moins d'informations possible tout en produisant le plus de signes. Tout l'enjeu était là pour des artisans du verbe payés à la ligne.

— Ma recette à moi, c'est le dialogue, reconnut l'un d'eux. Et pour cela je les truffes de « Oui », « Diantre ! », « Saperlipopette », « Je ne vous entends pas », « Que dites-vous ? », « Non, est-ce possible ? »… D'ailleurs, l'autre jour, étant occupé à recevoir ma belle-famille, j'ai dû me résoudre par manque de temps à livrer un épisode uniquement composé de dialogues.

— Pour ma part, je fais durer une description le plus longtemps possible, m'attachant aux moindres détails.

— Sans moi ! C'est bien trop fatigant, les descriptions, et puis cela nécessite du vocabulaire.

— Mais rien ne t'empêche de les trouver ailleurs !

— Eh bien, moi, mon inspiration, je la trouve dans les archives juridiques, à la mairie. L'autre jour, j'ai recopié des passages entiers du Code pénal que j'ai mis dans la bouche d'un juge impitoyable.

— Ah, je comprends pourquoi je me suis endormi alors !

Puis vint le moment des défis. Il fallait définir le ou les mots à placer dans sa prochaine livraison. On proposa « bicéphale » ou « anthrocipède ».

Enfin, on décerna une récompense à l'un d'eux : la Coupe de la meilleure *coupe*. On passa au vote. Ce jour-là, le lauréat fut l'auteur de cet *excipit* :

Et la main sortit de la muraille et tenait un visage ensanglanté.

On applaudit à tout rompre. Ça, c'était de la coupe !

— Mais à qui appartient cette tête ? s'empressa-t-on de demander au vainqueur.

— Si j'en sais quelque chose, moi ! Vous en avez de bonnes ! On verra bien demain.

Puis, juste avant que la joyeuse compagnie ne se dispersât et retournât vaquer à ses travaux sisyphéens, vint le moment tant attendu par tous : celui où, dans les vapeurs d'absinthe, on recensait les pépites que seul un genre comme le roman-feuilleton était à même d'offrir. Enfants de l'urgence et de la précipitation, c'étaient des joyaux surréalistes avant la lettre. Des petits chefs-d'œuvre.

L'assemblée, comme autant d'aventuriers qui auraient mis la main sur un trésor caché, passa alors en revue dans un joyeux capharnaüm les pièces du butin, les admirant une à une. Toutes plus remarquables les unes que les autres car nées du hasard et de la nécessité de produire vite.

La première fut enfantée sous la plume d'Alexandre Dumas, justement, qui bomba du torse sous les applaudissements de ses confrères.

Ah ! Ah ! dit don Manoël en portugais.

Puis, en se levant, un autre enchaîna, déclamant ce court *capolavoro* avec toute la solennité requise :

En proie à un affolement complet, il sentait ses quatre membres s'entrechoquer dans son cerveau.

Un autre lui emboîta le pas :

Mais, Allemand que vous êtes, un Anglais à votre place se serait fait tuer pour nous, et je lui aurais donné la main de ma fille.

Puis ce fut un déferlement de pièces rutilantes :

Melchior n'avait cessé de boire durant toute la route et n'avait point desserré les dents.

Une autre :

Les bras croisés en tenant son journal.

Une autre encore :

Bon ! Bon ! maugréa-t-il en silence et en bas-breton.

Une autre toujours :

Il avait un pantalon de velours et un gilet de la même couleur.

Une autre toujours et encore :

Il avait la main froide comme celle du serpent.

Une autre, enfin :

Il surgit, un sabre dans chaque main, un pistolet dans l'autre.

Mais un autre participant dénicha la perle des perles :

On s'étonnera peut-être que notre héros, transpercé au cœur de plusieurs coups de lance et, pour comble, pendu, dans un de nos épisodes précédents, au gibet de Montfaucon, où il est resté pendant trois jours, se retrouve si bien vivant et si bien portant dans celui-ci. Mystère !

Dans la foulée de *Kernok le pirate*, Eugène signa *El Gitano* puis *Atar-Gull* – en comparaison duquel *Kernok* n'était qu'une bluette sentimentale –, puis *La Salamandre*, puis encore *La Vigie de Koat-Vën*.

Les feuilletons s'enchaînaient dans un crescendo infernal. À chaque livraison, Eugène franchissait un nouveau palier : il ne cessait de corser toujours son cocktail, trouvait des teintes de noir encore plus noires, lançait ses héros encore plus loin sur le terrain du cynisme, sondant toujours un peu plus les sordides abysses de l'âme humaine.

Et ça marchait. Visiblement, plus Eugène en rajoutait, plus le public le suivait. Alors se produisit ce qui semblait inévitable : les lecteurs finirent par assimiler l'auteur à ses personnages. Une équation éternelle qui se produit encore fréquemment aujourd'hui où l'on estime que l'auteur cautionne les réflexions et les agissements de ses héros. Un quiproquo regrettable. Mais il faut reconnaître que, dans le cas d'Eugène, l'insistance sur le motif cynique finissait par faire force de loi. Ce qui, au vrai, n'était pas pour lui déplaire, car cela le plaçait devant un miroir diabolique dans lequel il aimait à se contempler. Ainsi se forgea-t-il rapidement une réputation satanique, celle d'un personnage démoniaque et arrogant, à l'égal de ses héros. Eugène se gardait bien de jamais démentir, adorant paraître plus noir qu'il n'était.

Et puis, pourquoi se gêner après tout ? Cette *mauvaise réputation*, il le savait, constituait la plus efficace des publicités.

À ses amis qui connaissaient l'envers du personnage – à savoir l'homme derrière l'auteur –, il demandait instamment de ne surtout rien ébruiter : s'il lui arrivait d'être poli, aimable ou généreux, surtout qu'ils ne le révèlent pas. Contrairement à Valmont, désireux que l'on ébruitât ses bonnes actions pour séduire la prude Mme de Volanges, Eugène voulait surtout que l'on cache ses élans du cœur. Ce parfum de scandale, cette image d'impitoyable héros byronien, attirait les éditeurs et les journaux, galvanisait son lectorat et faisait sa promotion partout où il se rendait.

Un jour aux Feuilletonistes, ce fut à Eugène de se retrouver sur la sellette. Comment qualifier le style d'Eugène ?

— Eurêka, les amis ! J'ai trouvé la recette d'Eugène Sue !

L'intéressé sourit.

— Ah bon ? Curieux d'entendre ça.

Le jeune homme passa derrière le comptoir, là où les serveurs confectionnent leurs *cocktails*, et se servit du matériel mis à sa disposition. Il s'empara d'un récipient métallique formé d'une double timbale, disposa différentes bouteilles d'alcool en face de lui et joignit le geste à la parole.

— Attention, recette exclusive ! *Un*, versez un premier tiers d'aventures et d'exotisme chiné outre-Atlantique dans les romans maritimes de Cooper ; *deux*, ajoutez-y un autre tiers de romantisme profond et exalté puisé chez Goethe ; *trois*, remplissez le dernier tiers avec des sentiments noirs et hautains, parfumés du dandysme *made in England* de *His Majesty* lord Byron ; *quatre*, adjoignez-y de grosses pincées de cynisme pur, une bonne dose de choque-bourgeois et quelques zestes d'érotisme cru ; *cinq*, secouez le tout énergiquement dans un style à l'emporte-pièce ; *six*, versez aussitôt.

Le feuilletoniste goûta sa mixture et fit une grimace.

— Wouaouh ! Un cocktail explosif. Un vrai tord-boyau !

Eugène rit.

— Fais ta chochotte. En attendant, la lectrice de moins de cinquante ans, elle, elle adooooore ! Bande d'aigris !

Bref, Eugène s'amusait et tout lui réussissait. Écrire au jour le jour et inventer sa vie quotidiennement n'étaient pour lui qu'une seule et même chose. De surcroît, un grand-oncle sans enfant eut la bonne idée de mourir et de gratifier Eugène d'un joli legs sur son testament. La vie était une fête perpétuelle.

Sans oublier son brillant passage en troisième année de médecine ! Du château-ausone 1815 fut cette fois-ci de la partie. Le Chevalier était en verve et leva comme les deux années précédentes son verre devant un Eugène qui jouait toujours plus au modeste. Tout à son euphorie, le Chevalier engagea un débat sur les derniers développements de la recherche médicale. Il voulait montrer à ses frères et beaux-frères de quel bois se chauffait son fils.

Évidemment, Eugène redoutait tout particulièrement ces moments où le Chevalier évoquait galactorrhées, cystocèles, épicanthus, ganglions ou acrotérioses, qui étaient bien sûr de pures abstractions pour lui. Jusqu'à présent, il avait toujours réussi à éviter le drame, se contentant d'opiner du chef ou marmonnant de vagues reformulations, en une pirouette rhétorique, relançant d'un jeu de mots la conversation sur la politique. Parfois, il avait avec lui Ernest, qui faisait office de joker ou de souffleur. Mais ce jour-là, le piège semblait près de se refermer sur lui : il fut confronté devant tous à une question précise. Question dont, il va sans dire, il ne comprenait pas même l'intitulé. Alors la réponse...

De grosses gouttes perlèrent sur son front – une crise d'hyperhidrose, eût diagnostiqué le Chevalier. Un silence de plomb s'installa autour de la table, une aphasie… Eugène émit quelques borborygmes inaudibles. Fort heureusement apparut une *dea ex machina* en la personne de Mme Sue. Elle fixa le Chevalier, le clouant d'un regard noir.

— Ne pouvez-vous cesser de parler boutique ? Un dimanche, qui plus est ! Les examens sont terminés, non ? Pourquoi remettez-vous votre fils à l'épreuve ? Ne voyez-vous pas qu'il est gavé telle une oie de formules et de termes médicaux ! Qu'il en perd son latin, le pauvre… Laissez-le donc souffler. Regardez ses cernes, le pauvre enfant ! Nuit et jour, jour et nuit ! Vous n'avez donc aucun souvenir de votre vie d'étudiant !

Le Chevalier admit. Il n'allait pas gâcher la fête. Eugène minauda un petit sourire contrit à l'adresse de sa mère en lui caressant le dos de la main.

— Merci, mère. Il est vrai que je suis épuisé par toutes ces matières…

9

Une misérable mansarde. Par la fenêtre brisée, le vent s'insinue, émettant un sifflement lugubre. Dans l'âtre, un feu poussif se meurt. Au centre de la pièce, sous une couverture râpée et rapiécée, un vieil ouvrier toussote entre deux râles, à l'agonie. Près du feu pâle, la frêle silhouette d'une femme qui donne le sein à son nourrisson. On frappe violemment à la porte.

— Ouvrez ! C'est un ordre !

La jeune mère, tremblante, se lève. Écume aux lèvres, des huissiers font irruption dans la mansarde. Sourds aux suppliques de la femme, ils s'emparent du berceau.

— Nous avons ordre de l'emporter !

La pauvresse s'y accroche, mais rien n'y fait.

— Pitié ! Où donc va dormir mon enfant ? Mon pauvre petit enfant…

Et elle lève le nourrisson devant les visages impassibles des huissiers. Sur le seuil surgit alors un jeune homme hagard et essoufflé. Il se tient droit devant eux dans une attitude de défi et leur jette de l'argent.

— Je me suis *vendu*, dit-il à sa femme. Je pars pour le front, demain matin à l'aube.

Dans les rangs du théâtre, une vague d'émotion submergea les spectateurs. Les mouchoirs sortirent. On s'essuyait les yeux, on se mouchait d'abondance, quand, au cœur de l'orchestre, des rires intempestifs jaillirent. On se retourna, outré. Mais enfin ! Qui pouvait bien être aussi insensible à ce drame humain ? Sur scène, les acteurs étaient gênés : qu'avaient-ils fait ou dit qui pût déclencher une telle hilarité ? Ils en oublièrent leur texte.

Les rires d'Eugène repartirent de plus belle alors qu'à ses côtés Ernest, rouge de honte, cherchait à le faire taire. Il regrettait franchement d'avoir invité son ami à la représentation des *Deux Serruriers*, le mélodrame de la saison.

— Chuuuut !

Eugène, secoué par un fou rire inextinguible, décida de quitter la salle, obligeant toute la rangée à se lever pour lui céder le passage.

Les spectateurs sortaient du théâtre dans un silence recueilli. Comme s'ils venaient de quitter la messe, l'œil humide, le cœur empli de générosité. Ils se répandirent sur les trottoirs, la mine pâle sous les brillants lampadaires des Boulevards, mais ils allèrent vite consoler leur âme meurtrie dans les brasseries chics.

Eugène retrouva Ernest parmi la foule. Il était toujours aussi hilare.

— Merci, mon ami, j'ai passé un excellent moment grâce à toi ! C'était franchement… comment dire… à *mourir de rire* !

Ernest, vexé, se contenta de hausser les épaules.

— Une vraie comédie, ce mélodrame ! Ton auteur n'y est pas allé de main morte. En veux-tu, du pathos, en voilà !

— Comment peux-tu dire cela ?

Ce fut au tour d'Eugène d'être étonné.

— Sérieusement. Ne me dis pas que tu y as cru ? Réveille-toi, Ernest, on est au XIXe siècle ! Ce genre de scènes pleurnichardes avait cours au Moyen Âge ou avant la Révolution…

Ernest explosa :

— Arrête de faire ta Marie-Antoinette ! Ces scènes pleurnichardes, comme tu dis, ça s'appelle simplement la pauvreté. Et *ça existe*. Oui, parfaitement. Tu peux rire tant que tu veux, ça ne changera rien. *La pauvreté existe*.

Le ton monta entre les deux amis. Eugène – et pour une fois ce n'était pas de la provocation de sa part – était sincèrement convaincu qu'un tel degré de misère ne pouvait exister. Qu'il ne s'agissait que d'une exagération de la fiction pour faire pleurer Margot. Enfant des beaux quartiers et de l'entre-soi bourgeois, il ignorait de fait tout de ce que l'on appellerait plus tard la *fracture sociale* ou la *France d'en bas*. La querelle entre les deux amis prit une tournure byzantine. Misère ou pas misère ? Qu'appelait-on misère ? Ernest n'entrevit qu'une solution pour convaincre Eugène que ce qu'il avait vu sur scène n'était pas exagéré.

— Je vais te faire rencontrer un ouvrier qui sera à même de te parler des luttes sociales et des conditions de précarité que connaît le peuple bien mieux que je ne le ferais.

— *Luttes sociales ? Précarité ?* De quoi tu me parles ? C'est du charabia, ça !

— Tu verras, il t'expliquera.

Eugène haussa les épaules.

— Je le contacte. Mais tu me promets de venir ?

— Si ça te fait plaisir…

— Il faut vraiment que tu voies ça. Et je veux te prouver que j'ai raison. Donc tu viens ! Un point, c'est tout.

— D'accord… D'accord…

— Sûr, hein ? Cochon qui s'en dédit.

Eugène tapa dans la main qu'Ernest lui tendait.

Eugène se préparait à sortir. Au moment de fermer sa porte, il palpa sa poche. Il allait oublier ses cigares. Il retourna les chercher dans l'appartement, prit quelques robustos cubains qu'il glissa dans son étui en cuir, s'aspergea d'un peu de vétiver… Et voilà ! C'était parti pour une nouvelle *soirée tzigane*. Depuis son appartement sur les quais de Seine, il allait larguer les amarres et s'embarquer pour une tempétueuse nuit parisienne. Pour commencer, un passage au Jockey Club. Ensuite, on aviserait. Il avait pris avec lui quelques cartons d'invitation à des soirées ou à des avant-premières, et il déciderait en fonction de l'humeur du moment. Il adorait le cabotage, passer de lieu en lieu, s'imprégner de chaque ambiance, découvrir de nouveaux endroits, de nouvelles têtes. Alors qu'il ouvrait la porte pour sortir, il se trouva nez à nez avec Ernest qui s'apprêtait justement à frapper, bloqué dans son élan.

— Ben, qu'est-ce que tu fais là ? On avait rendez-vous ?

Ernest fronça les sourcils.

— Ne me dis pas que tu as oublié !

— Euh… oublié quoi ?

— Ben, notre rendez-vous.

— Quel rendez-vous ?

Une vague d'agacement monta chez Ernest.

— Ben, tu sais bien, avec l'ouvrier ! Suite à la pièce de théâtre de l'autre jour. On avait dit jeudi soir.

Eugène, qui sentait déjà la pulsation de la fête parisienne, n'était pas très emballé à l'idée de rencontrer un ouvrier. Et pour quoi faire ? Il regrettait d'avoir donné son accord.

— Je suis désolé, mais ce soir, ça ne va pas être possible. Une autre fois, promit-il.

Eugène chercha à se défiler par tous les moyens. Mais Ernest n'en démordait pas. Il resta planté devant lui sur le palier.

— Une promesse est une promesse !

— Une autre fois, allez... Il n'y a pas d'urgence. Là, je ne peux pas, je t'assure.

Ernest ne bougea pas, obstruant le passage.

— Allez ! Dépêche-toi, on est attendus.

— Allez, mon Ernest, une autre fois...

Une ruelle derrière une barrière dans les faubourgs de Paris. Rue Basse-du-Rempart. Une adresse qui ne disait rien à Eugène, lequel ne s'était jamais aventuré dans cette partie de la capitale dont il ignorait tout. En plus, impraticable avec son tilbury. Il fallut terminer le trajet à pied ! Eugène dut marcher sur la pointe de ses bottines vernies dans la ruelle détrempée, cherchant à éviter les rigoles où se répandait une eau boueuse. Il ressemblait à un gamin jouant à la marelle. Ernest s'arrêta devant une porte en bois rapiécée de toutes parts.

— C'est ici.

À l'aide de son mouchoir, Eugène essuya la boue qui maculait ses souliers avec une grimace de dégoût appuyée. Il soupira :

— Surtout, on ne s'éternise pas !

Ernest frappa. On leur ouvrit. Aussitôt, les deux amis marquèrent un mouvement de recul et d'effroi. C'est que face à eux avait jailli une masse noire couverte de suie, informe. *Le Golem !*

— Euh, pardonnez-moi, nous sommes bien chez l'ouvrier Fugères ? demanda Ernest en vérifiant le numéro de la porte, dubitatif.

Un sourire éblouissant émergea alors du magma noir.

— Lui-même. Désolé pour ma tenue, un voisin a eu des problèmes avec sa cheminée. Je lui ai prêté main-forte mais la suie me colle à la peau. Je cours me laver et me changer et je suis à vous.

L'ouvrier s'absenta prestement en boitant. Sa femme, vêtue d'un tablier blanc, escortée de deux marmots, les accueillit avec une grâce cordiale et chantante. Les enfants sautèrent au cou des deux visiteurs sans cérémonie, leur faisant une bise. Eugène était mal à l'aise.

— Allez, ouste, les enfants ! Au lit maintenant !

Puis, à l'adresse de nos deux amis, sur le même ton maternant :

— Et vous, qu'est-ce que vous attendez pour vous asseoir ? Allez ! Prenez place ! leur ordonna Mme Fugères en désignant la table en bois brut flanquée de deux bancs. Elle y déposa un pichet en grès et des timbales.

— Ça vous fera patienter en attendant que Fugères revienne.

Puis elle retourna à la cuisine. Ernest et Eugène se retrouvèrent seuls face au pichet. Eugène observa le décor : des meubles dépareillés, rafistolés, ornés de festons et de bibelots. Tout était de guingois, brut mais très bien rangé et propret. Ernest remplit les verres. Eugène, méfiant, y posa juste les lèvres.

— Il est bon, n'est-ce pas ?

C'était l'ouvrier qui était revenu. Vêtu d'une chemise blanche et d'un pantalon en toile de Nîmes, il tendit à Eugène une main parfaitement nette.

— Maintenant, je peux vous saluer comme il se doit.

Ernest fit les présentations.

— Fugères, voici Eugène, dont je t'ai parlé…

Fugères planta un regard franc et admiratif dans les yeux d'Eugène et ne sembla pas décidé à lâcher sa main.

— Oui, l'écrivain. Je suis vraiment enchanté !

Les trois hommes passèrent à table. La maîtresse de maison leur versa à grosses louches du pot-au-feu dans des écuelles ébréchées. À la première louche, Eugène fit signe que c'était suffisant. La femme passa outre et lui en versa d'autorité une seconde, encore plus pleine. Elle jeta un regard à Ernest.

— Il est beau, votre ami, mais bien trop maigrichon à mon goût.

Eugène y alla à la pointe de sa cuiller. Il n'osait pas entamer le plat. Pourtant, il dut se l'avouer, le fumet du pot-au-feu était tout à fait engageant. À la première bouchée, ce ne fut pas le supplice attendu. La deuxième fut une franche confirmation. C'était même exquis ! Plus parfumé que celui du Café de Paris ou de chez Pharamond. Un sourire d'aise s'épanouit sur son visage. Il se lança goulûment et son écuelle fut vite terminée. Fugères lui donna du pain pour saucer. Le genre de plaisir coupable auquel il ne pouvait se permettre de céder chez Tortoni. Sourire aux lèvres, il se dirigea vers la cuisine.

— Mes félicitations, madame ! Vous êtes une alchimiste ! Je n'ai jamais mangé un pot-au-feu aussi succulent ! Les plus belles tables de Paris ne rivalisent pas avec vos talents.

Mme Fugères gloussa d'aise. Elle lança à Ernest une œillade oblique.

— En voilà un qui sait parler aux femmes, dites-moi !

Et elle resservit deux généreuses louches à Eugène. Celui-ci se transforma en vorace et rendit l'assiette aussi propre qu'elle lui avait été donnée. Fugères en profita pour lui reverser du vin.

— Un saint-joseph que mon beau-frère me fait livrer par barrique. Malgré son appellation de cul-bénit, il me plaît bien, ce vin-là. Qu'en pensez-vous ?

Ernest et Eugène goûtèrent en hochant la tête.

— Rond, généreux et franc.

— Comme notre hôte ! souligna Eugène, qui semblait désormais se trouver dans de parfaites dispositions.

L'ambiance était cordiale et enjouée. Fugères s'enquit des romans d'Eugène, de sa façon de travailler. Ils se découvrirent une admiration commune pour Walter Scott et Fenimore Cooper. La soirée aurait pu s'éterniser en considérations littéraires. Le saint-joseph coulait à flots. On était passé à la vieille prune de Souillac lorsque Eugène distribua ses cigares. Ernest posa alors sa main sur celle de Fugères, prenant un air de conspirateur.

— Il serait peut-être temps de l'affranchir, qu'en penses-tu ?

Fugères acquiesça.

— Que du bien !

L'ouvrier scruta Eugène.

— Que sait-il au juste ?

Ernest éclata de rire.

— Rien de rien ! Tu as devant toi l'homme le plus ignorant en la matière !

— En quelle matière ? s'offusqua Eugène.

Fugères se frotta les mains.

— Parfait ! Passons aux choses sérieuses.

L'ouvrier entama son récit d'une voix grave :

— Un spectre hante l'Europe : c'est le Peuple !

Cette phrase résonna comme un coup de tonnerre, frappant Eugène directement au plexus solaire. Sonné, il goûta cette accroche en connaisseur. « Quel incipit ! » pensa-t-il. Lui qui devait en fourbir tous les jours savait de quoi il retournait. Quelle promesse de récit !

Tout de suite après cette entame, Fugères marqua une pause en tirant une bouffée sur son cigare. Puis, dans un souffle, il déroula dans un mouvement ample une histoire des luttes sociales depuis la naissance de Rome jusqu'à l'avènement de la bourgeoisie et la Révolution.

Eugène fut happé par cette grande chevauchée qui embrassait les siècles, faisant ressortir les grands soubresauts de l'Histoire.

— Puis arrivèrent les Bourgeois, ces révolutionnaires…

— Les Bourgeois, des révolutionnaires ? s'étrangla Eugène, qui détestait plus que tout, comme on sait, le conformisme bourgeois.

Il ne voyait absolument pas ce qu'ils pouvaient avoir de révolutionnaire.

Ernest tenta de tempérer son ardeur :

— Attends, attends. Tu vas comprendre…

— Cette classe bourgeoise, continua Fugères, a eu besoin de main-d'œuvre pour mettre à bas la mainmise des monarchies et les pouvoirs dynastiques en place. Grâce à la montée de l'industrie et du commerce, elle a assis son pouvoir dans les villes qui sont ainsi devenues ses bastions, ses places fortes. Et c'est là qu'il y a eu un retournement dramatique…

Un retournement dramatique ? Eugène se dit que ce Fugères maîtrisait décidément tous les codes du feuilletoniste !

— Coup de théâtre. Le vainqueur s'est retrouvé étouffé par sa propre puissance, sommé de produire toujours et encore plus. Et de ce fait, de qui a-t-il eu de plus en plus besoin ?

Eugène et Ernest attendirent la suite, bien conscients qu'il s'agissait là d'une simple question rhétorique, d'une forme de relance dramatique.

— Eh bien, de l'Ouvrier et du Peuple ! Le Peuple qui était sous le joug des monarchies est ainsi devenu la force productive de la société entière.

Ce fut comme un puzzle. Portés par le verbe foisonnant et clair de Fugères, tout l'ordre et tous les désordres du monde se mirent en place. Soudain, pour Eugène, tout devint limpide, évident. Harponné par le récit de l'ouvrier, il tirait de longues bouffées de son cigare, envoûté par cette folle épopée des peuples.

Puis, imperceptiblement, par petites touches successives, tels des à-plats sur un tableau, le ton se fit plus vibrant. Fugères dépeignit les misères du peuple, la dure condition de l'ouvrier. L'exploitation et l'aliénation. L'ouvrier réduit à vendre sa force de travail. À qui son corps cassé n'appartenait même plus. Et pas davantage son âme, possédée par son labeur et la violence sans cesse répétée des rapports sociaux. Une âme meurtrie, comme une douleur dans un membre fantôme.

Eugène frissonna. Fugères n'avait-il pas laissé une jambe dans une presse, comme le lui avait raconté Ernest ? Mais l'ouvrier refusa de se laisser porter par l'apitoiement sur son cas personnel. Son verbe était habité par la ferveur du collectif. Après un mouvement aux accords mineurs, il reprit son récit, gagné par des harmonies triomphantes et solennelles. De nouveau, son regard s'éclaira, brillant des étincelles de l'espoir, porté vers un futur dont il appelait la réalisation.

— Mes camarades, le monde des aristocrates est mort ; celui des Bourgeois, moribond. Du reste, ceux-ci ne le savent même pas, ils ne se doutent pas un seul instant qu'ils ont déjà un pied dans la tombe. Que leur règne est dès à présent lettre morte, comme la lumière des étoiles disparues…

Les poils des avant-bras d'Eugène se dressèrent à l'unisson.

— Oui, *exeunt* les aristocrates et les Bourgeois. Leur monde est mort. Et maintenant, mon cher Eugène, place au Peuple. C'est lui le souverain. Oui, camarade, la montée du Peuple est inéluctable. Crois-moi, mon ami, le Peuple, c'est l'avenir.

Puis Fugères, après une courte pause, fixa longuement le feuilletoniste.

— Ce monde en devenir, il est là, sous tes yeux. Et il a besoin d'artistes comme toi, oui, comme toi, Eugène, pour que son heure arrive, pour qu'enfin il apparaisse dans toute sa splendeur ! Sache-le, mon ami, le grand soir arrive.

Le regard d'Eugène s'embua. Les trois amis, terrassés par tant d'émotion, se serrèrent dans les bras.

Ils continuèrent de discuter, de se disputer, de boire, de rire, de pleurer, de s'enflammer jusqu'au cœur de la nuit. Eugène assaillit l'ouvrier de questions. Celui-ci se révélait intarissable, passant en revue les doctrines socialistes du moment : saint-simonisme, fouriérisme, comtisme, avec leurs différents tenants et aboutissants. Il aborda les questions économiques les plus ardues, mais avec une limpidité cristalline et un sens dramatique poignant. Il évoqua la « matière première », la « main-d'œuvre », le « crédit », « l'outil de production », etc., tous ces concepts opératoires qui dans le cerveau exalté d'Eugène prirent la forme de constellations lointaines et désirées.

Soudain, l'horizon d'Eugène s'était ouvert. C'était donc cela, ses nouvelles contrées à découvrir, ses îles Sous-le-Vent…

Les trois amis trinquèrent, lançant un retentissant « AU GRAND SOIR !!! » en pleurant et en riant.

Mais leur euphorie fut douchée par la « patronne » qui fit irruption dans la salle à manger et ramena tout ce beau monde éméché à la raison.

— Votre grand soir, c'est bien joli mais, en attendant, demain, c'est le grand jour pour moi ! Comme tous les jours ! Lessive, marché, cuisine, marmaille, ménage et couture… Alors, père Fugères, vous allez filer au lit incontinent !

Le trio s'excusa de ces débordements éthylico-utopistes et l'on se quitta à regret, après moult embrassades. Une fois dans la rue, Eugène laissa exploser son enthousiasme en tirant une bouffée sur son cigare, faisant sursauter la ruelle assoupie :

— JE SUIS SOCIALIIIIIIIIIIIIIIIIIIIIISTE !

Eugène, socialiste ? On pourrait en douter. Indubitablement, il avait été séduit par le souffle épique et les accents prophétiques du récit de l'ouvrier. Par sa bonhommie contagieuse et l'étendue fascinante de sa culture aussi. La montée inexorable du prolétariat en marche qui terrassait la bourgeoisie lui avait donné la chair de poule, c'était vrai. Il avait ressenti à la fois les frayeurs d'un conte gothique et entrevu l'ampleur virgilienne d'un nouvel âge d'or.

Quel récit fabuleux !

Mais, plus prosaïquement, en se proclamant socialiste, Eugène avait surtout trouvé un nouveau moyen de se distinguer. Une nouvelle pièce à sa panoplie de dandy. Une arme redoutable. Plus efficace que la dernière paire de bottines de chez Brooks & Sons ; plus arrogante que le dernier coupé à la mode ; plus sulfureuse qu'une liaison adultérine. Il détenait là l'arme ultime pour choquer le bourgeois. Et c'était là son sport favori. Dès le lendemain de cette rencontre avec l'ouvrier, Eugène témoigna de sa foi socialiste au Tout-Paris : dans les cafés, sur les champs de courses, et jusque dans les raouts les plus conservateurs de la rive droite.

— JE SUIS SOCIALIIIIIIIIIISSSSTE !

À ce cri du cœur, les jeunes fêtards riaient aux éclats et les pampilles des lustres frétillaient d'aise.

Eugène avait réussi son défi. Il voulait vivre. Eh bien, il *vivait* ! Pleinement. Se dépensant physiquement comme il dépensait son argent : à savoir sans compter. Les subsides paternels, ses premiers droits d'auteur et même l'héritage du grand-oncle ne suffisaient pas pour sa vie de bohème. Heureusement, il y avait les créanciers qui, conscients de la solidité de la fortune du Chevalier, ne rechignaient jamais à l'aider. Eugène, fin cavalier, s'adonnait à la *cavalerie financière* également. Mais qu'importe ! Un dandy vit au jour le jour. Pourquoi dès lors se soucier d'un lendemain qui n'existe pas ?

Petit prince des Boulevards, Eugène pouvait se dire comblé. Rien ne résistait à son pouvoir de séduction étudié et canaille. Il scandalisait et exaspérait autant qu'il intriguait et enthousiasmait.

Pourtant il lui manquait encore quelque chose. Et cette chose était là, sous ses yeux, qui le narguait quotidiennement.

Quatrième partie

À l'abordage du Faubourg

10

Depuis son appartement, lorsque Eugène portait son regard par-delà la Seine, il apercevait plus qu'une autre rive : une nouvelle terre à conquérir. Le faubourg Saint-Germain. Si proche et pourtant si inaccessible, l'eldorado de tout dandy. Eugène avait ses entrées dans les soirées les plus prisées de la rive droite, au Jockey Club et dans les clubs les plus sélects, mais le noble Faubourg, c'était une autre paire de manches. Pour passer rive gauche, il n'y avait que la Seine à traverser, pensera-t-on. Grossière erreur. À cet endroit précis, c'était un océan qui séparait les deux rives, et peu nombreux ceux qui étaient parvenus à le traverser. Rien n'était plus différent que la rive droite et la rive gauche.

Qu'à cela ne tienne : Eugène allait tout tenter pour s'y faire admettre. Il se renseigna sur les us et coutumes de cette population aux mœurs si particulières. Il étudia la topographie de la contrée, la façon de s'habiller des autochtones, leurs habitudes alimentaires, jusqu'à leur vocable et aux sujets qui les agitaient. Il compulsa l'*Armorial des principales familles du royaume*, qui recensait l'origine de toutes les grandes tribus de sang bleu. Il s'initia à la langue héraldique, de première importance pour déchiffrer ce qui constituait un idiome à part : les blasons des familles. Il apprit à décrypter la prononciation particulière des patronymes de certaines grandes familles françaises comme Broglie, Castries, Maupeou, Castellane, Talleyrand, La Trémoille, Schneider... Un impair vous disqualifiait immédiatement dans ce territoire.

Après la théorie vint l'heure de la pratique. Il fallait se jeter à l'eau. Il partit à l'abordage du noble Faubourg, cherchant à en pénétrer tous les interstices. Mais il ne réussit qu'à se faire refouler de toutes les fêtes, de tous les dîners, de toutes les avant-premières. Alors que rive droite sa seule présence lui tenait lieu de carton d'invitation, ici, s'en trouvant démuni, il n'était rien.

Un soir pourtant, il se crut sorti d'affaire. Dans la foule qui se pressait devant le porche de l'hôtel de Nuncingen, il la vit. Toujours aussi blonde et pétillante. Il lui fit signe, mais elle ne le remarqua pas. Eugène insista, s'approcha d'elle. Au bras d'un jeune duc, elle lui battit froid.

— Vous devez faire erreur, cher monsieur ! (Son regard clair vira au noir.) Je n'ai pas l'heur de vous connaître.

Eugène eut un petit sourire : il ne put s'empêcher d'admettre que la Florival était enfin devenue un grande actrice ! Capable de jouer à merveille et de façon absolument crédible la partition de la surprise outrée et le rôle de la femme respectable atteinte dans son honneur !

Subjugué par tant de talent, Eugène gratifia son ancienne amante d'une révérence et s'effaça.

Les seuls lieux où l'on daigna accepter Eugène furent les ventes de charité. Il y fut même reçu à bras ouverts par des septuagénaires énamourées et tout ce que le Faubourg comptait de bas-bleus et de grenouilles de bénitier.

De fait, sur ces terres, ni sa tournure avantageuse ni sa fortune n'étaient en mesure de lui octroyer un permis de séjour. Ce qui rendait du reste le Faubourg encore plus désirable. Ici, son aspect « clinquant-clinquant », selon l'expression employée pour évoquer le luxe de nouveau riche de la rive droite, le desservait.

Un temps, il alla jusqu'à envisager de se faire imprimer une fausse carte de visite en empruntant un titre de noblesse, réveillant une lignée endormie dans quelque province reculée, avec sa propre armoirie. Mais il craignit de s'exposer au fiasco et au bannissement définitif. Une usurpation ferait de lui à tout jamais un paria. De surcroît, ces manières de faussaire ne lui plaisaient pas. Il avait évidemment la vanité de vouloir être accepté pour *ce qu'il était* et d'entrer par la grande porte.

Certains avaient réussi leur traversée d'une rive à l'autre, portés par le vent de la littérature. Mais celle qui s'écrivait avec un grand L – comme Lamartine –, pas celle que distillait Eugène et qui se vendait au jour le jour, par tranches, dans des journaux qui tachaient les mains.

Très vite, le caractère insoluble de son problème lui apparut : pour avoir accès au Faubourg, il lui fallait y être parrainé ; et pour y être parrainé, il fallait y avoir accès.

Une équation impossible, un cercle vicieux qui protégeait aussi bien que des courants maritimes le Faubourg de l'arrivée d'importuns.

Eugène tenta et retenta de s'immiscer au sein du Faubourg à la faveur d'un appel d'air, mais les portes restaient toujours désespérément closes. Il se dit qu'un simple trou de souris lui eût suffit. Mais ce trou de souris demeurait introuvable.

Le faubourg Saint-Germain devint son obsession. Maintenant, lorsqu'il écrivait face à la Seine, il cachait d'un voile pudique cette partie du panorama qui lui révélait la rive gauche pour ne plus subir son attrait maléfique. La tentation vint s'insinuer malgré lui au plus profond de son sommeil. Il se mit à rêver. Qu'il y était reçu, foulait les escaliers des hôtels particuliers, se pavanait parmi la fine fleur germanopratine, accueilli avec les honneurs, comme celui qu'on attendait… Mais *patatras !* immanquablement le rêve tournait au cauchemar, il se faisait démasquer et jeter sur le trottoir comme un vulgaire usurpateur. Il se réveillait couvert de sueur. Ses conquêtes en vinrent même à s'inquiéter. Il eût bien fait de consulter.

Alors oui, si la vie d'Eugène continuait rive droite, toujours aussi frénétique et fastueuse, son éclat s'en trouvait quelque peu terni par son obsession. C'était plus fort que lui, même lors d'une soirée flamboyante, il ne pouvait s'empêcher de porter son regard de l'autre côté de la Seine. Avec une pointe de regret. Fatalement, il finit par trouver moins de charme à la rive pourtant adorée. Une légère lassitude s'empara de lui.

Un jour, Théodore, qui ne l'avait pas vu à l'atelier depuis quelque temps, passa à l'appartement d'Eugène à l'improviste, brandissant deux invitations.

— Tadam ! Regarde ce que je t'apporte !

— Un vernissage ? Encore ?

— Merci pour l'accueil. Allez, viens, vieux bandit, on va s'amuser…

— C'est quoi comme style de peinture ?

— C'est de l'« éclectique »…

— Ah bon ? Et ça consiste en quoi ?

— Aucune idée. Je suis curieux de voir, d'ailleurs. Mais quelque chose me dit que ça ne devrait pas nous plaire du tout. Allez, viens, si on s'ennuie, on s'en va.

Eugène finit par céder. Comment résister à Théodore ? Et aussi au rituel si particulier et jouissif qu'ils avaient mis au point ensemble ? Dès qu'ils pénétrèrent dans le salon, Eugène et Théodore sentirent que l'éclectique se prêterait parfaitement à leur dispositif. Ode à la convention, hymne au compassé avec ses sujets nobles, moralisateurs à souhait, histoire ancienne et nationale anecdotique et scènes religieuses. C'était parfait !

Leur règle du jeu : tenir des propos parfaitement absurdes et dithyrambiques devant des tableaux et observer les réactions des spectateurs. C'était l'occasion de fous rires fabuleux. Mais ce soir-là, la magie n'opérait pas. Après s'être exercé devant deux ou trois toiles sans grand succès, Eugène traînait son ennui dans l'exposition à la recherche de Théodore. Ce faisant, il put admirer les plus beaux spécimens de la bourgeoisie triomphante et du juste milieu qui se pressaient autour des toiles. Du pur Daumier : la faune par excellence qu'Eugène haïssait.

Quand soudain, dans une des salles, il eut un choc. Que faisait-elle ici, au milieu de ces toiles ? Il décida de s'en approcher pour l'examiner plus en détail. Elle semblait tout aussi égarée que lui dans cet endroit. D'ailleurs, elle dut s'en apercevoir, car elle s'échappa. Il la sentit fuyante. Il jugea qu'il n'avait que très peu de temps pour espérer prendre contact avec elle. Mais comment entrer en relation ? Telle était la question…

Alors, Eugène s'apprêta à faire ce qu'il n'eût jamais osé écrire dans un de ses romans-feuilletons tant le procédé lui eût semblé grotesque et irréaliste. Il s'approcha d'elle lentement, feignit de se prendre les pieds dans le tapis et, en cherchant à recouvrer son équilibre, renversa sur elle le contenu de son verre de *bloody mary*.

Dans la salle, ce fut la stupeur. Une femme hurla, croyant voir un corps ensanglanté. Des murmures parcoururent instantanément toute l'exposition. Les regards se détournèrent des tableaux et se concentrèrent sur la jeune femme qui, elle, resta stoïque dans la tempête. Son profil ne bougea pas. La dignité incarnée. Eugène bafouilla quelques excuses, tendit sa carte qu'elle saisit machinalement.

— Veuillez pardonner ma maladresse…

Mais elle l'ignora et pivota sur ses talons. Le port altier, elle se coula le long de l'escalier et quitta l'exposition comme une ombre glissant sur un mur.

Dans le tumulte consécutif à l'incident, Théodore retrouva son ami.

— C'est toi qui as fait ça ?

Eugène haussa les épaules.

— Oui. Le fiasco intégral. Je n'ai même pas réussi à savoir qui était cette femme.

Il chancelait encore. Théodore, lui, éclata de rire.

— On peut dire que tu as bien choisi ta proie : c'est Olympe de Castignan ! Comtesse de son état. Et pièce maîtresse du faubourg Saint-Germain. Bravo ! Maintenant au moins tu es fixé : pour le Faubourg, tu pourras repasser !

Les épaules d'Eugène s'affaissèrent.

— Merde ! Mais qu'est-ce qu'elle faisait ici ?

— Je crois que l'un des peintres de l'exposition est – ou a été – son amant. Je ne sais pas très bien, au train où vont les choses avec elle.

Eugène s'emporta contre lui-même.

— Quel idiot…

— Mais ne regrette rien. C'est mieux comme ça. Il est préférable que tu ne t'en approches pas. Elle est dangereuse, très dangereuse.

— Eh, oh, Théo, tu ne vas quand même pas me refaire le coup de la chasse gardée ?

— Non, non, cette fois-ci, c'est totalement différent. Son amant du moment est en train de devenir positivement fou. Ses tableaux deviennent invendables depuis qu'il la connaît. C'est pour toi que je dis cela. Elle est vénéneuse, une mante religieuse, une femme sans cœur. Il paraît même que Montrivot s'est suicidé à cause d'elle.

— Qui ? L'aventurier ?

— Oui, parfaitement, le lion au cœur tanné en personne.

Ce n'était pas cela qui allait effrayer Eugène. Il pensait en fait à autre chose. Finalement, son geste complètement foutraque n'était peut-être pas si maladroit. Il aurait eu au moins une vertu : maintenant, elle savait qui il était. Tout à ses pensées, Eugène ne remarqua pas que sa carte de visite tachée de rouge se trouvait en boule au bas de l'escalier.

Elle s'était évaporée de la soirée. Eugène essaya de retrouver sa trace. Il se précipita dans toutes les expositions et les salons de peinture du moment – notamment ceux qui affichaient de l'éclectisme – dans le but de la *recroiser par hasard*. Il fut un limier à sa recherche. Malgré tous les indices qu'il réussit à recueillir, elle resta introuvable. Alors, comme le joueur de cartes qu'il était, il tenta un coup de *bluff*.

L'effet de surprise est déterminant dans l'art de la guerre. Et c'est parce que c'était parfaitement stupide que cela avait des chances de marcher.

En cette fin de matinée, les deux battants de l'énorme porte de l'hôtel de Castignan s'ouvrirent devant un étincelant coupé qui, après avoir décrit une courbe savante dans la cour immense, s'arrêta devant un large perron. Le piétinement des deux chevaux ardents et vigoureux retentissait encore sur le pavé sonore quand un valet de pied vint ouvrir la portière du bolide. Eugène en descendit lestement et franchit d'un pas alerte les marches du perron. Il tomba nez à nez avec un majordome en livrée qui se présenta à la porte légèrement essoufflé et lui offrit un visage interrogateur.

— Je ne comprends pas. Monsieur est-il attendu ?

— Oui, mentit Eugène, je suis M. Sue. Eugène Sue. (Il tendit une carte.) J'ai un message pour la comtesse.

Le majordome eut un imperceptible mouvement de sourcils dubitatif.

— Puis-je me permettre de le lui transmettre ?

— Je préférerais le faire de vive voix. Nous nous sommes déjà rencontrés. (Cela, pour le coup, était parfaitement vrai.)

L'homme en livrée à rayures hésita.

— Très bien, dans ce cas, je vais prévenir madame.

Il s'éclipsa, laissant Eugène à la contemplation de l'antichambre dans laquelle son appartement entier aurait pu loger. Tout était de bon goût. Un tableau attira son attention, avec Olympe en allégorie. Mais il n'eut pas le temps de le détailler car une voix le fit sursauter.

— Vous revenez à la charge, monsieur ? Quelles sont ces manières de se présenter sans rendez-vous ? Une humiliation ne vous suffit-elle pas ?

Ces questions résonnèrent dans la vaste antichambre. Eugène s'efforça de se retourner lentement. Olympe avait descendu les marches de l'escalier mais elle avait pris soin de s'arrêter au milieu, ce qui lui permettait de conserver une position de surplomb.

— Je passais par là et voulais justement vous présenter mes excuses… Que je n'ai pas eu véritablement le temps de formuler. Du moins, pas comme je l'espérais.

— En ce cas, un mot écrit posté ou déposé à mon majordome eût largement suffi. Je vous prie de m'excuser maintenant, je n'ai pas de temps à vous consacrer. Je suis occupée.

Puis, avec autorité, à son majordome :

— Veuillez raccompagner monsieur.

Eugène se dirigea vers la sortie, cherchant lui aussi à conserver un port digne, malgré le camouflet qu'il venait de subir. Par un jeu de miroirs complexe, il réussit à saisir furtivement le sourire d'Olympe alors qu'elle lui avait déjà tourné le dos.

Un sourire énigmatique. Un chef-d'œuvre d'illisibilité mais dans lequel Eugène décida de voir un encouragement.

Ce fut ce sourire qui le soir même lui donna la hardiesse de prendre sa plus belle plume et à coucher quelques mots sur son plus beau vélin. Il y apposa sa signature et glissa la lettre dans une de ses plus belles enveloppes à rayures, qui lui venaient de Londres.

Qui l'eût cru ? Un échange épistolaire s'engagea : tous les jours, Eugène écrivait une lettre à Olympe, et tous les jours, il en recevait une en retour. Le seul problème, c'est que la lettre qu'Eugène recevait était la *sienne*. Oui, sa propre lettre cachetée dans son enveloppe à rayures achetée à Londres qu'Olympe lui faisait retourner. Quoi de plus humiliant ? pensera-t-on. N'importe qui eût abandonné. Mais Eugène prit le fait qu'elle lui renvoyait *systématiquement* ses lettres pour une forme d'échange. En effet, la comtesse eût pu se contenter de les jeter ou de les brûler, le laisser clamer son amour dans le désert sans se manifester. Si elle les lui retournait, c'était bien qu'elle souhaitait lui faire savoir qu'elle ne les lisait pas.

Le jeune homme prit donc cela comme un défi. S'arrêter de lui écrire eût été s'avouer vaincu. Et puis, ce n'est pas à lui qu'écrire quotidiennement faisait peur ! Bien sûr, dans ces conditions, Eugène aurait pu se contenter de lui faire parvenir chaque fois la même lettre. Puisqu'elle ne les lisait pas, quelle différence cela aurait-il fait ? Mais il avait fini par se prendre au jeu. À y trouver même un certain plaisir. Un forme de jouissance inédite pour lui. Raffinée, aristocratique : celle d'écrire en sachant pertinemment qu'il ne serait pas lu. L'art pour l'art, en somme. Lui qui était payé pour être lu par des milliers de lecteurs trouvait une sorte de volupté dans cette liberté. Et, de fait, peut-être ces lettres contenaient-elles ce qu'il avait écrit de plus beau ?

Comme tous les jours, Nestor tendit à madame la comtesse son courrier sur un plateau d'argent. Olympe prit connaissance de ses lettres, invitations, remerciements, faire-part… Restait une enveloppe à rayures qu'elle ne se donna pas la peine d'ouvrir devant son majordome. Elle la glissa dans la poche de son peignoir, puis se rendit seule aux cuisines où le personnel préparait le déjeuner. Comme tous les jours, une marmite remplie d'eau attendait sur le feu. Elle plaça l'enveloppe à rayures au-dessus de l'eau frémissante, laissant la vapeur la caresser quelques instants. Alors, elle glissa une lame parfaitement affilée sous le cachet pour libérer la lettre de l'enveloppe. Olympe lut la missive. Puis elle la replia délicatement et l'introduisit de même dans l'enveloppe qu'elle présenta une nouvelle fois à la vapeur afin de la recacheter sans l'ombre d'une trace. D'un pas alerte, elle remonta l'escalier et confia la lettre à son majordome.

— Comme d'habitude, madame ?

Olympe acquiesça d'un signe de tête.

Eugène entra dans l'atelier alors que Théo exécutait un nu avec un charmant modèle, une jeune Anglaise au charme préraphaélite. Au grand étonnement du peintre, Eugène n'entreprit même pas de lui parler ou de la séduire. Il s'assit dans un coin de l'atelier, les jambes croisées, et s'alluma une cigarette en fixant le plafond.

— Oh là ! Tu nous couves quelque chose, toi ! Que se passe-t-il ?

Eugène lui raconta alors l'impasse dans laquelle il se trouvait avec Olympe. Le jeu de correspondance à sens unique. Le retour systématique de ses lettres intactes. Une partie qu'il commençait à trouver un peu lassante.

— Imagine Sisyphe, mais en burlesque. Au moins, avec mes feuilletons, je peux mettre le mot « Fin »…

Théodore haussa les épaules tout en continuant de peindre.

— Et puis avec tes feuilletons tu es payé, aussi ! Alors arrête de lui écrire. Qu'est-ce qui t'y oblige ?

— Si j'arrête, j'avoue ma défaite ! Et c'est fini.

Théodore éclata d'un rire sonore.

— Mais ta défaite est déjà consommée, camarade, puisqu'elle te renvoie tes lettres.

Eugène eut beau lui expliquer qu'il voyait cela comme une forme d'échange, un encouragement à continuer, il ne convainquit pas Théodore. Eugène ne parvenait même plus à s'en convaincre lui-même.

La jeune Anglaise partit elle aussi d'un rire flûté en voyant le visage dépité d'Eugène.

— *Sorry*… Mais qui vous dit qu'elle ne lit pas *your letters* ?

Théodore réitéra l'explication, pensant qu'elle n'avait pas compris :

— Les lettres lui sont retournées cachetées. *You understand ?*

La jeune femme gloussa.

— Je ne suis pas stupide, voyons. C'est vous qui ne comprenez pas. *You two guys apparently don't know the trick.*

— *A trick ? Which trick ?*

— *The steam trick.*

— La vapeur ? Le coup de la vapeur ? Qu'est-ce que ça veut dire ?

La jeune femme expliqua la chose devant les yeux ébahis des deux jeunes gens qui, dès lors, ne prêtèrent même plus attention à sa nudité.

— *You're not as smart as I thought*… Je suis déçue.

— J'avoue, je ne connaissais pas…, reconnurent-ils.

— Mais surtout, je suis *disappointed* car je pensais qu'un écrivain aurait été plus *aware* de la psychologie des femmes.

Puis elle ajouta qu'elle ne connaissait pas de membre de la gent féminine qui résisterait à la tentation de lire des lettres d'amour qui lui seraient adressées. Les deux hommes la fixèrent, un brin honteux : maintenant, c'étaient eux qui semblaient nus.

— *So, what can I do?* tenta Eugène

La jeune femme éclata de rire.

— C'est vous le *writer*, non ? À vous d'agir. (Elle prit un air rêveur.) *Paris is so romantic !*

Eugène sortit de l'atelier de Théo complètement retourné. Cette Anglaise géniale lui avait ouvert les yeux ! Arrivé dans son appartement, il tourna en rond. Que faire ? Continuer, ça, c'était acquis, bien sûr... La question désormais était de savoir comment il allait pouvoir reprendre le dessus. Comme pour un feuilleton, Eugène entrevit en enfilade les quelques épisodes à venir. Cela lui procura des frissons.

Au moment de rédiger son ultime lettre, malgré lui, Eugène sentit l'émotion l'étreindre. Oui, il avait fini par prendre goût à cette correspondance. Ce lien imaginé, fantasmé, il avait fini par le chérir. Il avait fini par aimer l'amour qu'il décrivait.

À son corps défendant, le moment de mettre fin à cette correspondance prit une tournure solennelle. Il voulut écrire tout ce qu'eût pu être leur amour, celui qui n'existerait jamais, donc. Qu'y a-t-il de plus beau que les chants du cygne ? Ces foutus Romantiques avaient raison ! Et, alors que le soleil du soir teintait la Seine d'une pâle lueur crépusculaire, il apposa sa signature à sa dernière lettre. « *Adieu, cher amour, signé : Eugène.* »

Aussitôt qu'Olympe décacheta l'enveloppe, son sourire se fana. Dès la première ligne, Eugène lui annonçait que cette lettre serait la dernière. Elle eut subitement envie de la froisser, mais se retint, au prix d'un énorme effort sur elle-même. Surtout, la laisser intacte. Cette fois, le flot des mots de cette missive bien plus longue que les autres l'emporta. In extremis, elle évita qu'une larme vienne la souiller. Cela l'aurait trahie. Elle chercha à garder son contrôle et, comme d'habitude et pour la dernière fois, glissa la lettre dans son enveloppe.

Elle éprouvait quelque chose d'étrange : de l'énervement et de l'humiliation. Ce qui la rendait folle de rage, c'est que cela pût même l'affecter.

C'était toujours elle qui jusqu'à présent avait dicté les règles du jeu. Avec Eugène, celles-ci semblaient lui échapper. Elle croisa dans la glace son regard qui se teinta de frayeur. Était-elle en train de perdre la main ?

Elle n'avait pas prévu cette fin soudaine. Et ce sentiment de manque subit. Elle se renseigna, chercha les endroits où elle pourrait le *recroiser par hasard*. En vain, car Eugène avait semblait-il déserté les Boulevards. Elle entendit des rumeurs contradictoires sur son compte. Certains prétendaient qu'il avait quitté Paris. D'autres proposaient une autre explication : Eugène filait le parfait amour avec Pauline, la blonde et jeune héritière de la banque Balthazar.

Comme tous les jours, Nestor tendit à madame la comtesse son courrier sur un plateau d'argent. Olympe prit connaissance de ses lettres, invitations, remerciements, faire-part… Restait un journal qu'elle ne se donna pas la peine d'ouvrir devant son majordome. Elle le glissa dans la poche de son peignoir, puis se rendit seule dans son boudoir. Là, elle s'allongea sur la méridienne et le déplia.

Mathilde
Le nouveau roman d'Eugène Sue
Épisode 4

« Qu'est-ce que c'est mal fait, mais qu'est-ce que ça fait du bien », pensa-t-elle, toujours avec un sourire en coin. Pour l'heure, c'était le seul moyen qu'Olympe avait trouvé pour rester en relation avec Eugène.

11

Lorsqu'il poussa la porte de chez Tortoni, Eugène fut reçu par une volée de vivats.

— Le revoilà !

— Un revenant !

Il était plus flamboyant que jamais avec sa barbe et sa moustache de moujik. Tout le monde s'empressa de savoir ce qu'il était devenu. Où était-il passé ? On s'était inquiété. Vraiment.

Eugène entretint le mystère, commanda le bœuf mironton du jour. Des bribes de conversation lui parvenaient de la table voisine. Trois jeunes gens riaient aux éclats.

— Olympe de Castignan, glaciale ?

À ce nom, Eugène dressa évidemment l'oreille.

— Laisse-moi rire ! continua le jeune homme qui avait parlé. Il n'y a pas plus chaude, au contraire ! Glaciale… oui, mais comme la braise, alors ! D'ailleurs, tout le boulevard de Gand lui est passé dessus !

Eugène jaillit de son siège et se dirigea vers la table voisine. Il pointa son index vers le groupe.

— Messieurs, je vous demande de retirer immédiatement ce que vous avez dit concernant Mme de Castignan.

Son regard tranchant eut un effet instantané sur le jeune insolent : il se tut et baissa la tête.

— Entendu, marmonna-t-il. Je retire tout ce que j'ai dit concernant cette noble femme. Je reconnais bien volontiers que j'ai parlé de travers. J'ai eu tort de dire que tout le boulevard de Gand lui était passé dessus…

Le jeune homme releva alors le visage et fixa Eugène avec un sourire sardonique.

— … parce qu'il y a aussi eu la rue des Martyrs, le boulevard Saint-Germain, le boulevard Saint-Marcel… Bref, tout Paris lui est passé dessus, et tous les faubourgs avec !

Le regard d'Eugène s'injecta de sang. Il bondit sur l'effronté, que ses amis retinrent avant que cela ne dégénère.

— Voyons, messieurs, n'en arrivons pas à cette extrémité ! Entre *gentlemen* !

— Qu'il retire définitivement ce qu'il a dit alors ! J'exige un vrai démenti.

— Et en quel honneur devrais-je mentir ? Pour vous complaire ? C'est un peu mince…

— Par respect pour cette dame, tout simplement.

— Par respect ? Au nom de quoi ? Pour quel motif bizarre devrais-je respecter une personne qui, pour sa part, n'en respecte aucune ?

Eugène, hors de lui, lança un gant qui vint gifler le visage du jeune homme.

— La voilà, mon explication, vil faquin ! Demain, à l'aube, aux Batignolles. Arme blanche ou arme à feu, je vous laisse le choix.

— Je choisis le feu…

Le jeune homme marqua une pause.

— … comme celui que la marquise Olympe de Castignan a aux fesses !

Eugène eut un nouveau sursaut, mais cette fois-ci ses propres amis le ramenèrent à sa table. Il se laissa faire, lançant des regards haineux au gandin. Les trois compères sortirent, hilares, en piétinant le gant jaune d'Eugène.

Après un moment de silence, la tempête des conversations reprit dans le café. La nouvelle du duel se répandit de table en table. Comme une vague, elle se propagea dans le Tout-Paris. À sa surface, on distinguait les mots « duel », « Olympe de Castignan », « demain », « Eugène Sue ».

Les premiers rayons du soleil peinaient à percer la brume qui s'élevait comme de la vapeur de l'herbe encore perlée de rosée blanchâtre. Deux attelages se présentèrent. Sans un mot, un homme sortit de chaque voiture et tous deux convergèrent au centre du pré, vêtus de noir, et se collèrent dos à dos alors que leurs témoins se tenaient en retrait sur le bord. Les deux duellistes s'éloignèrent l'un de l'autre à longues enjambées, comme mus par un ressort.

Au bout de dix pas, ils s'arrêtèrent et pivotèrent. Synchrones, leurs bras s'élevèrent lentement à l'horizontale, tenant à leur bout un pistolet. Deux coups de feu mats déchirèrent la brume, faisant fuir une nuée d'oiseaux endormis. Une des silhouettes noires vacilla puis s'écroula dans l'herbe haute mouillée avec un bruit sourd.

À la nuit tombée, un fiacre s'arrêta devant une porte cochère sur les quais de Seine. Une silhouette encapuchonnée de noir sortit de la voiture et se glissa, furtive comme une ombre, dans l'immeuble. Elle gravit les étages sans bruit et frappa timidement à la porte de l'appartement.

Celle-ci s'ouvrit. Théodore apparut, la mine ténébreuse, les yeux cachés par des lunettes aux verres fumés.

— Madame, il n'est pas possible de le voir pour l'instant. Cela pourrait…

Les mots lui coûtaient, sa voix chevrotait. La femme souleva son capuchon, dévoilant un visage chaviré et des yeux implorants.

— Comment… comment va-t-il ?

Théodore ne répondit rien. Son silence était plus sinistre que tous les mots.

— Je vous en supplie… Je dois le voir… C'est… Tout cela… c'est à cause de moi.

À regret, il lui fit signe de le suivre. Ils s'avancèrent dans l'appartement plongé dans une obscurité sépulcrale et un silence désolant. Théo poussa la porte de la chambre, qui émit un grincement lugubre. De chaque côté du lit, deux bougies répandaient une pâle lumière découpant la silhouette d'Eugène allongé comme celle d'un gisant. Des bandelettes blanches sanglaient son torse sur lesquelles se dessinait une tache rouge, grande comme une carte de l'Europe napoléonienne. Assis à son chevet, Ernest, sa blouse blanche maculée de sang, se leva.

— Non, non.

Il voulut faire barrage à l'intruse, mais Eugène, qui avait déjà aperçu la femme, tendit douloureusement un bras dans sa direction. Sur un signe de tête de Théodore, les deux hommes quittèrent la chambre, laissant Eugène et Olympe seul à seule.

La comtesse, pétrifiée, s'avança lentement en direction du lit et saisit la main d'Eugène. Elle approcha son visage blême de celui du blessé qui, héroïque, trouva la force de sourire. Il voulut parler mais Olympe l'en empêcha en scellant des siennes ses lèvres exsangues.

— Chuuuut ! Ne dis rien, mon…

Ses larmes coulèrent sur le visage d'Eugène. Elle l'embrassa à nouveau.

— Tu as fait ça pour moi… Je n'aurais jamais cru…

Les pleurs d'Olympe étaient entrecoupés de rires.

Eugène lui répondit dans un souffle :

— Ce n'est rien… N'importe qui… aurait fait la même chose.

Olympe couvrit le visage d'Eugène de baisers fiévreux mais Ernest, revenu dans la chambre, posa une main sur son épaule.

— Madame, il faut le laisser maintenant. Trop d'émotions pourraient…

La jeune femme partit à regret. Elle tourna son visage ému vers Eugène qui tenta, en grimaçant de douleur, de lui sourire encore une fois. Dans le couloir, elle s'agrippa à Ernest.

— Promettez-moi qu'il s'en sortira !

Ernest hocha gravement la tête et accompagna Olympe jusqu'à la sortie. Il regarda son ombre se fondre dans la nuit. Une fois que le fiacre eut disparu au coin de la rue, il remonta les marches et pénétra dans la chambre d'Eugène.

— Ça y est ! Elle est partie.

Eugène bondit hors du lit.

— Tu as vu ? J'ai gagné ! Elle m'a embrassé !

Il sauta dans tous les sens, faisant des galipettes sur le lit. Théo arriva. Totalement estomaqué.

— Je n'en reviens pas ! Tu as réussi à faire verser une larme à Olympe de Castignan ! Tu es un sorcier vaudou !

Eugène eut le triomphe modeste.

— Tu sais bien que ce n'est pas pour moi qu'elle pleure. C'est la mise en scène qui l'émeut. Elle se sent devenir héroïne de roman. Crois-en le feuilletoniste que je suis : qui resterait insensible à quelqu'un qui risque sa vie pour vous dans un duel ?

Eugène se précipita à la fenêtre. Appuyé sur la rambarde du balcon comme à la proue d'un bateau, il lança son regard par-dessus la Seine en direction de l'autre rive.

— À nous deux, faubourg Saint-Germain !

On frappa de nouveau. Eugène fronça les sourcils et replongea sous les draps. Théodore alla ouvrir et se retrouva face à Laure, pâle comme un fantôme.

Elle hurla :

— Où est-il ? Comment va-t-il ?

Sans ménagement, elle poussa Théodore pour se frayer un chemin dans l'appartement toujours plongé dans la pénombre et se perdit dans ses dédales, en proie à une panique croissante.

— Mais enfin… où est-il ?

Théodore tenta de la retenir, mais Laure fit irruption dans la chambre à coucher, découvrant la mise en scène macabre. À la vue de sa sœur, Eugène cessa subitement de jouer au gisant et jaillit hors du lit, enveloppé dans ses bandelettes ensanglantées.

— Écoute, Laurette, on va t'expliquer… Je n'ai rien.

La jeune femme s'arrêta net, le souffle coupé, incrédule. Eugène et Ernest se figèrent comme deux enfants pris sur le fait. Un petit moment de flottement, puis Laure éclata en sanglots. Elle désigna la tache de sang.

— Et ça… Ça… c'est quoi ? Tu as été blessé, non ? J'ai entendu dire que tu t'étais battu en duel…

— Oui, mais non… Je n'ai rien, rassure-toi. Regarde, je suis frais comme un gardon !

Eugène effectua des mouvements gymniques pour prouver qu'il était indemne, devant le regard atterré de Laure. Il retira même ses bandelettes et montra à sa sœur un torse exempt de toute blessure.

— Ce n'est rien, sœurette, c'était un *faux duel* ! Voilà. C'est tout simple. Un canular, si tu préfères.

Laure semblait ne pas pouvoir se calmer.

— Mais ce sang, c'est quoi alors ?

— Eh bien… Ernest l'a rapporté de la faculté de médecine.

Les trois garçons se mirent à rire afin de détendre l'atmosphère. En pure perte. Laure restait désespérément silencieuse, commençant peu à peu à comprendre ce qui s'était tramé. Sa panique se transforma sous leurs yeux en colère. Elle les regarda tour à tour en hochant la tête avec une moue de mépris.

— Et vous… Vous… trouvez ça drôle ?

Elle s'assit sur le lit, se prenant la tête entre les mains, gagnée par des convulsions.

— J'ai eu tellement peur !

Eugène s'approcha de sa sœur pour la consoler, mais elle le rejeta d'un mouvement brusque et se leva pour fuir. Au passage, elle le fixa droit dans les yeux.

— C'est inqualifiable. Je ne veux même pas savoir pourquoi tu as fait ça ! C'est minable.

Puis elle se planta devant Ernest, qui était rouge de honte, penaud.

— Et toi, ça t'amuse ?

Elle le gifla violemment.

— C'est tout ce que tu mérites ! Je ne comprends pas que tu puisses te prêter à ces facéties ! Toi !

Laure quitta la pièce. Eugène tenta de la rattraper alors qu'elle dévalait l'escalier. Il s'appuya à la rambarde.

— Écoute, Ernest n'y est pour rien. Je suis le seul fautif.

Laure ne s'arrêta pas.

— Et puis, Laurette, s'il te plaît… Ne dis rien aux parents. Ce n'est pas la peine de les alarmer pour rien.

La jeune femme se raidit sur une marche.

— Tu n'as pas à t'inquiéter ! Je ne dirai rien puisque c'est la seule chose qui t'importe.

Sa voix se mit soudain à chevroter.

— Eugène, tu n'en as pas marre de te jouer des autres ? Et surtout de ceux qui t'aiment ?

— Laisse-moi t'expliquer…

Laure essuya ses larmes et s'en alla sans prendre la peine d'écouter ce qu'avait à lui dire son frère. Eugène voulut la rattraper, mais après quelques pas hésitants dans l'escalier il abandonna en haussant les épaules.

À quoi bon ? Qu'aurait-il bien pu dire pour sa défense ? Il savait parfaitement bien qu'il n'y avait rien à expliquer.

Cinquième partie

Sur l'Olympe

12

La convalescence d'Eugène fut suivie avec une ferveur fiévreuse par Olympe. Elle se réjouissait des progrès rapides de la santé de son duelliste jour après jour. C'était, il est vrai, proprement miraculeux. Olympe prenait de ses nouvelles quotidiennement. L'appelait « mon héros ». Parfois, Eugène se mettait à croire à son rôle.

Trompe-l'œil de la fiction.

Olympe s'étonnait aussi de ce que le feuilleton d'Eugène parût dans le journal avec la même régularité, bien que le jeune homme fût alité et incapable d'écrire. « Peut-être a-t-il recours à un collaborateur, après tout ? » pensa-t-elle, ayant parfois entendu railler cette pratique. Et pourtant, non, il se refusait toujours à en prendre. Eugène, pour ne pas éveiller la méfiance d'Olympe, dut dans les premiers temps se faire discret. Une fois, afin d'être en mesure de terminer sa livraison du jour alors que la comtesse était venue lui rendre visite, il dut même s'isoler dans les lieux d'aisances – où il avait il est vrai disposé une tablette amovible pour écrire –, avant de faire passer discrètement son texte à son majordome.

Plus tard, il pourrait d'ailleurs se vanter de son exploit aux Feuilletonistes : « Si le roman-feuilleton se lit dans les toilettes, il s'y écrit aussi ! »

Pour autant, par souci de crédibilité, l'abstinence sexuelle fut de mise pour le grand rescapé du duel. L'abnégation en cette matière avait de quoi forcer le respect : elle était proprement héroïque !

— Je suis ton Abélard, s'amusait Eugène. Et tu es mon Héloïse.

Puis un beau matin, Eugène décida que le délai de vraisemblance avait été atteint. Alors, comme par magie, sa blessure cessa de le lancer.

— Le médecin a fait des miracles ! s'exclama Olympe.

Les deux amants s'unirent dans une communion physique d'autant plus parfaite qu'ils avaient l'un et l'autre enduré une attente insoutenable. *« Et le désir s'accroît quand l'effet se recule »*… La crainte que la douleur ne se réveillât chez Eugène, risquant de compromettre la suite de leurs ébats, contraignait Olympe à user d'une extrême douceur. Ce qui n'était pas dans son tempérament. Elle se découvrit à cette occasion une délicatesse insoupçonnée en la matière, laquelle lui ouvrit les horizons de plaisirs jusque-là inconnus.

Et de fait, le couple atteignit des sommets jamais franchis. Eugène avait troqué « la suite à demain » contre « la suite à tout de suite » dans cette apothéose. Leurs nuits d'amour étaient bien plus longues que leurs jours.

Puis ce fut une autre forme d'apothéose que découvrit le dandy : au bras d'Olympe, Eugène vit les grilles du faubourg Saint-Germain s'ouvrir en grand sur son passage. Le corsaire de la rive droite avait enfin réussi la traversée de l'océan et posa pour la première fois le pied sur cette contrée fabuleuse : la rive gauche. Le flibustier fut invité chez les Langeais, les Granlieu, les Rochefide, les Maufrigneuse et les Troisville (attention, prononcer « Tréville »). Il foula les tapis somptueux des plus beaux hôtels particuliers. Il se frotta aux plus beaux esprits que comptait Paris à cette époque, journalistes, peintres, artistes, éditeurs... Il fréquenta les restaurants les plus chics et les salons les plus fermés. Lui que l'on ne regardait pas sur cette rive de la Seine voyait maintenant s'allumer sur son passage l'étincelle du désir dans le regard des jeunes héritières en fleur. Mais aussi de leurs mères et de leurs grand-mères. Enfin, il y était ! Bien sûr, il percevait aussi les perfides persiflages sur son passage – « Ça y est, il est *sur l'Olympe* » –, mais c'était le prix à payer.

De son côté, Olympe se grisait de la fierté de présenter Eugène, qu'elle exhibait tel un trophée. Le Faubourg l'avait annoncée sur la fin, réduite aux rogatons, aux amants sans relief, perdue. Avec sa récente prise, elle se trouvait de nouveau en mesure de prouver à toutes ses rivales et à ses anciens amants qu'elle était toujours, et plus que jamais, dans la course. Car elle avait réussi à dompter un pur-sang, à capturer un fauve. Eugène fit immédiatement une énorme sensation sur la gent féminine. Son côté canaille et félin devint une référence. Il apportait du sang neuf dans une uniformité de sang bleu. Son dandysme foutraque et ses tenues fracassantes donnaient un coup de fouet à l'*establishment* germanopratin.

Certes, nombreux furent ceux qui raillèrent l'apparition de ce parvenu de la rive droite. Mais leur détestation affichée ne faisait que renforcer le charme vénéneux d'Eugène, conférant encore plus de piquant à son côté voyou. Au risque de passer pour de vulgaires grincheux jaloux, ses rivaux en furent réduits à l'encenser.

Olympe et Eugène filaient le parfait amour. Mais sans amour. Ce fut le duc de Broglie qui, un soir, trouva l'épigramme parfaite pour qualifier le couple qu'ils formaient tous deux : « Ils sont *félins pour l'autre* ! » Tout le monde applaudit à ce jeu de mots. Et de fait, Olympe et Eugène, c'était l'association de deux fauves. Deux félidés que l'on s'arrachait dans tous les dîners du Faubourg.

Pas étonnant qu'Eugène se sentît en effet sur l'Olympe et qu'il se crût – comme ses occupants, les dieux et demi-dieux d'alors – *immortel*. N'avait-il pas tout ? La jeunesse, la beauté, le succès. Il était courtisé et vénéré au cœur du cœur de la plus belle ville du monde.

Il se grisa à nouveau de mondanités, fréquenta des endroits inconnus, partit à la découverte de nouvelles connaissances. Le mari d'Olympe étant pratiquement toujours à l'étranger pour ses missions diplomatiques, Eugène prit de plus en plus ses quartiers à l'hôtel de Castignan. Peu à peu, il largua les amarres avec sa vie de la rive droite. Et fatalement avec ses amis et ses anciennes connaissances. Passant d'une rive à l'autre, il devint pour eux insaisissable.

Perché sur son Olympe, loin des contingences des mortels, Eugène finissait par oublier les vicissitudes de la réalité terrestre. Mais celles-ci vinrent soudain se rappeler à son bon souvenir.

Ce jour-là, Eugène étrennait un nouveau carrosse. Il poussait son bolide dans les rues de la capitale, effrayant les piétons. L'un d'eux, qui s'apprêtait à traverser, prit peur et chuta sur la chaussée. Eugène arrêta son attelage et s'empressa de porter secours à sa victime. Il se confondit en excuses.

C'est alors que leurs regards se croisèrent.

Le choc.

C'était M. Sue. Le Chevalier à la Triste Figure se rendait à la faculté à pied. Eugène voulut aider son père à se relever. Mais ce dernier refusa son assistance et marqua plutôt de l'étonnement à voir son fils battre le pavé parisien à cette heure.

— N'êtes-vous pas en période d'examens ?

Le Chevalier jeta un regard suspicieux sur le rutilant bolide.

— N'est-ce pas l'heure où vous devriez plancher sur l'anatomie ?

Eugène prétexta bien maladroitement une course urgente : un livre d'anatomie à se procurer, précisément.

— Ah bon, lequel ?

Le jeune homme, qui bien évidemment ignorait totalement ce genre de précision bibliographique, balbutia quelque chose d'incompréhensible. En remontant dans son bolide, Eugène put voir le Chevalier s'éloigner, le front soucieux.

Quelques jours plus tard, quand Eugène retourna dans son appartement, parmi la pile de courrier se trouvaient des invitations bariolées à des premières, des soupers, des punchs, des bals et des expositions… Mais Eugène découvrit aussi une lettre aux teintes austères. Frappée à l'en-tête du Chevalier avec un message lapidaire d'une écriture sèche : « J'exige de vous voir toute affaire cessante ! »

Le majordome au visage parfaitement inexpressif vint lui ouvrir.

— Monsieur le Chevalier vous attend.

En se dirigeant vers le bureau de son père, Eugène remarqua que son portrait en carabin péniblement exécuté chez Théodore avait été détaché du mur. En lieu et place, une tache sur le papier mural, laissée par trois années sans exposition à la lumière.

Eugène retrouva avec effroi le silence glaçant de l'appartement familial. « Le calme avant la tempête », pensa-t-il en frappant à la porte. Cette fois-ci, nul besoin de reprendre son souffle ; il n'y avait plus véritablement d'enjeu. Il activa la poignée qui grinça, pénétra dans l'antre paternel plongé dans une obscurité quasi totale et son odeur de formol lui causa un haut-le-cœur, réveillant soudain tout un passé honni.

Il mit un certain temps à distinguer dans la pénombre la silhouette du Chevalier derrière le bureau. Il se tenait debout, à contre-jour, dans la pâle lumière filtrée par les vitraux. Eugène dut s'avancer pour remarquer que son père lui tournait le dos et faisait face à la fenêtre, les mains derrière lui, immobile et silencieux.

Que faire ? Eugène devait-il s'asseoir ou rester debout ?

Tout en demeurant face à la fenêtre, le Chevalier aborda la discussion d'une voix blanche. Il savait tout. Oui, tout. Sa supercherie à la Faculté, son activité de feuilletoniste (couronnée d'un certain succès, semblait-il, brouillant à peine les piste avec un simple prénom d'emprunt), son train de vie dispendieux, ses dettes…

Eugène s'attendait à ce que le Chevalier explosât d'un moment à l'autre. Il en vint même à le souhaiter : plus vite l'orage arriverait, plus vite le supplice serait terminé. Mais il poursuivait d'une voix parfaitement atone, le dos toujours tourné à son fils.

— C'est de ma faute. Je me suis dissimulé la réalité. Ne dit-on pas qu'il n'y a pas pire aveugle que celui qui ne veut voir ? C'eût été trop beau. Je me suis obstiné. J'ai poursuivi une chimère, ébloui par ma propre obsession : voir mon fils reprendre le flambeau familial, être médecin.

Eugène, qui s'était préparé à une tempête ou à un face-à-face musclé, se retrouva parfaitement désemparé confronté à cette voix sans visage.

Une voix qui pour la première fois vacillait.

— Mais il devait être écrit que cela ne serait pas…

Eugène sentit que le Chevalier peinait à poursuivre. Il voulut marmonner quelques excuses, mais n'en eut pas le loisir.

— Maintenant, veuillez me laisser, je vous prie.

Il devait être écrit également que le père et le fils seraient à jamais incapables de dialoguer.

Eugène quitta la pièce à reculons, sans un mot, alors que M. Sue restait toujours de dos. Le dandy referma la porte sans faire de bruit, s'engagea dans le couloir sur la pointe des pieds. Plus loin dans la pénombre, il aperçut sa mère. Il devina plus qu'il ne vit vraiment son regard implorant.

— Pourquoi ? Mais pourquoi, mon fils ? murmura-t-elle, la voix chevrotante, au bord des larmes.

Eugène resta sur place quelques secondes, décontenancé, avant de quitter l'appartement sans dire un mot.

À peine le jeune homme eut-il posé le pied sur la chaussée qu'il éprouva un énorme soulagement. N'était-ce pas mieux ainsi ? Cette mascarade, cette imposture, n'avait que trop duré. Subir le supplice des déjeuners dominicaux, la torture des réunions familiales où il se trouvait dans l'obligation permanente de biaiser, de composer, de mentir, de craindre d'être découvert…

Il sentit soudain qu'un énorme poids s'était volatilisé. Libre, il était enfin libre. Eugène ne voulut pas s'embarrasser de mauvaise conscience : n'était-ce pas le Chevalier – comme il avait eu lui-même l'honnêteté de le remarquer – qui, à force de s'obstiner, l'avait poussé à agir de la sorte ? Si seulement il avait voulu prendre en compte le désir de son fils – et surtout l'aversion viscérale (son allergie dirait-on aujourd'hui) qu'il nourrissait vis-à-vis de la médecine –, ils n'en seraient pas arrivés à de telles extrémités. Finalement, c'était le Chevalier qui avait poussé Eugène à biaiser… Il se le répétait en tout cas en boucle en longeant la Seine pour s'en convaincre.

Bien sûr, Eugène savait qu'il allait subir quelques désagréments, la perte des subventions familiales n'étant pas le moindre. Mais n'était-ce pas le prix à payer pour une liberté enfin acquise ? Il écrirait davantage. Écrire plus pour gagner plus.

La belle affaire ! N'avait-il pas que des motifs de se réjouir ? Feuilletoniste banquable, il *était* maintenant du faubourg Saint-Germain. Alors, au diable les tracasseries vénielles, les sots soucis de six sous, Eugène voulait encore et toujours profiter pleinement de tous ces instants.

Vivre !

Oui, encore et plus que jamais, vivre !

13

Eugène se lança à corps perdu dans la rédaction de plusieurs feuilletons simultanément. Il s'agissait de faire rentrer les fonds. Mais, contrairement à son confrère Dumas, lui ne savait pas *collaborer.* Il n'avait d'ailleurs jamais envisagé cette possibilité. Développant donc plusieurs intrigues concomitamment, il courait les différents bouclages dans une cavalcade effrénée. Une chevauchée héroïque et quotidienne qu'il voulait mener sans renoncer à sa vie mondaine. La frénésie jour et nuit.

Pour tenir, comme c'était la tendance chez les feuilletonistes, il eut recours à quelques excitants modernes : le café, la cigarette, mais aussi la feuille de coca qui se passait sous le manteau dans les soirées dansantes.

Eugène vivait dans une sorte d'ahurissement permanent, entre deux rives, entre deux états, entre deux épisodes.

Un jour, Eugène se rendit compte, mais trop tard, qu'il avait interverti ceux destinés à deux journaux différents. Le lendemain, les épisodes intervertis parurent, mais personne ne s'en aperçut.

Pour Eugène, c'était là un signe évident de sa toute-puissance créatrice : il pouvait désormais écrire ce qu'il voulait, cela marchait. Il se sentit invincible.

Dans un tel état d'euphorie et de surchauffe, le fait que ses histoires fussent devenues ressemblantes au point d'être interchangeables ne lui effleura même pas l'esprit.

Ce soir-là, à l'hôtel de Castignan, Olympe avait invité la fine fleur de l'intelligentsia du Faubourg. Les saillies assassines fusèrent. La discussion vogua librement sur l'actualité. On se moqua allègrement et copieusement de Louis-Philippe, ce « roi nigaud », l'homme du juste milieu. Eugène se mêla au concert des sarcasmes avec une véritable jouissance. Il saisissait lui-même les bouteilles de pomerol pour remplir les verres des invités, ce qui avait le don de froisser le majordome, lequel dissimulait avec grand art son énervement derrière une façade placide.

Volonté délibérée ou hasard de la discussion, on en vint à parler d'un sujet très prisé dans les salons, ce que les revues appelaient, depuis l'article sanglant de Sainte-Beuve, « le phénomène roman-feuilleton ». La discussion tourna au joyeux jeu de massacre. On se pinçait le nez devant cet ersatz de sous-littérature tout juste bon à emballer le poisson pas frais !

Le rire sonore d'Olympe fit trembler le lustre.

Eugène rit aussi. Mieux, il se joignit à cette curée :

— De la soupe populaire qui pervertit le goût !

En tant qu'infiltré, il en décortiqua les « grosses ficelles » en prenant comme les convives une mine écœurée.

— Ah, et que dire de ce chantage aux larmes pour faire pleurer Margot, de cette écriture à la truelle avec ses invraisemblances monstres, de ces coq-à-l'âne et métaphores à la va-comme-je-te-pousse, de ces *deus ex machina* toutes les deux pages… Et cette indigence de vocabulaire, ces descriptions interminables, ces dialogues ineptes et répétitifs… Et par-dessus tout, ce style – cette absence de style, devrais-je dire ! – de l'écrivaillon que l'on sent rémunéré à la ligne ! Que de transpiration pour si peu d'inspiration !

Tout le monde applaudit à cette attaque en règle.

Après le dîner, une fois qu'Olympe eut raccompagné tous ses invités sur le perron, elle s'empressa de rejoindre Eugène, allongé sur le canapé, s'efforçant de souffler des anneaux de fumée avec son cigare.

— Qu'est-ce que tu as pu me faire rire ce soir !

— Moi aussi. J'adore m'esclaffer avec ces importants. C'était excellent !

— Et ta diatribe sur le roman-feuilleton, tu sais qu'ils l'ont trouvée brillantissime ?

— Ah, ah… Je m'en doutais.

Olympe hésita un instant.

— Mais dis-moi, c'était sincère, ce que tu as dit ?

Eugène sourit.

— Tu m'as déjà vu mentir, moi ? Oui, c'était sincère. Tous ces défauts sont horribles, des crimes de lèse-littérature. Comment peut-on écrire aussi mal ? L'urgence n'explique pas tout, il y a vraiment un mauvais goût tenace. Je suis au bord de l'écœurement parfois…

Olympe parut soulagée. Eugène enchaîna aussitôt :

— Mais j'y replonge. C'est aussi ce qui fait tout le charme du feuilleton-roman. Cette urgence essentielle, cette démarche décomplexée, cette façon de prendre à bras-le-corps les archétypes et même les clichés, disons-le. Et pas seulement pour complaire à ses lecteur. C'est pour cela que j'adore cette activité.

— Mais tu ne songes pas parfois à passer à quelque chose de plus prestigieux ? Collignard serait prêt à te rencontrer, tu sais ?

— Oui. Pourquoi pas ?

De fait, Eugène, même s'il trouvait pleinement satisfaction dans son activité de feuilletoniste, n'était pas réfractaire à l'idée de tenter quelque chose de nouveau. Il était curieux aussi de jauger sa désirabilité – son *sex-appeal*, comme disaient les Anglo-Saxons – auprès d'éditeurs installés.

Reste que, les jours suivants, Eugène se vengea. Ces sales prétentieux, ces marquis poudrés avaient osé s'en prendre à son gagne-pain. Il allait leur rendre la monnaie de leur pièce dans sa livraison du jour.

Ce fut un véritable carnage ! Eugène éprouva une jouissance indicible à exécuter un par un tous les invités qui avaient assisté au dîner et qui avaient conspué le roman-feuilleton. Il leur fit à tous rendre gorge dans d'atroces souffrances ! L'un se fit éventrer tous boyaux dehors avec une lame rouillée ; un autre fut transpercé par un boulet de canon incandescent ; un autre encore se fit empaler par le fondement, recouvert de miel et de fourmis carnivores ; le dernier fut servi à déjeuner aux membres d'une tribu cannibale qui dégustèrent crues, en gourmets, toutes les parties de son corps bien dodu… Une jouissance qu'Eugène fit durer sur plusieurs épisodes pour encore mieux savourer le supplice ! Voilà un plaisir d'esthète qu'ils ne pouvaient comprendre.

En cette fin d'après-midi, Eugène avait organisé une partie de cartes chez lui. La soirée s'annonçait bien, la chance lui souriait comme jamais. Il eut bon espoir de se refaire, d'être enfin en mesure de solder ses dettes de jeu. À un moment crucial, en plein tour de table, alors que les enchères grimpaient, le majordome apparut, perçant le nuage tabagique. Eugène s'énerva :

— Que se passe-t-il ?

Il avait pourtant expressément interdit qu'on le dérangeât lors d'une partie de cartes. Imperturbable, la mine grave, l'homme lui tendit un papier.

Comme Eugène arrivait à l'appartement familial, Laure apparut dans le long couloir, le visage enfoui dans ses mains. Elle pleurait, la tête posée sur l'épaule d'Ernest.

Eugène avança, faisant grincer le parquet, et, par la porte entrouverte, aperçut sa mère, les mains croisées, agenouillée, en compagnie d'un prêtre, au chevet du Chevalier inanimé. Il voulut entrer mais, d'un simple regard, Laure l'en dissuada.

— Il a voulu te parler ces jours derniers. Où étais-tu passé encore ?

Comme toujours face à sa sœur, Eugène ne sut que répondre.

— Laisse-nous maintenant.

Il resta pétrifié sur le seuil de la chambre. Elle insista, presque implorante :

— S'il te plaît…

Elle se blottit dans les bras d'Ernest. Ce dernier lança par-dessus l'épaule de Laure un regard gêné à Eugène. Le dandy quitta alors l'appartement comme à reculons. Arrivé au bas de l'escalier, Ernest le rejoignit, essoufflé.

— Oui, nous sommes fiancés depuis deux semaines, avoua-t-il comme s'il avait été pris en faute. J'ai voulu te le dire, mais tu étais injoignable.

Eugène lui posa une main amicale sur l'épaule.

— Félicitations, beau-frère.

Il prit son ami dans ses bras et lui glissa à l'oreille :

— Tu sauras prendre soin d'elles, toi, mon Ernest.

Celui-ci regarda Eugène tourner les talons à regret. Il essaya de le retenir.

— Non, Ernest, il ne vaut mieux pas…

Eugène, vêtu de noir, fait face à une Seine en deuil qui se confond aujourd'hui avec les lourds nuages couleur de suie. Son épisode lui résiste. Il griffonne, rature, corrige abondamment. Les papiers en boule débordent de la corbeille. Il jette des regards inquiets à l'horloge. Puis, sans même se relire, il saute dans son carrosse avec ses feuillets.

— À l'église Saint-Roch !

Sur le trajet, Eugène ne tient pas en place sur sa banquette. Il triture ses feuilles, trop nerveux pour les relire. La voiture ralentit devant l'église où un auvent en toile noire a été dressé. Une foule charbonneuse et silencieuse – des officiels, des confrères et des membres de la famille – se masse à l'entrée de l'édifice. Eugène reste dans son coupé, abattu. Indécis. Il aperçoit au loin sa mère et Laure qui reçoivent les hommages des arrivants. Il croise le regard interrogateur d'Ernest.

— Que faisons-nous, monsieur ? lui demande son cocher.

Eugène demeure encore un moment silencieux.

— Au *Matin* ! finit-il par dire.

Et il laisse derrière lui la théorie des hommages éplorés.

À la nuit tombée, sous un ciel chargé de menaces, Eugène foula le gravier des allées du Père-Lachaise, se faufilant entre les caveaux, les tombeaux et leurs épitaphes. On n'aurait pu imaginer spectacle plus incongru : le héraut du *carpe diem* au cœur des *in memoriam.* Le cortège avait déjà quitté les lieux. Parmi le monceau de couronnes et de fleurs qui couvraient entièrement la stèle, il déposa une gerbe. Il resta un moment prostré tandis que l'averse éclatait et que le cimetière se vidait de tous ses visiteurs.

Il en sortit comme une ombre, trempé, laissa son chauffeur repartir sans lui pour se couler dans les rues de Paris désertées à cause de la pluie. Il arriva au jardin du Palais-Royal, se glissa sous les arcades en direction du Véfour. Il avait appris par les bons soins d'Ernest que c'était dans ce restaurant que se tiendrait le dîner d'enterrement. À travers la vitre, il distingua, parmi les invités, sa mère et sa sœur qui offraient à chacun un sourire mélancolique, le regard perdu. Elles virent Eugène. Elles marquèrent une pause. Ruisselant, il s'avança vers la porte à tambour. Pleurait-il ou bien son visage était-il seulement inondé par les gouttes de pluie ? De nouveau, les deux femmes furent accaparées par les invités. Lorsqu'elles cherchèrent Eugène du regard, il n'était plus là. Il avait rejoint la pluie battante dans les rues de Paris.

La mort du Chevalier avait-elle affecté Eugène ? Pour un observateur extérieur, la réponse eût été clairement « non ». Plus que jamais le dandy virevoltait, continuait de se griser de sa nouvelle vie mondaine, de respirer l'air vivifiant et euphorisant des sommets, insoucieux du monde extérieur.

Mais n'était-ce pas là une pose ? Sa façon à lui de ne pas manifester sa peine ? De la juguler, la tenir en échec dans l'écume des nuits et les plaisirs de la ville, l'élégance voulant que l'on ne montrât pas son chagrin en société ? Et puis, ne dit-on pas que les grandes douleurs sont muettes ?

Au fond, que ressentait-il ? Lui-même eût été bien en peine de le dire. Même si le fait qu'il se posât la question constituait déjà une réponse. Se demande-t-on si l'on a du chagrin ? Rien d'étonnant après tout : on a vu que le père et le fils n'avaient jamais véritablement communiqué. Toutefois, ce manque d'affect n'était-il pas une caractéristique constante chez Eugène ? Il commençait à s'interroger. En tout cas, le doute s'immisçait, diffus et pervers. Et s'il était vraiment comme ses personnages finalement : sans affect aucun ? Bien sûr, il s'était déjà posé la question auparavant concernant ses rapports avec les femmes. Il était plutôt volage. Bien sûr, il avait eu son lot de chagrins d'amour. Mais avec le recul, ils ressemblaient bien plus à *des chagrins d'amour-propre*. Et de fait, ils s'évaporaient comme une céphalée, en quelques heures, sitôt une autre conquête en vue.

Et là, concernant son père, il n'éprouvait rien qui pût se comparer à de la peine, du chagrin, du deuil. Était-il totalement insensible ?

Une seule chose était sûre : le décès paternel, s'il ne semblait pas devoir affecter Eugène en personne, affecterait bel et bien son train de vie. Les choses s'emballèrent. Sitôt la mort de M. Sue connue, les créanciers, qui déploraient avec elle la perte de leur caution, furent saisis d'une peur panique. Ils avaient pris trop de risques avec Eugène. Celui-ci, en Monsieur Jourdain de la cavalerie financière, avait inauguré sans même le savoir ce que l'on devait appeler plus tard le système de Ponzi. Il avait toujours emprunté de l'argent pour régler des crédits qui servaient à combler des dettes creusées pour rembourser des traites... Les créanciers, prêteurs sur gages et autres usuriers fermèrent instantanément toute ligne de crédit supplémentaire. Et se manifestèrent tous à la fois pour réclamer leur dû. Eugène joua beaucoup au whist et aux courses dans l'espoir de se refaire, mais il ne réussit qu'à contracter de nouvelles dettes. Les créanciers perdirent patience. Désormais, il devenait urgent de se servir avant que les autres ne prennent tout.

Ce fut alors la curée. Les huissiers s'attaquèrent d'abord aux chevaux et aux équipages. Puis vint le tour des meubles, des tableaux, des bibelots, des lustres, des bijoux et des cannes. Eugène observait le pitoyable ballet de ces rapaces avec un détachement altier. Il en avait pris l'habitude.

« Cela me laisse totalement de marbre... de Carrare », disait-il à ses amis.

Finalement, les huissiers, comme certains animaux nuisibles dans la nature – qui assurent la pérennité du système naturel –, présentaient un certain avantage. Ils lui avaient toujours permis de changer son mobilier avant obsolescence, d'être ainsi perpétuellement au goût du jour, et même en avance. Dans l'obligation de se renouveler. Ils le forçaient à être « d'avant-garde », ce qui est du dernier chic pour un dandy.

Ce jour-là, les nuisibles vidaient méthodiquement la bibliothèque d'ébène d'Eugène, saisissant indistinctement contenant et contenu. Il les observait avec un calme olympien. Il était devenu amateur de livres mais n'était pas bibliophile et n'y avait donc jamais accordé une grande importance en tant qu'objets. Il les regardait donc passer avec la plus grande indifférence.

Pourtant, lorsque l'un des recors se saisit d'un ouvrage à couverture jaune paille élimée, le dandy sentit une sorte de frisson. Il ne comprit pas pourquoi. Il s'approcha, lui arracha le livre des griffes, le regarda.

— Pas celui-là… je vous en prie, dit-il dans un souffle.

L'homme accéda sans difficulté à la requête d'Eugène. Il ne s'agissait pas d'un ouvrage précieux ; il était même en piteux état et semblait n'avoir aucune valeur marchande. Et puis, entre les huissiers et Eugène, c'était une longue histoire. Au fil des saisies, une forme de complicité s'était instaurée entre le feuilletoniste et ses « vautours », comme il les appelait. Il lui arrivait même d'en inviter certains à partager sa table et à boire des bouteilles au lieu de les saisir.

Une fois que les huissiers eurent quitté l'appartement, Eugène s'assit à même le sol, le livre à la main. C'est drôle, ce livre, il l'avait parfaitement oublié. Passé de bibliothèque en bibliothèque dans ses différents appartements, il était devenu l'un de ces objets si familiers, si quotidiens qu'on ne les remarque plus.

Pourtant, sa vue avait réveillé quelque chose en lui. D'abord, en le voyant s'échapper de sa bibliothèque aux mains du recors, il avait éprouvé un pincement au cœur. Le contact avec la couverture jaune au cuir grenelé avait prolongé ce malaise qu'il ne réussissait pas à s'expliquer. Enfin, l'odeur qui se dégageait de ses feuilles jaunies, la vue des illustrations en noir et blanc avaient fait le reste. Lui étaient alors remontés à la mémoire des souvenirs enfouis. Le jour d'été où il avait reçu l'ouvrage, pour ses treize ans.

Cet été-là, ce livre avait été son compagnon fidèle. Il ne l'avait pas quitté de toutes les vacances. Et alors qu'il en feuilletait à nouveau les pages, le récit se déployait sous ses yeux comme la mélodie d'un refrain oublié. Les aventures d'un médecin qui parcourait les océans, bravant pirates et intempéries pour dispenser sa science et porter secours à des tribus isolées... Combien de fois les avait-il lues, ces pages, et avait-il rêvé les yeux grands ouverts devant ces tableaux d'aventures...

Un doute l'effleura soudain. Et si, sans le savoir, c'était ce livre qui était à l'origine de son envie d'écrire des histoires de pirates ? Et si sa vocation et son entrée dans le jouissif sacerdoce du roman-feuilleton avaient pris secrètement leur source dans ce livre ?

Entre deux pages collées par le temps, Eugène tomba sur une dédicace à l'écriture régulière, tout en lettres roides et longilignes. Une dédicace sobre, compassée, retenue, distante. Comme il l'était. Mais ce jour-là, Eugène sentit – était-ce la fatigue ? – une émotion muette courir entre les lignes de ces mots si simples. Oui, entre les lignes, il perçut soudain la pâle lueur d'une affection qui n'avait jamais su se dire. Un vertige le saisit alors. Et si la vie entière du Chevalier avait été à l'image de cette dédicace ? Une longue incapacité à exprimer son affection. Ou bien alors, autre hypothèse qui procura un vertige encore plus grand à Eugène : et si c'était lui, son fils, qui n'avait jamais su lire entre les lignes de ce que disait son père ?

Ce livre lui fit prendre conscience à ce moment-là que peut-être un lien les unissait. Que ni l'un ni l'autre n'avaient su voir. Ce lien resterait donc à tout jamais un chemin invisible entre eux. Et alors que la nuit tombait sur Paris et qu'elle s'illuminait, la vision d'Eugène s'irisa.

« Que m'arrive-t-il ? » s'étonna Eugène. Essuyant ses yeux, il se leva, enfila manteau pourpre, gants or et foulard azur, et partit à l'assaut des éclats de la nuit parisienne.

Quand Eugène arriva à l'hôtel de Castignan, une table somptueuse avait été dressée. Soir de fête *as usual*, pensa-t-il.

— Qui est invité ce soir ?

— Personne. On n'est rien que nous deux, dit Olympe en prenant Eugène par le bras. Prenez place, monseigneur.

Les deux amants trinquèrent. Et lorsque Eugène s'assit, il découvrit sous sa serviette une grande enveloppe. Avec un sourire mutin, il demanda :

— Qu'est-ce ?

Le regard d'Olympe s'alluma.

— Ah, ah ! Surprise. Ouvre !

Eugène décacheta l'enveloppe et en sortit quelques feuillets imprimés tenus ensemble par une agrafe. Il jeta une œillade en biais à Olympe, qui du regard l'encouragea à lire.

— « Je soussigné, M. Collignard, éditeur, engage M. Eugène Sue pour un roman dont le titre est à définir… »

— Tadam ! Un contrat pour vous, monsieur le grand écrivain !

La première intention d'Eugène fut de refuser. Il avait l'habitude de se vendre, mais il n'allait tout de même pas accepter de se faire acheter ! Il s'apprêtait à signifier son refus à Olympe quand il perçut l'éclat de lumière dans ses yeux. Il y lut tout à la fois le plaisir de dominer son amant, l'assouvissement d'une vengeance sur ses prédécesseurs, l'expression de sa volonté de puissance et sa détermination à le rendre plus respectable…

— Tu vas enfin signer un *vrai roman* !

Là aussi, il aurait dû s'insurger. Un « vrai roman » ? Qu'est-ce que cela voulait dire ? À part le mépris pour tout ce qu'il avait écrit jusqu'à présent.

Mais ce soir-là, Eugène décida de se montrer magnanime. Il eut envie de laisser à Olympe sa victoire. Oui, il voulut la laisser savourer son triomphe. Pourquoi lui gâcher ce plaisir ? Pour quelques grammes d'amour-propre ? Peut-être le montant exorbitant de l'à-valoir assorti au contrat entra-t-il aussi quelque peu dans sa décision d'accepter celui-ci. « Ce n'était pas un à-valoir mais un *avaloir*, impossible de refuser », clamerait-il à ses amis.

Cette nuit-là, Olympe, plus féline que jamais, savoura pleinement sa victoire.

Publié et adulé rive gauche, Eugène tutoyait à présent les sommets mondains. Dans le même temps, sa carrière de feuilletoniste, elle, semblait marquer sérieusement le pas. Ce n'était pas encore à proprement parler la disgrâce, mais ce n'était déjà plus l'état de grâce. D'abord, la nécessité de répondre à des cadences infernales avait fini, comme on l'a vu, par rendre sa production répétitive et interchangeable. Bref, prévisible. Ce qui était en matière de feuilleton un défaut rédhibitoire.

Ensuite, loi du marché oblige, les modes étaient, par définition, appelées à se démoder. Et Eugène avait de fait épuisé jusqu'à la corde la veine piratesque. À la faveur de son passage rive gauche, il s'essaya à un autre genre. Il lâcha les histoires de pirates pour des imbroglios mondains. Mais le public le suivait moins dans cette nouvelle voie. Et de fait, c'était la première fois qu'Eugène n'avait pas signé pour un nouveau feuilleton, alors qu'il en avait achevé deux, se trouvant à cours de commande. Enfin, un autre phénomène était en train d'entamer son crédit de petit prince adulé du feuilleton. L'explosion du genre avait tout naturellement attiré une armada de nouveaux auteurs ambitieux qui fonçait déjà tout armée sur les brisées de la première. Tous les jours, attirées par l'odeur du succès, de nouvelles plumes plus affûtées et mordantes – et moins coûteuses ! – abreuvaient le marché.

Du coup, le contrat avec Collignard était finalement une aubaine. Eugène se mit donc au travail sur son « vrai roman ». Mais il se rendit compte qu'il n'avait en fait aucune aptitude à travailler. Ou plutôt que sa façon de le faire était déplorable. Ses feuilletons, il les avait toujours commencés sans leur prévoir de milieu, et encore moins de fin. Selon un processus quasiment invariable, il livrait à ses journaux une amorce aguicheuse, puis il écrivait au jour le jour, dans un défi permanent aux lois de la fiction, menant sa barque sur des eaux inconnues, faisant de chaque épisode un numéro de funambule. Avec son « vrai roman », il s'essaya à être méthodique, à construire un plan, à structurer ses différentes parties... Mais il perdit du même coup tout ce qui faisait la magie de son écriture à la va-comme-je-te-pousse : *sa désinvolture*.

Il lui arriva ce qui ne lui était jamais arrivé : ne pas réussir à écrire une ligne de la journée. On objectera que c'est ainsi que se sont écrits les grands livres : dans la douleur. Mais pour Eugène, cela ne présageait rien de bon. Sans son adrénaline quotidienne, sans le sentiment d'urgence, sans l'épée de Damoclès du bouclage, sans la remise impérative, sans l'appel de la coupe, il se sentait démuni.

Olympe avait pourtant tout fait pour lui faciliter le travail. Elle lui avait aménagé un bureau digne du Grand Écrivain qu'elle voulait faire de lui, avait pratiqué des coupes claires dans son emploi du temps mondain, fait le vide autour de lui, le réservant pour des dîners avec des critiques ou avec d'autres hommes de lettres susceptibles de l'élever dans la carrière.

Autant mettre un fauve en cage. Cela est toujours possible, mais il y perd l'énergie et la volonté de puissance qu'il puise dans les grands espaces. Et de fait, Eugène tournait en rond et son « vrai roman » était au point mort.

Accaparé par sa vie mondaine orchestrée par Olympe, enfermé dans sa tour d'ivoire de la rive gauche, Eugène avait pris du champ par rapport à la rive droite. Sa vie d'avant. Quelques mois suffirent pour qu'il se sentît étouffer dans cette contrée trop parfaite, trop policée, de trop bon goût. Ses amis, ceux de toujours, et ses voyous de feuilletonistes vinrent à lui manquer. Il se rendit compte qu'il ne leur avait pas donné de nouvelles depuis plusieurs mois.

Un soir, n'y tenant plus, il s'échappa pour rejoindre Ernest et Théodore. Après un court moment de gêne réciproque, ils se sautèrent dans les bras. Le dandy donna parfaitement le change, mais l'œil exercé de ses amis perçut la faille. Sous des dehors fringants et affables, ils trouvèrent Eugène étonnamment atone. Ce dernier finit par se livrer. Oui, il traversait un moment de *doute existentiel.* Il leur fit part de son inaptitude à écrire, et surtout de son incapacité à y retrouver du plaisir. Il avait pris sa décision.

— J'arrête.

— Quoi ? Tu arrêtes quoi ? D'écrire ? s'égosilla Ernest. Ça ne va pas, non ? Mais pourquoi ?

— C'est quoi, cette mauvaise coupe ? lui lança Théo.

— Plus rien ne va... Je deviens le pire des scribouillards. Un forçat de la voyelle et de la consonne.

— Tu traverses une mauvaise passe, enchaîna Théo. Tu as eu des coups durs... (Les deux amis évitèrent d'évoquer le Chevalier.) Mais il y a une chose dont tu ne dois pas douter : tu as du talent !

— Du talent ? Mais quel talent ? L'amitié vous égare, mes cocos ! Mon talent se réduit à savoir mixer. Je ne suis pas un *écrivain*, je suis un coucou qui pond ses livres dans ceux des autres. Heureusement qu'il y a eu Cooper pour mes romans maritimes, Scott pour mes romans historiques, Byron pour les amants diaboliques et Goethe pour les amours impossibles… Mes sujets n'accrochent plus, je le sens. Je ne trouve plus l'idée qui tue.

Ce fut à ce moment-là qu'Ernest lui reparla de l'ouvrier Fugères.

— Tu te souviens de lui ?

Eugène haussa les épaules.

— Oui, bien sûr ! Un pot-au-feu divin !

— Il me demande souvent de tes nouvelles, tu sais… Eh bien, rappelle-toi, pendant ce dîner il nous avait parlé du Peuple. Tu avais eu l'air d'apprécier.

— Oui, c'était passionnant.

— Et il avait évoqué le peuple comme un sujet en mal d'auteurs.

Eugène fit une moue de dépit.

— Oui, je sais, mais je n'ai rien à voir avec ça, moi ! Je me suis proclamé socialiste, mais c'était pour emmerder le bourgeois, la sainte notabilité, rien d'autre. Qu'est-ce que je pourrais bien raconter sur le peuple ?

— Il te l'a dit. C'est là que se trouvent les grandes misères, les grands crimes, les grandes douleurs, mais aussi les grands dévouements et les grandes vertus.

Théo approuva Ernest. Il renchérit :

— Oui, il y a là un monde à exploiter pour toi. Une esthétique nouvelle, avec ton style à toi, ton coup de patte…

Eugène fixa alternativement ses deux amis.

— C'est un complot ? Vous vous y mettez à deux maintenant ?

Eugène tomba dans un fauteuil, s'alluma une cigarette, les bottines sur la table basse. Il exhala la fumée vers le plafond.

— Oh, n'y pensez plus, les gars. C'est tout simplement impossible.

Puis il se leva, tourna en rond dans la pièce. Ernest et Théo le sentirent mal à l'aise.

— Qu'est-ce qu'il y a ?

Eugène continuait de tourner en rond, ne tenant plus en place.

— C'est quoi ? Dis-le !

— Vous le savez très bien, mes amis !

— Qu'est-ce qu'on est censés savoir ?

— Vous savez bien que je ne supporte pas ce qui est sale et qui sent mauvais !

14

Une convocation de maître Bernard, le notaire de la famille, attendait Eugène chez lui. Il fut d'abord tenté de la déchirer. Il n'avait pas l'intention de se rendre à l'étude : il ne devinait que trop quelles dispositions le Chevalier avait dû prendre – ou plus exactement *ne pas prendre* – à son égard. Il fallait le reconnaître, il redoutait également les regards de Laure et de sa mère.

Pourtant, même outre-tombe persistait un esprit de duel entre le père et le fils. Alors Eugène décida d'accepter le défi et d'honorer ce rendez-vous. Ne pas y aller, c'eût été déserter. Il y avait également une grande part de curiosité. Maître Bernard allait-il lui signifier que le Chevalier l'avait déshérité ? Ce n'aurait rien eu que de très normal au regard du comportement d'Eugène vis-à-vis de son père. Ou bien allait-il lui soumettre un énième marché, post mortem cette fois, un nouveau chantage établi devant notaire : sa part d'héritage conditionnée à l'obtention d'un diplôme et de la pratique de la médecine ? Eugène se préparait à tout. Quel stratagème le Chevalier aurait-il encore inventé ?

Le jour de la convocation, Eugène arriva volontairement en retard chez l'homme de loi. Il voulait éviter tout temps mort avec Laure et Mme Sue. Il s'installa dans le siège vacant face à maître Bernard sous les regards rougis et fuyants de sa mère et de Laure, venue accompagnée d'Ernest. Le notaire venait de terminer la lecture des volontés du Chevalier les concernant. Il en arrivait précisément aux dispositions relatives à Eugène, qu'il récita d'une voix nasale et chevrotante :

— « Je soussigné, Jean-Joseph Sue lègue à mon fils Marie-Joseph Sue, sans clause suspensive, ni condition particulière, l'intégralité de ce qui lui revient au titre des articles XVII à XXVI du testament. »

Le notaire lui expliqua que par ces mots le Chevalier accordait à Eugène tous ses droits à l'héritage. Sans restriction d'aucune sorte.

Le jeune homme attendit la suite. Il fronça les sourcils.

— C'est tout ?

— Absolument.

— Vous êtes sûr ? Il n'y a... pas d'autre indication ?

Eugène fut traversé d'un doute.

— Mais... dites-moi, maître, de quand date ce testament exactement ? Parce que...

Maître Bernard hocha la tête, compréhensif.

— Il date du 12 avril, à savoir trois jours avant qu'il ne nous quitte. Il m'a fait appeler spécialement pour établir cette clause, afin de clarifier les choses, afin qu'il n'y ait aucun doute à ce sujet.

— Oui, mais..., hésita Eugène.

Le notaire l'interrompit d'un ferme hochement de tête. Eugène était troublé. Quelques jours avant sa mort ? Cela signifiait donc qu'il avait dicté cet avenant alors qu'il était au courant de tous ses agissements. Et malgré cela...

Une fois les papiers signés, la famille Sue se leva pour quitter l'étude. Avant qu'ils aient tous passé la porte, maître Bernard appela Eugène. Il le prit par le bras et l'entraîna à part. Il le connaissait depuis sa plus tendre enfance.

— Crois-moi, Marie-Joseph, c'est en toute connaissance de cause et en pleine sérénité d'esprit que ton père a pris cette décision. Il y tenait vraiment. Au fil des années, j'ai appris à connaître le professeur. Et ces dernières semaines, malgré sa peine immense, il a enfin compris quelque chose à ton sujet. À votre sujet à tous les deux. Il s'est senti soulagé lorsqu'il a signé sa dernière résolution. Libéré. Comme s'il attendait ce moment pour partir sereinement.

Eugène descendit lentement l'escalier. Il était sous le choc. Il n'avait pas envisagé cette hypothèse et s'était préparé à lutter encore. Il avait fourbi ses armes. En vain. Une fois de plus, après le livre, son père le surprenait. Arrivé sur le trottoir, le jeune homme eut juste le temps d'apercevoir Mme Sue, Laure et Ernest grimper dans leur attelage. Dans le dos des deux femmes, ce dernier fit une moue gênée à son ami. D'un geste de la main, il lui signifia : « On se voit plus tard. » Eugène s'approcha de sa voiture et libéra son chauffeur.

— Je vais rentrer à pied, lui dit-il.

Il avait besoin de faire quelques pas, seul, loin de l'agitation bruyante et brillante des Boulevards. Il souhaitait reprendre lentement ses esprits le long de la Seine brillant des couleurs fauves de la fin de journée.

Il se redit les phrases du testament. Comme pour la dédicace du livre de son enfance, ce qu'Eugène avait perçu entre les lignes sèches et peu démonstratives chez le notaire – et pour cause, celles-ci étant rédigées dans l'idiome juridique –, ç'avait été la manifestation d'une forme d'affection. Car par cet héritage, le Chevalier le savait, il offrait à son fils plus qu'un simple – et conséquent – legs matériel : il lui signifiait qu'il lui rendait sa liberté. Par ce geste magnanime, il mettait fin à leur interminable duel. Cela n'avait pas dû être chose facile le connaissant. C'était même héroïque, car il l'avait fait contre sa nature. Toutefois, Eugène était heureux que le Chevalier ait enfin ressenti une forme de paix avec lui-même.

Ironie du sort que cette liberté offerte en héritage au moment précis où Eugène ne savait plus trop qu'en faire. Autre paradoxe : la soif de liberté que manifestait sans cesse Eugène ne trouvait-elle pas sa source chez le Chevalier ? Ou plus exactement *contre* lui ? Le dandysme qu'il affichait n'était-il pas pour une grande part une forme de rébellion contre les tristes redingotes de son père ? Son envie d'embrasser l'instant présent n'était-il pas pour une grande part une manière de s'opposer au carriérisme paternel ? Et son refus de s'enrôler dans la médecine n'était-il pas en grande part dicté par le besoin viscéral qu'il avait d'échapper coûte que coûte au modèle paternel ?

Alors qu'Eugène longeait la Seine, d'une placidité glaçante et hautaine ce soir-là, il eut soudain une sensation de vertige : et si, maintenant que le Chevalier avait disparu, sa liberté s'était vidée de son sens ? Si cette liberté chérie était devenue vaine et sans objet ?

Certes, l'héritage était conséquent. Mais une fois les nombreuses dettes réglées, la fortune se transformerait en une simple rente de bourgeois. Il serait très malséant de plaindre notre héros sur ce plan. Pourtant, la vie de bourgeois était ce qui effrayait Eugène. Il sentait le danger monter comme une menace. Pire que celle d'une pauvreté dont il ignorait totalement à quoi elle pouvait ressembler, c'était le spectre de la médiocrité qu'Eugène voyait se profiler avec frayeur.

L'amour dure trois ans, dit-on. Ce fut à peu près le temps que dura celui d'Eugène pour le faubourg Saint-Germain. Comment se fait-il qu'un jour l'être aimé perde de son attrait ? Le désamour reste tout aussi inexplicable que l'amour. Car quoiqu'il en admirât toujours la brillance, le noble Faubourg n'était plus cet eldorado fantasmé dans les premiers jours de sa passion. Lorsqu'il traversait la Seine, il ne ressentait plus le même frisson.

Mais c'était aussi pour une part réciproque. Car Eugène l'avait compris très vite : s'il pouvait en ces terres être admiré, envié, et même apprécié, il savait que jamais il ne serait du Faubourg, jamais il n'y serait intégré. Une pièce rapportée au mieux.

Et son « vrai roman » prenait des allures de galère. Il n'en avait toujours pas trouvé le sujet. Alors, après avoir longtemps résisté, l'idée d'aller voir le Peuple, comme le lui conseillaient fermement Ernest et Théo à la suite de Fugères, ne lui parut plus aussi absurde. Ça ou autre chose… Cela ne pouvait que lui changer les idées.

Alors, un matin, Eugène bondit du lit, s'habilla en vitesse et sauta dans son cabriolet. Il se rendit au café où il savait qu'Ernest avait ses habitudes. Dès qu'il poussa la porte, il le vit tranquillement attablé en train de prendre connaissance des nouvelles. Ce qu'il faisait tous les jours avant de se rendre à la faculté. Eugène fondit sur lui et lui arracha le journal des mains.

— Allez, on y va !

Ernest leva vers lui des yeux écarquillés derrière ses lunettes cerclées.

— Bonjour, déjà ! On va où ?

— Ben, voir ton Peuple, mon ami ! Comme ça, ce sera fait. Tu vas me montrer. Tout de suite.

Il tira Ernest par le bras.

— *Tout de suite.*

— Mais je ne peux pas. J'ai cours…

— Si, si, tout de suite, avant que je ne change d'avis !

Eugène sortit de l'établissement comme une flèche. Ernest avala son café à la hâte et courut rejoindre son ami, essoufflé.

— Mais tu n'as pas compris, tu ne peux pas y aller comme ça !

Eugène s'arrêta net.

— Et pourquoi ?

— Mais c'est évident, dit Ernest en reprenant son souffle et en désignant la tenue de dandy. Déjà, tu risques de te faire dépouiller de toutes tes breloques. Et puis tu ne verras rien. Si tu veux observer à ton aise, tu ne dois pas te faire remarquer. Il faut que tu passes inaperçu. Tu dois te fondre dans la masse comme si tu en faisais partie.

Ce que lui proposait Ernest était une infiltration en bonne et due forme.

Dans l'atelier de peinture de Théo, les deux amis d'Eugène prirent le contrôle des opérations. Par touches successives, ils mirent au point un déguisement à son intention. Objectif : faire passer le dandy pour un homme du peuple. Ils optèrent pour une tenue d'ouvrier peintre. Un marcel blanc passé ainsi qu'une veste et un pantalon bleu en toile grossière que Théo trouva dans sa remise.

Eugène se laissa faire. Ils lui trouvèrent des godillots.

— Il faut fignoler ça, dit Théo, pinceau et palette à la main, qui s'amusa alors à maculer la veste de taches de peinture.

— La véracité d'un tableau réside tout entière dans ces petites touches…

Les deux amis examinèrent leur œuvre sous tous les angles. Mains sur les hanches et poing sous le menton, ils se regardèrent, échangeant des hochements de tête de satisfaction.

— Hum… On s'en approche. Il manque quand même un petit quelque chose, remarqua Théo.

Il partit dans sa remise, enfouit la tête dans une malle à accessoires et revint avec un foulard rouge qu'il noua autour du cou d'Eugène. Il lui vissa également une casquette de marlou sur la tête. Le jeune homme s'impatientait.

— Ça y est ? C'est bon ? On peut y aller maintenant ?

— On y est presque. On tient le personnage.

Eugène fit quelques pas dans l'atelier.

— Comment peut-on porter ça ? Ça me démange !

Au moment de partir, il saisit machinalement ses gants et sa canne. Ernest les lui arracha des mains.

— Non, non, ça, ça reste ici !

Soudain, l'œil de Théo s'alluma.

— Attends une seconde.

Il s'approcha d'Eugène, le renifla dans le cou, genre cochon truffier.

— C'est bien ce que je me disais. On a oublié un détail de première importance : tu sens trop le parfum de luxe et le *cold cream*.

— Oh non ! gémit Eugène.

Trop tard. Théodore revenait avec une bouteille de marc de bourgogne et en aspergea Eugène.

— Dommage que ça n'existe pas en vaporisateur !

Les deux amis s'esclaffèrent devant le regard atterré d'Eugène. Il finit par en rire aussi.

— Vous êtes fêlés !

— Et puis, il faut te trouver un prénom.

— Pour quoi faire ?

— Eh ben, si on venait à te parler ?
— Ah bon ?
— Oui, Eugène, ça fait trop bien né, fils de bonne famille…
— Je ne reprends pas Marie-Joseph !
— De toute façon, ça ne serait pas mieux !
— Lucien ?
— Non.
— Armand ?
— Pas plus.
— Jacques ?
— Surtout pas.
— Nestor ?
— Inconcevable…

Par cette nuit sans lune, alors qu'Eugène traversait seul le pont au Change, il se demandait encore si c'était une bonne idée. La Seine était plus sombre que jamais. Ce soir-là, on aurait dit qu'elle charriait de la mélasse.

Noir présage.

Où allait-il ainsi ? Où tout cela le mènerait-il ? Pourquoi avoir accepté ce pari ? Le Peuple ? C'était n'importe quoi. Dans quel état de doute avait-il dû se trouver pour accepter cela… Malgré tout, il lui était toujours possible de faire demi-tour. Il raconterait à ses amis qu'il n'avait rien vu d'intéressant.

Pourtant, une fois passé le pont, Eugène n'y pensa plus. Entre le Palais de Justice et Notre-Dame, il fut happé dans le quartier de la Cité, aspiré par le dédale de rues obscures et tortueuses. Tout cela ressemblait bien à une blague. Des décors de théâtre. Du carton-pâte. Tout y était : le vent qui s'engouffrait en hululant, la lueur blafarde et vacillante des réverbères agités par la bise, jusqu'à leur reflet dans le ruisseau d'eau saumâtre qui s'écoulait parmi les pavés gras. Il se faufila entre des immeubles décrépits, percés parfois de quelques rares fenêtres aux châssis vermoulus et presque sans carreaux. Il arpenta des allées infectes et noires qui conduisaient à des escaliers plus infects et plus noirs encore.

Il se perdit. Que diable venait-il faire dans cette galère ?

Émergeant de l'obscurité poisseuse, il distinguait à présent quelques ombres.

Un frisson le parcourut. Derrière ces murs, il devinait des silhouettes d'enfants abandonnés, des fantômes de pendus, des portes qui grinçaient sur de longs couloirs sombres menant à quelque oubliette ou dans des culs-de-sac où pullulaient des rats…

Dix heures sonnèrent à l'horloge du Palais de Justice mais il n'en perçut qu'un vague écho. Il était déjà dans un autre espace-temps. Il n'errait pas seulement dans un Paris de lui totalement inconnu. Il venait d'entrer dans un autre monde. Corps et âme.

Mais Eugène ne sait pas encore que c'est ici et maintenant qu'il a rendez-vous avec son destin. Que dans ce cœur saignant de Paris, sa vie va être bouleversée. Il ignore également que son double romanesque est déjà là avec lui. Qu'ils plongent ensemble dans une autre dimension où fiction et réalité ne feront plus qu'un. Que sa vie entière va basculer et prendre soudain des allures de roman-feuilleton.

Plus palpitant que ce qu'il aurait jamais imaginé.

Sixième partie

Dans les ruelles obscures

15

Eugène s'enfonçait toujours plus avant dans les entrailles du quartier de la Cité. « Bienvenue en enfer », pensa-t-il en passant sous des porches lugubres, profonds comme des cavernes. Qui avait pu imaginer un tel pandémonium ? À quelques encablures seulement de son Paris éblouissant.

Fallait-il que Dieu lui-même soit un romancier bien pervers !

Soudain, d'un recoin enfoui dans une épaisse pénombre, deux silhouettes jaillirent. Un homme et une femme dont les profils se découpaient comme deux ombres chinoises sur le mur crasseux.

— C'est toi, le Chourineur ? s'enquit, la voix féminine.

— Ah ! la Goualeuse, répondit la voix mâle, tu vas me payer *l'eau d'aff*, ou je te fais danser sans violons.

— J'ai pas d'artiche, mon brave.

La silhouette féminine trembla sur le mur.

— Allez, si ta filoche est à jeun, l'ogresse du tapis-franc te fera crédit sur ta bonne mine.

— Bon Dieu, je lui dois déjà le loyer des vêtements que je porte.

L'ombre masculine s'approcha, levant un bras menaçant.

— Ah, tu raisonnes donc ?

Eugène assistait à ce spectacle, pétrifié. Les deux ombres se crochetèrent puis se mêlèrent en une bagarre ponctuée d'injures incompréhensibles. Soudain, la femme poussa un cri de douleur aigu qui déchira les ténèbres. Eugène resta tapi dans l'obscurité. Mais son godillot de fortune heurta une boîte en ferraille. Aussitôt, les ombres sur le mur se figèrent, comme prises dans la glace.

— Qui est là ?

Eugène se blottit contre la pile du porche, retenant son souffle.

— Y a quelqu'un ?

Il ne se déclara pas.

— Bon, j'ai cru entendre quelqu'un. C'est toi, Bras Rouge ?

— Personne.

Alors, les deux silhouettes émergèrent. Eugène put les observer sous la lumière sale d'un réverbère. Le couple marchait bras dessus bras dessous avec des rires complices.

— Allez, sans rancune, la Goualeuse.

Le feuilletoniste, attiré, suivit le couple à distance. Quelques pas plus loin, après le volet baissé d'un tripier, ils s'arrêtèrent devant une porte. Une enseigne en fer se balançait au vent en couinant sur ses gonds, éclairée par à-coups par la pâle lumière d'un lampadaire. On en distinguait l'inscription, presque illisible, mangée par la rouille : « Au Lapin Blanc ». L'homme ouvrit la porte d'un coup d'épaule et céda le passage à la femme qu'il poussa par le postérieur.

— La beauté avant l'âge, ma cocotte !

Une fois que le couple eut disparu, Eugène s'approcha. Il entendit une rumeur confuse derrière les fenêtres à guillotine. Elles étaient toutes badigeonnées de blanc d'Espagne, parfaitement opaques, et l'on pouvait à peine deviner à travers quelques formes mouvantes. Il remarqua un rai de lumière dans l'une d'elles. Grâce à un petit jour pratiqué dans l'épaisse couche de blanc, il put apercevoir ce qui se passait à l'intérieur.

C'était effrayant !

Eugène resta un long moment l'œil rivé à la vitre comme dans un œilleton. Ce qu'il voyait était proprement horrible ! Des êtres difformes se mouvant dans une espèce de cloaque. À ce moment-là, il aurait encore pu fuir, quitter au plus vite ce lieu, ces ruelles maléfiques. Mais il sentait une sorte d'appel. Le chant des gorgones. Ce fut plus fort que lui, il se vit pousser la porte qui grinça sur ses gonds. Une chaleur moite, un brouhaha mordant et une odeur musquée le cueillirent aussitôt. Il se retrouva plongé dans une vaste salle basse, enfumée, éclairée par la lumière rougeâtre d'un mauvais quinquet.

Soudain, le silence se fit et des dizaines d'yeux injectés de sang se tournèrent vers lui. Des bêtes sauvages dans la savane. Assommé, Eugène s'avança lentement dans cette jungle braillarde peuplée de gueules bizarres. Il trouva refuge à la seule table encore libre, reléguée dans un recoin encore plus sombre de la taverne. Lorsqu'il s'assit, le brouhaha reprit de plus belle. Ses jambes flageolaient et son corps tout entier était couvert d'une sueur glacée.

Il n'avait jamais ressenti cela ! Cette sensation d'être plongé au cœur d'une toile de Bosch ! Quel endroit crasseux ! Au plafond, les solives étaient noires de suie. Partout des graffitis obscènes et des mots incompréhensibles recouvraient les murs barbouillés de chaux. Une dizaine de tables en bois vermoulu collantes comme de la poix occupaient l'espace, avec un comptoir de guingois et, au centre, un poêle cabossé d'où s'échappaient des flammèches.

Depuis son coin aveugle, il pouvait observer tout à son aise. Ça jouait aux cartes, ça buvait, ça fumait, ça braillait, ça chantait, ça se disputait... Du magma bruissant émergèrent quelques phrases isolées. Mais quelle langue parlaient-ils donc ? Un idiome aux accents gutturaux et éructants dont il ne saisissait pas un traître mot. Comme au cours de la rixe dont il avait été témoin à l'extérieur. De quel dialecte s'agissait-il ? Par réflexe, il porta la main à son carnet dans sa poche, mais il restait hypnotisé par le spectacle qui l'entourait. C'est alors qu'une main ferme lui agrippa l'épaule.

Eugène sursauta.

— Eh, fiston ! On est tout seul ? On attend sa douce ?

C'était le couple d'ombres chinoises. La jeune femme lui lança des œillades appuyées. Quant à lui, il put enfin les examiner à la lumière. Avant même qu'il ait eu le temps de répondre, le couple s'était installé à sa table. Lui : petit, râblé, les jambes arquées, un sourire en trompe-l'œil, une balafre sous des yeux noirs qui louchaient et des cheveux roux frisés à l'emporte-pièce. Entièrement vêtu de noir, un médaillon scintillait sur son poitrail. Elle : une femme menue qui portait une robe défraîchie, rapiécée à de multiples endroits.

— On commande de l'eau d'aff ? demanda l'homme.

Eugène dut lui faire répéter. Il ne comprit pas mieux. Dans le doute, il fit un signe vaguement affirmatif de la tête. Alors, le gaillard hurla à l'intention de la tenancière :

— Eh, l'ogresse ! La Ponisse ! Houhou ! Un pichet d'eau d'aff et trois gobelets ! Et que ça saute ! Il fait soif, dediou ! *Mais que fait la Ponisse ?*

Et il lança un coup de coude à Eugène.

La maîtresse de céans – l'ogresse, alias la Ponisse donc, comme l'avait nommée le Chourineur – était grande, robuste, haute en couleur et quelque peu barbue. Sa voix rauque, virile, ses gros bras, ses larges mains annonçaient une force peu commune ; elle portait sur son bonnet un vieux foulard rouge et jaune. Sa robe de laine verte laissait voir des sabots noirs souvent incendiés par sa chaufferette. Elle avait le teint cuivré, visiblement enflammé par l'abus de liqueurs fortes.

— Nan, nan et nan ! T'as pas de quoi payer, Chourineur de malheur ! Tu crois que je peux me permettre de te faire crédit ? T'es même pas joli !

— Si, on a de quoi ! C'est le freluquet qui régale !

L'homme balança une tape de soudard dans le dos d'Eugène avec un clin d'œil appuyé et en tirant la langue.

— Je te présente la Goualeuse. Moi, c'est le Chourineur.

Eugène tendit sa main, que l'homme écrasa dans une poigne d'acier.

— Et toi, c'est comment ?

— Euh... Euh... Rodolphe...

Quelques heures plus tard, Eugène sortit de la taverne en compagnie du Chourineur.

— À la revoyure ! lui hurla celui-ci.

Ils se quittèrent sur le pavé. Alors qu'il remontait les ruelles délavées par la nuit noire et que des frissons lui parcouraient le corps, Eugène fut secoué d'un grand rire libérateur. Ce qu'il venait de vivre était proprement fabuleux ! Dans son ébriété – il n'avait jamais bu un tord-boyaux aussi violent –, toutes ces dernières heures défilèrent. Quel spectacle ! Il revit le Chourineur se verser des rasades sans cesser de parler. Eugène comprenait un mot sur deux. Pas simple, l'idiome local. Il allait lui falloir prendre des cours d'argot. Et la Goualeuse. Ça, il avait compris que cela voulait dire « chanteuse ». Car à un moment, le Chourineur l'avait fait monter sur la table.

— Allez, gouale-nous donc quelque chose !

Alors, semblant obéir à un rituel, la salle entière s'était mise à taper sur les tables avec tout ce qui se présentait : fourchettes, cuillers, couteaux, écuelles, verres en terre cuite, brocs, bouteilles, bougeoirs, pipes…

— La Goualeuse ! La Goualeuse ! scandaient en chœur les clients, frappant de plus belle avec leur attirail.

Et Eugène, qui ne souhaitait pas se faire remarquer, s'était joint à leur concert.

La jeune femme se fit prier puis s'exécuta. Elle grimpa sur la table, aidée par le Chourineur, et entonna une chanson triste accompagnée à la diable par un orgue de Barbarie tout rouillé entreposé dans un coin. Sa voix trouva son chemin au-dessus du vacarme. Bien qu'elle fût nasillarde, chevrotante et traînante, elle dégageait un charme grêle et vénéneux. Cette voix entêtante donnait encore la chair de poule à Eugène.

Le dandy déguisé retrouva le pont au Change alors que la lune allumait la Seine de mille feux follets dansants. Décidément, Paris serait toujours pour lui une source de mystères !

Arrivé à son domicile, Eugène s'empressa d'ôter ses vêtements d'infiltré du peuple. Il se lava. Se récura même. Il s'aspergea de parfum, mais l'odeur du tapis-franc était toujours là, tenace, inexpugnable. Il enfila un peignoir. On était au mitan de la nuit mais Eugène n'avait pas envie de dormir. Il se prépara un café bien serré. Pourtant, il n'avait besoin d'aucun adjuvant à son excitation. Il ne tenait pas en place, tournant en rond dans son appartement. Un fauve dans sa cage.

C'était touffu, désordonné, un maelström, des images tordues surgies en vrac d'un delirium tremens. Et soudain, ce fut la délivrance. Telle une déferlante, il sentit se libérer en lui son projet. C'était une évidence. Il serra fermement le poing.

— Mais oui, mais oui…

La démangeaison bénie le saisit de nouveau. Au bout des doigts et dans tout son corps. Une décharge. Les muscles tendus. Cette furieuse envie d'écrire, ce prurit qui l'avait déserté ces derniers temps. Il trempa sa plume, jeta quelques mots sur la feuille, à un rythme encore syncopé et saccadé. Zébra la page de quelques ratures. Poussa quelques jurons sonores. Quelques feuilles prirent le chemin de la corbeille à papier, en boule. Eugène se remit à tourner dans l'appartement. Soudain, il s'arrêta net, comme foudroyé. Le déclic salvateur ! Il connaissait bien cette sensation. Mais ce jour-là, elle eut la violence d'un coup de tonnerre. Il se précipita à son bureau. Sa plume survoltée griffa la feuille avec une fureur retrouvée, en arrachant au passage des lambeaux, comme de l'écume à la surface du papier. Son regard s'assombrit, pénétrant en lui-même à la recherche de toutes les sensations de la nuit alors que, par la fenêtre, la Seine d'un bleu d'encre s'écoulait à gros bouillons…

Ainsi jaillirent les premières lignes :

Un tapis-franc, en argot de vol et de meurtre, signifie un estaminet ou un cabaret du plus bas étage.

Un repris de justice, qui, dans cette langue immonde, s'appelle un ogre, ou une femme de même dégradation, qui s'appelle une ogresse, tiennent ordinairement ces tavernes, hantées par le rebut de la population parisienne ; forçats libérés, escrocs, voleurs, assassins y abondent.

Un crime a-t-il été commis, la police jette, si cela se peut dire, son filet dans cette fange ; presque toujours elle y prend les coupables.

Ce début annonce au lecteur qu'il doit assister à de sinistres scènes ; s'il y consent, il pénétrera dans des régions horribles, inconnues ; des types hideux, effrayants, fourmilleront dans ces cloaques impurs comme les reptiles dans les marais…

Et il rit en pensant aux merveilleuses pages dans lesquelles Cooper avait retracé les mœurs féroces des sauvages, leur langue pittoresque, poétique, les mille ruses à l'aide desquelles ils fuyaient ou poursuivaient leurs ennemis. Lui aussi souhaita soudain partager ce qu'il avait vu, ressenti et mettre sous les yeux du lecteur quelques épisodes de la vie d'autres barbares.

Seulement les barbares dont nous parlons sont au milieu de nous ; nous pouvons les coudoyer en nous aventurant dans les repaires où ils vivent, où ils se rassemblent pour concerter le meurtre, le vol, pour se partager enfin les dépouilles de leurs victimes.

Ces hommes ont des mœurs à eux, des femmes à eux, un langage à eux, langage mystérieux, rempli d'images funestes, de métaphores dégouttantes de sang. Comme les sauvages, enfin, ces gens s'appellent généralement entre eux par des surnoms empruntés à leur énergie, à leur cruauté, à certains avantages ou à certaines difformités physiques.

Il eut envie de se lancer, ici au cœur de Paris, dans un voyage sanglant :

Le lecteur, prévenu de l'excursion que nous lui proposons d'entreprendre parmi les naturels de cette race infernale qui peuple les prisons, les bagnes, et dont le sang rougit les échafauds… le lecteur voudra peut-être bien nous suivre…

Après une exposition de son projet et les mises en garde au lecteur propices à l'allécher, Eugène se jeta dans la narration proprement dite comme on plonge dans l'inconnu.

Le 13 décembre 1838, par une soirée pluvieuse et froide...

Soit le récit d'un homme qui traverse le pont au Change et s'enfonce dans la Cité, quartier d'asile, rendez-vous des malfaiteurs de Paris. Alors qu'il s'englue dans les lugubres faubourgs, il tombe sur une rixe entre un homme et une femme, le Chourineur et la Goualeuse. Un inconnu sort de l'ombre et prend le bandit par le col. Il le projette dans la rue à peine éclairée par un réverbère. Il ne fait pas peur au Chourineur, qui est trapu et d'une habileté éprouvée au pugilat. Mais c'est compter sans la force de l'inconnu que sa constitution svelte ne laisse pas présager. Le Chourineur se relève et se rue sur son agresseur ; celui-ci lui administre un croc-en-jambe qui le renverse sur le pavé. Toujours pas prêt à reconnaître la supériorité de son adversaire, le Chourineur revient à la charge, rugissant comme un buffle. L'inconnu fait alors pleuvoir sur la tête du bandit une grêle de coups de poing dignes de Jack Turner, l'un des plus fameux boxeurs de Londres (qu'Eugène a d'ailleurs rencontré chez son maître de savate). Alors, le Chourineur, de nouveau à terre, sonné, admet sa défaite. Il a trouvé son maître, dit-il. *Son linge est lavé !* Et l'inconnu invite le Chourineur et la Goualeuse à souper dans le tapis-franc.

Pendant la lutte du Chourineur et de l'inconnu, un charbonnier d'une taille colossale, embusqué dans une autre allée, avait observé avec anxiété les chances du combat, sans toute-

fois, ainsi qu'on l'a vu, prêter le moindre secours à l'un des deux adversaires.

Lorsque l'inconnu, le Chourineur et la Goualeuse se dirigèrent vers la taverne, le charbonnier les suivit.

Le bandit et la Goualeuse entrèrent les premiers dans le tapis-franc; l'inconnu les suivait, lorsque le charbonnier s'approcha et lui dit en anglais et d'un ton de respectueuse remontrance :

— Monseigneur, prenez bien garde !

L'inconnu haussa les épaules et rejoignit ses deux compagnons. Le charbonnier ne s'éloigna pas de la porte du cabaret; prêtant l'oreille avec attention, il regardait de temps à autre au travers d'un petit jour pratiqué dans l'épaisse couche de blanc d'Espagne dont les vitres de ces repaires sont toujours enduites intérieurement.

Et Eugène de conclure sur cette coupe. « La suite à demain ! » Qui était cet inconnu ? Que faisait-il dans les ruelles de la Cité ? Qui pouvait bien être le charbonnier ? Pourquoi se trouvait-il là au même moment ? Contre qui, contre quoi le charbonnier, qui parlait l'idiome de Shakespeare avec un ton de respectueuse remontrance, voulait-il mettre en garde l'inconnu ?

Eugène n'en avait encore pas la moindre idée…

Qui lira verra !

Lorsqu'il posa la plume, un jour neuf s'était levé sur Paris. La lumière blanche du matin illuminait sa page, donnant à l'encre les teintes irisées d'un arc-en-ciel portant en elles toutes les promesses d'un nouveau monde…

Le soleil maintenant enflammait la Seine. Désormais, ce ne serait plus en direction du Faubourg qu'Eugène porterait son regard, mais juste entre le Palais de Justice et Notre-Dame. Le point focal d'un nouveau Paris. Il y sentait quelque chose d'étrange, de bouillonnant. Soudain, un frisson le parcourut : et s'il avait rêvé tout ça ? Et si c'était simplement *l'eau d'aff* qui l'avait envoûté ? Un état second dû au manque de sommeil ? Il ne savait plus. Tout cela paraissait tout à coup bien irréel. Pour une fois, Eugène eut besoin d'un avis. De deux avis même.

Chers vous deux,

Vous vouliez savoir ce que j'ai fait hier soir ? Eh bien, voici un petit écrit issu de mon incursion dans les entrailles de notre capitale.

Tu m'avais parlé d'un monde à découvrir, Ernest ! Je crois que tu avais bougrement raison !

Voici quelques lignes. Brut de décoffrage. Comme ça.

J'ai une question : est-ce que lire cela amusera quelqu'un d'autre que moi ?

Alors, vite, j'attends un mot qui me dise votre opinion.

J'arrête de respirer.

Votre ami,

E.

Pendant que son majordome est parti livrer ses lettres et ses feuillets, Eugène tourne en rond dans son appartement. Le temps s'étire. Il cherche à se divertir en prenant un livre. Puis un autre. Impossible de fixer son attention. Il est lui-même étonné de cet état de tension. Il fume cigarette sur cigarette.

Au bout d'un moment, la torpeur finit par le gagner. Allongé dans sa méridienne, la tête embrumée d'images, il est reparti au tapis-franc. Les trilles de la Goualeuse lui résonnent aux oreilles. Il revoit le visage cramoisi et les rousses rouflaquettes du Chourineur. Réentend la rumeur bourdonnante du poêle. Puis tous les occupants qui saisissent leurs couverts ou leur timbale et tapent comme des sourds sur les tables en bois vermoulu…

Bang ! Bang ! Bang !

Eugène sursaute sur le canapé, émergeant de son rêve. On frappe à la porte, on la martèle. Quelques instants après, Ernest jaillit dans le salon. Il tremble.

— Tu as lu ? lui demande Eugène en bâillant.

— Lu ? Dévoré, tu veux dire ! C'est fab…

Ernest ne put terminer sa phrase car les deux amis sont cueillis par un roulement de tambour. Théo, ayant grimpé les marches quatre à quatre, fait irruption dans le salon, lui aussi les feuillets à la main.

— La suite ! Où est la suite ? s'enquiert-il en présentant les feuillets.

Et Théodore et Ernest de rivaliser d'enthousiasme. Eugène, qui émerge lentement de sa somnolence et de sa nuit blanche, perçoit comme dans un écho des « splendide », « violent », « Bosch », « jamais lu », « dantesque », « blafard », « sombre » « fabuleux », « bestiaire moyenâgeux… », « chair de poule ».

Toujours allongé dans sa méridienne, il écoute dans un flou irréel ses camarades se disputer les superlatifs. Il doit encore rêver. Il se lève, se frotte les yeux. La tête lui tourne.

Ou alors… Une lueur de soupçon allume son regard alors qu'il observe tour à tour ses deux amis dans leur numéro de duettistes.

— Oh ! C'est bon ! Arrêtez votre cirque, j'ai compris…

Tous deux, interloqués, s'arrêtent net en fixant Eugène.

— Tu as compris quoi ?

— Allez, arrêtez. Vous vous foutez de moi, c'est ça ?

Il cherche à masquer sa déception par un rire sardonique.

— Bien joué, les gars ! J'y ai vraiment cru, un moment.

Théo et Ernest jurent du sérieux de leurs propos en se regardant comme deux innocents.

— Quoi ? Ce n'est pas une blague ?

— Pas du tout !

— Sincèrement ?

— Oui.

— Vous avez donc aimé ?

— Mais oui.

— Vous avez *vraiment* aimé ?

— Mais oui, puisqu'on te le dit.

— Vraiment ?

— Adoré même.

— Adoré ? Carrément…

— Oui, puisqu'on te le dit.

— Alors vous ne me jouez pas un tour ?

— Non.

— Vous ne vous êtes pas mis d'accord tous les deux ?

— Mais pas du tout !

— C'est vrai ça, Ernest ?

— Oui.

— Tu ne me mentirais pas, hein, beau-frère ?

— Mais non !

— Et toi, Théo ?

— Non plus !

— Vous me le jurez alors ?

— Mais oui !

— Allez, arrête, Eugène. On se croirait dans un dialogue de mauvais roman-feuilleton où l'auteur tire à la ligne pour ne rien dire ! C'est une déformation professionnelle !

— Tu as raison. Allons plutôt fêter ça, j'ai une faim de loup.

Le déjeuner fut arrosé, joyeux et festif. Ernest et Théo purent développer à loisir les raisons de leur enthousiasme. Ils réussirent à convaincre Eugène de leur bonne foi. Ce dernier leur raconta par le menu les circonstances de sa plongée dans la Cité, avec toujours ces mêmes frissons qui lui parcouraient le corps. Impatients, ils posèrent des questions sur la suite.

— Les amis, je ne sais foutrement pas encore où je vais avec ce feuilleton… mais j'ai une sacrée envie d'y aller !

Une forme d'euphorie emplit Eugène toute cette journée. Il retrouvait des perspectives. L'envie d'écrire – et de s'amuser en écrivant – renaissait de ses cendres. Mais sitôt qu'il foula les tapis de l'hôtel de Castignan, la légèreté le quitta. Quelque chose lui disait qu'il valait mieux taire son expérience à Olympe. De toute façon, elle ne comprendrait pas. Pour elle, Eugène était en train d'abandonner le roman-feuilleton pour s'adonner au *genre noble.* Elle voulait faire de lui un écrivain, un vrai.

Lors des dîners, elle s'arrangeait toujours pour s'enquérir indirectement de l'avancée de son *vrai roman.* Elle le trouvait très évasif sur la question depuis un long moment… Ses coups de sonde rencontraient souvent le mutisme d'Eugène. Or ce soir-là, ce fut différent. Il lui répondit d'un air triomphant qu'il avait enfin trouvé son sujet ! Olympe, ravie, retourna auprès de ses invités au salon avec son sourire de guerrière.

Ce sujet, il l'avait trouvé à peine quelques minutes auparavant. Un pur hasard. Montant l'escalier de l'hôtel de Castignan, arrivé à l'entresol, son chapeau lui avait échappé des mains. Il avait roulé et terminé sa course juste au pied d'une vaste fresque historique. C'était Louis XIV en pleine majesté, vainqueur de la conspiration menée par le comte de Latréaumont. Remontèrent alors à la surface quelques bribes des leçons d'histoire apprises sur les bancs de l'école. Le comte de Latréaumont. Il aimait déjà la consonance du nom.

Plus tard dans la soirée, lorsque Eugène évoqua son sujet, Olympe éclata de rire.

— C'est drôle !

— Qu'est-ce qui est drôle ? sourit Eugène. C'est un sujet des plus sérieux !

— Sais-tu que c'est justement le sujet du grand tableau ? Tu sais, celui qui est exposé à l'entresol.

— Non ! feignit de s'étonner Eugène.

Olympe était aux anges. Un roman historique, quelle excellente idée ! Un roman Grand Siècle, qui plus est. Car elle avait pris peur un temps qu'il en restât à ses pirates ou à ses histoires sentimentales... Elle pouvait lui donner accès à toutes les archives concernant le sujet.

— C'est parfait, se réjouit Eugène.

Lui aussi, il exultait. Car pour ce *vrai roman*, il avait la ferme intention de coller scrupuleusement au fait historique. Bref, d'y travailler le moins possible, accaparé qu'il était par l'autre, le roman-feuilleton.

Eugène s'empare de ses premiers feuillets qu'il a rassemblés sur son bureau. Il en a commandé plusieurs exemplaires à un copiste afin de pouvoir arroser le marché et les faire lire à plusieurs journaux en même temps. Un bon moyen de faire monter la pression. Plein de fougue, il part à l'assaut des rédactions pour leur proposer son nouveau feuilleton.

C'est sa tournée des grands-ducs. *Le Siècle*, *Le National*, *La Quotidienne*, *Le Constitutionnel*, *La Gazette de France*,

La Revue de Paris, *L'Époque*... Les plus beaux tirages. Ceux qui paient rubis sur l'ongle.

Ils le reçoivent tous avec enthousiasme.

— Eugène, quel plaisir ! Ça fait longtemps ! Quel bon vent, etc.

Ils sont tous intéressés. Tous demandent à lire. Ils lui assurent tous qu'ils s'y plongent aussitôt. Ils promettent de lui répondre TAC.

— TAC ?

— Oui, *toute affaire cessante*, dans notre jargon journalistique...

Eugène rentra ragaillardi. Il se mit aussitôt à envisager le coup suivant. Qui allait réagir le premier ? Comment allait-il faire monter les enchères ? À combien céderait-il ? Et à qui ? Il échafauda des scénarios, imagina des négociations, anticipa des tractations.

Voluptueuse attente.

Les jours passèrent. Les réponses se faisaient attendre. Durant cette période, il sollicita son majordome tous les quarts d'heure pour savoir si « par hasard » quelqu'un était passé. Et dès qu'il recevait un pli, il espérait que ce serait une proposition. Mais il savait qu'en cas d'intérêt les journaux manderaient un émissaire TAC. Il envoya valser à la corbeille les invitations aux soirées, avant-premières ou vernissages qui lui créaient de faux espoirs.

Mais de fait les réponses n'arrivaient pas. L'attente tourna au supplice. Il n'avait jamais eu à s'y soumettre. Au bout de quelques jours, ne tenant plus en place, Eugène décida de monter à la charge. Il voulait comprendre.

Un jour, il se poste devant l'entrée du *Constitutionnel*. Mettant à profit un moment d'inattention de la jeune femme préposée à l'accueil, il se faufile dans les couloirs. Il tient à son effet de surprise. Sans prendre la peine de frapper, il pousse la porte du rédacteur en chef. L'homme, les pieds sur le bureau, joue au bilboquet. Surpris par l'entrée intempestive d'Eugène, il laisse la boule retomber sur son pouce et crie de douleur.

— Tiens, Eugène, quelle surprise ! J'allais t'écrire aujourd'hui, dit-il en soufflant sur son doigt endolori.

— Ah bon ? feint de croire Eugène. J'ai bien fait de venir alors. Pour me dire quoi, donc ?

— Eh bien ! Que c'est pas mal... Mais... un peu glauque peut-être, non ? Tu crois que le lecteur va adhérer à cette histoire de bas-fonds ? Franchement, qui peut s'intéresser à ces histoires sordides ? Tu le sais bien, le lecteur a besoin d'exotisme, d'aventures...

Eugène a envie de lui rappeler que c'est lui qui a annoncé la fin de l'exotisme et de l'aventure. Qui lui a dit de passer à autre chose.

— Et puis ce n'est pas très crédible, ton histoire. Tu connais les bas-fonds, toi ? C'est un *scoop*, ça !

Eugène meurt d'envie de lui dire que, précisément, il est allé voir. Mais il sait que c'est inutile. L'homme se lève pour signifier la fin de l'entretien et raccompagne Eugène, le gratifiant d'une tape dans le dos.

— Reviens me voir avec ce que tu sais si bien faire. Des héros maléfiques, des aventures torrides sous les tropiques, de l'exotisme, et puis de l'érotisme, merde ! Pense à la lectrice qui veut ses frissons, la nuit, dans son lit. Alors courage, bonhomme, retrempe ta plume dans la bonne encre.

Eugène ne prend même pas la peine de se justifier. À quoi bon ? C'est la règle du jeu. Tout est affaire de séduction, pas de raisonnement. Argumenter ne sert à rien. Il est bien placé pour le savoir : il a eu le vent en poupe pendant assez longtemps. Mais c'est la dernière phrase qui s'avère la plus douloureuse.

— Tu sais, je crois encore en toi, moi…

Oui, une seule phrase lui fait entrevoir l'ampleur de sa disgrâce. Et de fait, les autres journaux lui tinrent à peu près le même langage. Dans des termes chantournés et diplomatiques, ils lui dirent tous que son récit était sordide, fangeux, peu crédible. Qui pouvait s'intéresser à cette racaille ?

Sa tournée des grands-ducs prenait des allures de Berezina.

Ernest plongea son nez dans un bock de bière. Eugène lui donna une bourrade dans le dos. San ami sursauta et tourna vers lui son visage orné d'une moustache de mousse.

— Alors ?

— Alors rien, mon Ernest.

— Quoi ? Rien ?

— *Nichto. Nada. Nothing.* Il faut que je te traduise ?

— Mais… Comment ça ? Ils t'ont tous répondu ?

— Oui, tous ou presque…

— Même *Le Siècle* ?

— Oui, *Le Siècle* aussi, avec une lettre standard, les ingrats ! Comme si je ne les avais pas suffisamment engraissés !

— Et… qu'est-ce qu'ils te disent ?

— La même litanie. Que ça ne marchera pas. Pas adapté au public. Trop sordide…

— Mais ils ont de la merde dans les yeux !

Eugène avait rarement vu Ernest s'emporter ainsi.

— Tu veux que j'aille les voir, moi ? Je connais quelqu'un…

— Te fatigue pas, mon biquet, tout Paris me l'a jeté, cet épisode. Ça ne sert à rien…

— Tu les as tous vus, t'es sûr ?

— Oui.

— Les *Débats* aussi ?

— Les *Débats* ? Tu rigoles, j'espère... Plutôt crever ! La honte absolue ! Ils paient au lance-pierre, ils n'ont pas trois lecteurs, et puis on ne sait jamais s'ils vont passer l'hiver, le printemps, l'été ou l'automne...

La colère rendait Eugène cramoisi.

— Et puis tu vois ce torchon de vieux conservateurs aigris accepter cette histoire sordide ? Non, non, non, Ernest, c'est non ! Moi vivant, jamais !

Septième partie

Un ange dans les égouts

16

L'homme eut un petit sourire en coin. Il se dit que, si Eugène Sue en personne avait pris la peine de venir le voir, lui, Fabrice Letord, rédacteur en chef des *Débats*, c'est que le feuilletoniste n'avait pas réussi à placer sa came ailleurs. Et cela faisait doublement ses affaires : d'une part, il pressentait qu'il allait pouvoir obtenir sa signature, ce qui ne serait pas un luxe eu égard à la conjoncture catastrophique que traversait la publication, d'autre part, il se trouvait en mesure de négocier à ses propres conditions.

Letord parcourut rapidement les feuillets en dodelinant de la tête. En fait, il ne lisait pas vraiment, il pensait aux prochaines étapes de sa tractation.

— C'est pas mal…

Il fixa Eugène, haussa les épaules, se frotta le menton.

— Hum… Oui, on pourrait éventuellement envisager une publication. Pourquoi pas.

Tout en parlant, Letord surveillait du coin de l'œil la réaction d'Eugène. Même si ce dernier s'efforçait de n'en rien laisser paraître, le rédacteur perçut chez le feuilletoniste une légère contraction du dos. Furtive mais réelle. Alors, il se racla la gorge et souffla son dépit, surjouant parfaitement la gêne. Il se mordit l'intérieur de la joue.

— Oui, mais non… Ça ne va pas être possible. Vous ne voudrez jamais accepter…

Nouvelle tension d'Eugène. Dans le cou, cette fois-ci.

— Comment dire ? Les temps sont durs pour nous. Très durs. Je n'ai pas la trésorerie de mes richissimes confrères. Alors n'en parlons plus. C'est dommage.

L'homme se leva de derrière son bureau, tendant la main à Eugène.

— De toute façon, vous n'auriez jamais accepté la proposition que j'aurais été en mesure de vous faire. Vous préférerez certainement publier votre feuilleton ailleurs.

Eugène ne saisit pas la main tendue de Letord. Il resta assis.

Eugène retrouva Ernest à la sortie. Il frappa du pied la roue de son carrosse.

— L'enfoiré !

— Il ne le prend pas ?

— Si, justement. C'est bien ça le problème.

Ernest explosa de joie mais Eugène s'empressa de modérer les ardeurs de son ami.

— Oui, mais il faut voir à quelles conditions ! Cela va à peine rembourser le prix de mon papier et de mon encre !

Eugène grimaça.

— Note, il est malin comme un singe. Il s'est bien douté que je m'étais fait jeter de partout. Et il a parfaitement joué sa pleureuse… Quel empaffé !

Ce soir-là, les deux amis n'en fêtèrent pas moins dignement l'événement en compagnie de Théo. Eugène leva son verre.

— Au contrat le plus minable de toute ma carrière !

Il se tourna vers Ernest.

— Et un grand merci à toi, beau-frère, de m'avoir mis dans un pareil pétrin ! Je te revaudrai ça !

Désormais, lorsque Eugène passait sur la rive gauche, il ne ressentait plus ce frisson voluptueux qui le parcourait il y avait peu encore. La magie semblait s'être évaporée. Olympe était bien trop fine pour ne pas le sentir. Pour elle, c'était une évidence : Eugène était en train de lui échapper. Les signes, si insignifiants fussent-ils, se multipliaient, comme autant de preuves pour une femme aussi aguerrie qu'elle. Un moment, elle supposa qu'il y avait quelqu'un d'autre, mais très vite son instinct lui apprit que ce n'était même pas le cas. Elle ne conçut aucun soulagement pour autant. Elle aurait préféré qu'il y eût une rivale identifiable, avec un nom, un visage, un être de chair et de sang. Quelqu'un qu'elle eût pu défier, combattre. Alors que là, elle en était réduite à se perdre en conjectures. Elle n'avait que du vide à affronter.

Mais ses dispositions de guerrière reprirent le dessus. Elle retrouva rapidement ses réflexes de féline. Elle savait que, si elle voulait être en mesure de garder Eugène, elle ne devait surtout rien lui montrer. Peut-être avait-elle été trop démonstrative, ces temps-ci ? Oui, elle devait reconnaître qu'elle avait quelque peu baissé sa garde dernièrement. Elle avait cédé au plaisir un peu trop facile de se sentir amoureuse. Et du même coup elle avait perdu ses automatismes : les réflexes élémentaires de survie pour une mondaine comme elle.

Il lui fallait impérativement retrouver de la légèreté, feindre le détachement. Ce qui, avec ses anciens amants, ne constituait qu'un jeu d'enfant pour elle prenait avec Eugène des allures de torture. C'est que, malgré elle, elle se sentait gagnée par l'amour. Elle ? Gagnée par l'amour ?

Elle en aurait bien ri si cela n'avait pas été désespérant. Qui eût imaginé cela ? Elle qui y avait toujours échappé, pensant que l'amour était la consolation des faibles et ne la concernait donc pas.

Que s'était-il passé avec Eugène ? Qu'avait-il de plus que les autres ? Pourquoi lui ? Elle ne se l'expliquait pas. C'était bien là le danger. Elle sentait l'amour la saisir comme une damnation. Mais ce qui l'effraya par-dessus tout, c'est que, tout bien considéré, elle éprouvait une certaine volupté dans cette souffrance…

Eugène posa la page de garde sur le bureau de Letord.

— *Les Bas-fonds*, par Eugène Sue…

Une moue froissa le visage du rédacteur en chef.

— *Les Bas-fonds* ? C'est bien trop sordide, pas engageant pour mes lecteurs.

« Pour ce qu'il en reste », eut envie d'ironiser Eugène, mais il se retint. Son front se plissa sous l'effort d'une cogitation intense. Réfléchir à un titre. Voilà aussi une nouvelle humiliation : il n'avait jamais eu à le faire jusqu'à présent. Ça lui était toujours venu comme ça. Naturellement.

— *Au Lapin Blanc* ?

Et, alors même qu'il le prononçait, il sut que ce n'était pas bon.

— On nage en plein conte pour enfants !

— *De l'eau d'aff pour les braves* ?

— C'est du charabia !

— *Les Miséreux* ?

— Non.

— *Les Misérables* ?

Letord prit sa tête à deux mains.

— Non, mais sérieusement, vous voyez des gens lire un feuilleton qui s'appellerait *Les Misérables* ?

Eugène proposa encore une pelletée de titres qui furent tous rejetés d'une moue dégoûtée. Humiliant. Il ne savait ce qui le retenait d'envoyer balader Letord et son maudit journal ! Si, en fait, il ne le savait que trop : l'argent. Miraculeusement, il conserva un semblant de calme et s'évertua à sonder Letord plus avant pour tenter de percer ce que celui-ci recherchait exactement. Peine perdue, le patron des *Débats* savait seulement ce qu'il ne voulait pas.

— Je ne sais pas, moi, coco, c'est toi l'auteur. Je verrais bien un titre qui évoque le mystère. Et qui évoque Paris aussi. C'est vendeur, Paris, même pour les culs-terreux de province.

— *Les Mystères de Paris* alors ?

Eugène proposa ce titre sans conviction, car il se rappelait le lui avoir déjà soumis parmi ses premières propositions. Mais cette fois-ci, contre toute attente, Letord l'accepta.

— Vendu. Y a plus qu'à lancer, alors !

Et Letord demanda à Eugène s'il savait où il allait.

— Mais bien sûr, mentit celui-ci avec aplomb.

Aux Feuilletonistes, ce fut la stupeur et l'amusement lorsque l'on apprit qu'il avait signé avec les *Débats*. On entonna un requiem en l'honneur d'Eugène perdu sur le front du roman-feuilleton, sur l'air d'« Un corbillard s'avançait dans le brouillard ».

— *Requiescat in pace*, Eugène Sue ! Finir aux *Débats*, quoi de plus triste ?

— Pire que la mort, c'est l'enfer.

Et puis, certains eurent vent de la teneur du projet. Une histoire qui avait pour décor les bas-fonds de Paris.

— Le pauvre ! En être réduit à aller chercher ses sujets dans les égouts !

Tous portèrent un toast. L'enterrement d'un confrère, c'était finalement une bonne nouvelle.

De son bureau, Eugène lança son regard le plus loin qu'il put. Entre Notre-Dame et le Palais de Justice. Il se concentra, ferma les yeux, se replongea en pensée dans le tapis-franc, passa en revue les visages, s'efforça de faire émerger un détail, une piste, juste un fil à tirer…

En vain.

Avec les corsaires dans des îles à l'autre bout du monde, sur des bricks remplis d'esclaves ou dans des plantations sous les tropiques, ça marchait pourtant. Alors que là, bien que l'aventure fût censée se passer à quelques enjambées seulement, rien ne venait.

Eugène n'entrevit qu'une seule solution.

Lorsqu'il traversa le pont au Change, la même décharge d'adrénaline lui traversa le corps. Heureusement, il avait récupéré à temps son déguisement dans le sac que son majordome s'apprêtait à jeter. De nouveau, Eugène se glissa dans le lacis de ruelles ruisselantes, croisant des silhouettes difformes, quand il aperçut, dans le clair-obscur de cette fin d'après-midi, l'enseigne du Lapin Blanc qui grinçait sous la bise et la lueur opalescente des fenêtres badigeonnées. Il reprit son souffle et poussa la porte d'un coup sec.

La même moiteur braillarde, blafarde, enfumée lui sauta au visage. La même énergie vibrionnante le transperça. Une fois encore, alors qu'il posait le pied sur le sol en terre, tous les visages se tournèrent vers lui. Effarants et effrayants. Il lut de sombres menaces dans les regards vitreux. Seulement, aujourd'hui, il n'y avait pas de place libre dans la pénombre pour se faire oublier. La démarche hésitante, Eugène se dirigea vers le comptoir où officiait l'ogresse au visage grimaçant et peu amène. Peut-être après tout était-ce sa façon de souhaiter la bienvenue ? En passant près du poêle, il sentit la morsure des flammèches qui s'en échappaient. Manquerait plus qu'elles mettent le feu à sa veste ! Il eut un regrettable mouvement de recul qui le fit marcher sur le pied d'un indigène. Celui-ci l'empoigna sans ménagement par le col de sa veste de peintre.

— On ne sait plus où on pose ses arpions, l'étranger ? lui cracha l'homme, qui avait un brûle-gueule vissé dans le bec.

Eugène bafouilla quelques excuses. Quand…

— Hé ! Ho ! Rodolphe !

Le Chourineur lui faisait signe de le rejoindre à sa table, dans un coin du tapis-franc.

— Lâche le blanc-bec, Murph ! Il est à moi.

L'homme à la pipe obtempéra. Eugène alla s'asseoir et le Chourineur lui versa aussitôt une rasade d'eau-de-vie.

— Cette fois-ci, c'est pour moi !

Et de partir dans un monologue dont Eugène ne saisit encore une fois qu'un mot sur deux. Il se contentait d'opiner de la tête.

Une femme, un châle ajouré sur les épaules, la poitrine creuse, le nez crochu, un œil figé et bleuâtre, passa près de leur table. Son regard halluciné se fixa sur Eugène.

— Hé, le Chourineur, tu me présentes pas ton aminche ? C'est qu'il est bien croquant !

— Laisse-nous donc, la Chouette, tu vois pas que tu nous gênes, on cause entre valeureux !

Mais la femme crocheta la main d'Eugène.

— Laisse-moi te dire la bonne aventure, bel homme. Hum, c'est doux comme de la soie, ça. Elles ne…

Eugène retira aussitôt sa main, craignant qu'elle ne le trahisse. Il n'avait évidemment pas les mains calleuses d'un ouvrier et ses manucures hebdomadaires n'arrangeaient rien.

— Monsieur est écrivain.

— T'as tout faux, la Chouette, cézigue est peintre. Allez, lâche-nous.

— Oh là ! joli cœur, n'aie pas peur, je vas pas te tortorer, dit-elle à l'adresse d'Eugène. Tu préfères pt'êt' que j'te lise les cartes, alors ?

Eugène hocha négativement de la tête. Le Chourineur haussa les épaules en soupirant.

— Laisse-la donc faire, sinon elle ne nous lâchera plus la grappe, la bique. Pire qu'une sangsue ! (Puis, aboyant à l'adresse de la vieille femme :) Mais grouille-toi, Chouette de mauvais augure !

Celle-ci fit jaillir de son corset un jeu de tarot élimé qu'elle étala sur la table en poussant le broc. Puis elle retourna une à une les cartes. Comme en transe, le regard absent. Et déclama de sa voix nasillarde :

— Tu es un roi… roi de trèfle et roi de cœur… Un peu les deux à la fois… Il y a de l'or… De la peinture…

Le Chourineur ironisa :

— Bien joué, la Chouette. Maintenant que tu sais qu'il est peintre, pardi. Et puis, y a qu'à mater les taches sur sa défroque !

— Non, pas de la peinture, se ressaisit la cartomancienne, plutôt de l'encre, de la plume… Un long voyage… Bientôt une dame de cœur… ah, ah…

Comme elle retournait une carte, ses yeux se révulsèrent, on ne vit plus ses pupilles.

— Mais attention, la dame de pique est là… Une vengeance. Des aventures… Du succès… Beaucoup d'aventures… Ah ! Et puis l'amour…

Le Chourineur se gaussa :

— L'amour ! Avec sa gueule d'ange, tu parles d'une originalité ! Allez, finissons-en, harpie !

La Chouette resta imperméable aux sarcasmes du Chourineur. Son visage était tendu, levé vers le plafond. Le quinquet au-dessus de sa tête créait un effet de halo, le rendant encore plus effrayant si cela eût été possible.

— Attention, des dangers, beaucoup de dangers…

La vieille retourna la carte suivante et pâlit. Elle se mit à trembler frénétiquement.

— L'amour, oui… Mais la mort, en même temps…

Le Chourineur frappa du poing sur la table.

— Bon, maintenant, ça suffit, la Chouette, remballe-nous ça ! Tu vas lui porter le poissard à force !

Eugène, décontenancé, sortit un billet et le froissa dans la main squelettique de la cartomancienne. Celle-ci le déplia et le fixa, fascinée. Puis elle leva son regard halluciné vers Eugène.

— Monsieur est vraiment un seigneur. Un prince d'une contrée fabuleuse. Valeureux et courageux, défenseur des démunis…

Elle se leva, puis tonna :

— Mais prends garde à toi, mon prince !

Les clients de la taverne levèrent le poing.

— Dehors, la Chouette ! Ça suffit ! Ouste !

Elle ouvrit la porte et, fixant toujours Eugène de son regard fou, lança :

— Maudite Providence… qui donne et qui reprend !

Elle quitta la taverne en continuant de débiter d'incompréhensibles imprécations contre la Providence. Eugène était prostré, les yeux écarquillés, comme sous hypnose. Le Chourineur lui tapa dans le dos.

— T'es tout pâle, mon gars ! Allez, te bile pas. Reprends un coup de gnôle, elle raconte n'importe quoi, cette foldingue !

Alors qu'Eugène remontait le labyrinthe de ruelles pour rejoindre son tilbury de l'autre côté du pont au Change, il repensa à cette cartomancienne. La Chouette ! Une haleine tellement rance ! Il avait cru un moment qu'elle allait vomir des serpents et des crapauds ! Et puis ses postillons brûlants comme de l'acide ! En attendant, l'infâme devineresse avait bien réussi à lui « foutre les jetons », comme dirait le Chourineur ! Il avait craint que cette vieille folle au regard halluciné ne le démasque. Qu'elle crie à l'imposteur. Son histoire de prince par-ci, monseigneur par-là. Au beau milieu du tapis-franc, dans ce repaire de brigands, il n'aurait pas donné cher de sa peau…

Outre la peur, la femme avait exercé sur Eugène une forme de fascination. Il l'aurait bien laissée déblatérer encore, cette vieille Chouette. Outre qu'avec son physique décharné elle lui avait offert sur un plateau un personnage, elle lui avait aussi livré, sans même le savoir, par ses prédictions hallucinées, des pistes pour son roman. Grâce à elle, l'amorce de son roman-feuilleton se dessinait. Eugène hâta le pas, pressé de se retrouver face à sa feuille.

Oui, malgré tout le dégoût que la Chouette lui inspirait, il l'aurait bien embrassée ! Car cette histoire de prince était absolument géniale ! Celui qu'il avait nommé pour l'instant « l'inconnu », attendant de savoir quel rôle lui assigner, serait donc un prince. Elle avait parlé de contrée fabuleuse. Eugène imagina alors une principauté située quelque part entre l'Autriche, la Hongrie et la Confédération germanique… Cela pourrait s'appeler le Gerolstein. Son héros se prénommerait Rodolphe – Rodolphe de Gerolstein, donc –, ça faisait suffisamment germanique. Travesti comme lui en modeste ouvrier peintre en éventails, il plongerait en mission dans les entrailles populeuses de la capitale. Pour un défenseur des démunis, c'était parfait, ça !

Du coup, son personnage commençait à prendre forme, sorte de surhomme doté d'une force étonnante malgré sa taille svelte – n'avait-il pas pulvérisé de ses poings le râblé Chourineur ? Eugène le voyait aussi rompu aux codes de la pègre. Il lui ferait parler couramment l'argot des faubourgs. Et le charbonnier qui lui conseillait de se méfier à la fin du premier épisode, ce serait Murph. Mais au lieu d'en faire un type rougeaud, et comme il l'avait déjà fait parler anglais, il en ferait un British. Mieux, un lord. *Sir Murph*, ça sonnait bien ! Sir Walter Murph, ci-devant homme de confiance et ange gardien du prince Rodolphe, déguisé en charbonnier…

Mais pourquoi ce Rodolphe était-il venu précisément dans les bas-fonds, là, dans le quartier de la Cité, ce repaire grouillant de goules et de brigands ? Il lui fallait réfléchir à cela… Mais il ne se faisait pas de souci : les idées viendraient en avançant.

Sorti du Lapin Blanc, Eugène, tout à ses pensées, se faufilait parmi les ouvriers, les mendiants et les carrioles pour remonter à la surface de Paris. Que pourrait faire, en effet, un prince dans ces bas-fonds ? Voyons, voyons… Soudain, une charrette poussée par un fort des Halles transportant des carcasses à équarrir fonça sur lui. Par réflexe, Eugène fit une embardée sur la chaussée. Il évita par miracle de passer sous les roues aux clous rouillés du chariot. Mais une nuée de linge blanc s'épanouit dans les airs comme au ralenti. Puis retomba sur le pavé crasseux. Alors lui apparut une frêle silhouette tenant un panier en osier vide.

— Toutes mes excuses, mademoiselle, dit-il, retrouvant par automatisme son phrasé mondain. Vous me voyez désolé.

Eugène se baissa pour aider la jeune femme à ramasser les draps blancs qui s'étaient déversés à terre. Levant la tête, il croisa alors de grands yeux lumineux.

Une ouverture de ciel bleu dans la pénombre des faubourgs.

Il resta un instant pétrifié. Un visage d'un ovale parfait, des joues rondes et vermeilles, des bouclettes de cheveux dorés qui scintillaient sur un large front clair. Des cils si longs qu'ils se recourbaient délicatement.

— Un ange dans les égouts !

— Que dites-vous, monsieur ?

Eugène aurait-il pensé tout haut ? Il se ressaisit.

— Euh… rien. Tout ce linge, je suis confus… Il est propre ?

— Oui… enfin, il *l'était*…

La jeune femme cacha du mieux qu'elle put sa contrariété. Son sourire timide fit naître une délicieuse fossette et dévoila de petites dents légèrement espacées devant. « Les dents de la chance », songea Eugène.

— Comment puis-je vous venir en aide ?

Décidément, il ne parvenait pas à se départir de son parler mondain.

— Ne vous en faites pas, répondit la jeune femme. Je vais retourner au lavoir. Ce n'est pas la fin du monde.

— Laissez-moi au moins porter votre linge souillé chez le teinturier. Il le livrera propre et repassé chez vous demain.

La jeune femme fronça les sourcils. Elle jeta à Eugène un regard intrigué.

— Un teinturier ? Mais où donc le trouverez-vous de par chez nous ? C'est bien la première fois que j'entends cela !

Eugène mesura l'étendue de sa bévue. Se croyait-il boulevard de Gand ?

— Oui, c'est vrai, marmonna-t-il, mais je… je voudrais vous aider…

— Ne vous inquiétez pas, c'est en partie ma faute. Je suis toujours dans mes pensées. Pour une fois que j'avais un peu d'avance sur mon travail, c'est ballot… Tant pis.

— Alors laissez-moi au moins vous aider à porter ce panier.

Eugène s'apprêtait à saisir les anses, mais la jeune femme l'en empêcha.

— Non, surtout pas, de quoi j'aurais l'air ?

Elle ramassa le panier et se remit en route. Eugène marcha à ses côtés, ne sachant que lui dire. Privé des reparties et des saillies habituelles de salon, il devenait maladroit. D'ailleurs, la jeune femme pressait le pas. Cherchait-elle à lui échapper ? Son teint avait rosi. Était-ce dû à la cadence de sa marche ou à la gêne d'être escortée par un homme ? Mais Eugène ne souhaitait pas la perdre de vue.

Une vieille dame passant à sa hauteur lui fit un signe.

— Eh bien, Fleur-de-Marie ! Tu m'as l'air bien pressée, ce soir !

Elle lui répondit par un sourire un peu contrit.

— Fleur-de-Marie ? C'est votre prénom ?

— Oui. Enfin non. Mon vrai prénom, c'est Marie, mais c'est comme ça que l'on m'appelle depuis toujours. Je ne sais pas pourquoi. Peut-être parce que j'aime les fleurs...

— Moi, c'est Rodolphe. Je suis ouvrier peintre.

La jeune femme haussa les épaules.

— Ça, merci, je l'avais deviné !

— Quoi donc ?

— Ben que vous êtes peintre.

— Ah ?

— Eh bien, les taches sur votre veste.

Ils étaient arrivés au lavoir.

— Au revoir, monsieur.

Marie rejoignit les autres lavandières qui s'agitaient et devisaient autour du bac en pierre. Eugène décida alors de s'éclipser discrètement, ne voulant pas importuner la jeune femme plus longtemps. D'ailleurs, il était grand temps de partir, la petite compagnie commença à rire de lui, mettant son ange dans une situation délicate...

Huitième partie

Le petit banc

17

« Quel ange ! » se répétait Eugène en sautant dans son tilbury parqué de l'autre côté du pont.

— Vite, à la maison ! lança-t-il à l'adresse d'Hubert.

Il avait hâte de rentrer. Hâte de consigner ce qu'il avait pêché lors de son excursion. Décidément, cela avait été une journée fructueuse. À peine eut-il franchi le seuil de son appartement qu'il se précipita à son bureau face à la Seine, qui ce soir avait des allures diaphanes et vaporeuses. Comme si du tulle s'élevait de la surface du fleuve. Il lui sembla voir du linge blanc ondoyer.

Lorsqu'il coucha sur la feuille le prénom « Fleur-de-Marie », il sentit que sous sa plume quelque chose se cristallisait. Les traits lumineux, la démarche fragile et gracile parmi la rudesse des faubourgs, le regard clair mais d'une infinie tristesse de la jeune femme vinrent se superposer à ceux de la Goualeuse.

Ça y est !

Son héroïne, ce serait elle. La Goualeuse serait en fait Fleur-de-Marie. Son destin prit forme dans l'esprit d'Eugène. Une flamme pâle et vacillante dans la noirceur des ruelles perdues. Une héroïne comme il n'en avait jamais créé. Offerte à lui comme une épiphanie, une fleur dans la fange des bas-fonds. Il possédait son décor ; maintenant, il percevait la forme qu'allait prendre son feuilleton. Comme les contours d'une statue qui émergeait de la roche brute…

Les immersions dans les faubourgs devinrent au fil des jours de plus en plus riches et stimulantes. Comme la vie d'Eugène du reste. Il vivait un cocktail enivrant de fiction et de réalité. Que l'on se rende compte. Il était Eugène Sue qui se faisait passer pour Rodolphe, un ouvrier peintre, dans le but de raconter la vie de son personnage, Rodolphe, alias le prince de Gerolstein, déguisé lui aussi en peintre et infiltré incognito dans les faubourgs, comme lui, pour un feuilleton qui allait retourner dans la vraie vie…

Un déphasage qui, ajouté à son manque de sommeil, aux adjuvants multiples dont il usait et abusait (cafés, cigarettes et feuilles de coca), devenait ahurissant. Une mise en abyme entre réel et fiction dont Eugène n'avait pas fini de découvrir les vertiges malicieux, comme nous le verrons.

Mais n'anticipons pas !

Pour l'heure, cette plongée dans les entrailles de Paris était stimulante, grisante, régénératrice. Eugène allait puiser dans les coins et les recoins de ce labyrinthe fangeux sa manne feuilletonesque. Une pêche miraculeuse. Tout lui faisait feuilleton ! Il passait souvent au Lapin Blanc, où il commençait à avoir ses habitudes, pour y chiner quelques détails, découvrir de nouvelles gueules cassées et des bribes du langage de ces indigènes. Il y croisait souvent le Chourineur, qui le fournissait en nouveaux vocables. Eugène parfois se permettait d'en inventer.

Mais depuis quelques jours, s'il courait le pavé, c'était aussi dans l'espoir de retrouver Fleur-de-Marie. Dès qu'il le pouvait, il se postait dans la rue aux Fèves, à l'endroit précis où il était entré en collision avec elle. Il passa plusieurs fois au lavoir, arpenta à maintes reprises le chemin qu'ils avaient parcouru ensemble dans l'espoir d'une nouvelle collision. Chasseur aux aguets, Eugène scrutait les visages des passants. Jusqu'à la nuit tombée, où ceux-ci devenaient des ombres fantomatiques glissant le long des murs.

Un jour, Olympe comprit qu'il lui fallait agir. Il était en train de lui échapper. En stratège avertie, elle savait que, si elle voulait avoir une chance de le garder, ce n'était pas en cherchant à l'emprisonner mais en lui rendant sa liberté.

Un quitte ou double.

Pour la première fois, elle prit sa plume pour lui écrire, elle qui n'avait jamais daigné répondre à une seule de ses mille et un billets au début de leur histoire.

Elle sut qu'avec cette misssive elle n'avait pas le droit à l'erreur.

Alors elle se lança. Elle écrivit d'un seul jet, sans trembler. Elle l'avait tellement pensée, cette lettre, qu'elle la voyait se dérouler seule sous sa plume.

Mon bel Eugène,

Ne soyons pas comme les autres. Ne soyons pas médiocres. Il faut savoir finir.

Je vous propose une nuit.

Une seule nuit.

Une dernière nuit.

Une ultime nuit.

Faisons qu'elle soit sublime.

Le temps d'une lune, soyons les plus beaux amants que la terre ait jamais portés, et l'aube nous transformera en amis.

Pour le reste de nos jours.

Bel amant, je vous attends jeudi à la tombée de la nuit.

Soyez ponctuel et en forme.

Votre Olympe

Elle tendit le courrier à son majordome. Après un bref soulagement, elle sentit une fébrilité inconnue l'envahir. Afin de la juguler, elle s'allongea sur sa méridienne. Inclinant la tête en arrière, dans une sorte de vertige, elle fut progressivement gagnée par une somnolence aux confins de la réalité et de la fiction…

… comme la première fois où il était venu la rencontrer, elle entendrait les deux battants de l'énorme porte de l'hôtel de Castignan s'ouvrir, cédant le passage à son étincelant coupé. Dans un feulement soyeux, le bolide décrirait une courbe impatiente dans la cour avant de piler net devant le perron. Le piétinement de deux chevaux ardents retentirait sur le pavé sonore. Puis les pas de son valet de pied allant ouvrir la portière du carrosse lui parviendraient. Il sortirait, conquérant, de son coupé. Elle devinait ses enjambées lestes pour gravir le perron. Et le majordome toujours pointilleux – elle le payait suffisamment pour cela – lui demanderait, comme la première fois : « Monsieur est-il attendu ? »

Mais cette fois il le bousculerait, franchirait les marches deux à deux, entrerait la lettre à la main. Pâle. Il la jetterait dans la cheminée. Alors qu'elle serait dévorée par les flammes, il se tournerait vers elle, lui disant qu'il voulait…

Le bruit heurté et métallique d'un véhicule pataud emplissant la cour sortit Olympe de sa rêverie. Elle se redressa. Elle n'osa pas aller à la fenêtre, comme elle l'avait pourtant fait la première fois. Tétanisée, elle entendit des pas dans l'escalier…

On frappa. Olympe sursauta et remit de l'ordre dans sa coiffure.

— Entrez, soupira-t-elle.

Son majordome apparut et lui tendit un plateau avec une enveloppe à rayures. Elle attendit qu'il soit sorti pour la décacheter.

Divine Olympe,

Oui, je serai là jeudi, à la tombée de la plus sublime nuit du monde !

Votre Eugène

Olympe croisa son regard dans le miroir. Pauvre idiote ! Elle n'avait pu s'empêcher d'espérer un miracle. Elle l'avait rêvé. Mais les miracles n'existent que dans les romans-feuilletons à deux sous.

Elle essuya une larme d'un revers de manche dans un geste altier et conquérant. Aussitôt, son regard retrouva l'éclat mordant de la combattante. Elle savait qu'une guerre n'était pas terminée tant qu'on n'avait pas rendu définitivement les armes. Et il lui restait une dernière bataille à livrer, qui pouvait se révéler décisive.

Le temps d'une nuit.

Comme souvent, Eugène resta de longues heures posté rue aux Fèves, non loin du lavoir, observant attentivement les passants.

Cet après-midi-là, le ciel vira soudain au noir. Un noir profond. Le tonnerre gronda à l'horizon, faisant vibrer les pavés inégaux et frissonner les lampadaires. Un souffle fétide souleva les papiers gras et la poussière charbonneuse dans la ruelle.

Soudain, ce fut le déluge. Les passants se précipitèrent dans tous les sens, pressés de se mettre à l'abri en une furieuse débandade. C'est alors qu'Eugène crut l'apercevoir dans la cohue. Elle courait en se protégeant de la pluie. Aussitôt, il partit à sa poursuite.

— Fleur-de-Marie !

La jeune femme se retourna. Il n'avait pas rêvé, c'était elle ! Mais elle, ne sachant trop si elle avait bien entendu ou si c'était une illusion, reprit sa course. Plus loin, elle s'arrêta au détour de la venelle sous le renfoncement d'une petite porte menant à une cave. Eugène la rejoignit, contraint de se courber pour se faire une place à l'abri de la pluie, sous le linteau. Leurs visages se touchaient presque. Tous deux étaient essoufflés, ruisselants de pluie.

— Ah ! C'est vous ? dit-elle en reprenant son souffle.

— Oui, je passais justement par là, se justifia Eugène.

La jeune femme était mal à l'aise.

— Veuillez m'excuser, monsieur, je n'ai pas vraiment le temps… Il faut absolument que je…

Sans finir sa phrase, elle se sauva sous la pluie battante. Eugène resta quelques secondes sous l'abri, puis repartit à sa poursuite. Il s'entendit hurler presque malgré lui avec un accent de panique :

— On pourrait se revoir ?

— Je ne sais pas…

Eugène s'arrêta et observa la jeune femme qui s'enfuyait. Il était évident qu'elle cherchait davantage à s'esquiver qu'à éviter l'averse. Il s'en voulut de l'avoir effarouchée, de lui avoir littéralement sauté dessus. Cette peur qu'elle lui échappât à nouveau lui avait fait perdre tous ses moyens. Maintenant, sa frêle silhouette effrayée avait disparu derrière le rideau de pluie. Qui sait s'il la reverrait un jour ? Elle allait l'éviter maintenant, c'était certain. Il demeura un moment paralysé, défait.

C'est alors qu'il la vit réapparaître. Émergeant du mur de pluie, elle s'approcha. Des gouttes d'eau perlaient sur ses boucles d'or et sur les longs cils couvrant son regard bleu.

— Je prends une pause demain à midi pile… Passage Choiseul…, dit-elle, le souffle court.

Lorsque Eugène lui répondit « À demain », la jeune femme s'était à nouveau fondue dans le rideau de pluie.

Comme un ange qui s'en retourne dans son nuage.

Seul dans la ruelle désertée, Eugène cria son bonheur sous les volets qui battaient et giflaient les façades lépreuses. Il offrit son visage hilare aux trombes d'eau, sautant à pieds joints dans les flaques tourbeuses, tournant autour des réverbères. Il esquissa même quelques pas de danse, entonnant ce qui lui passait par la tête.

— Je chante sous la pluie ! trouva-t-il, joignant le geste à la chanson.

Puis le *fashionable* décida d'entonner ce refrain performatif dans la langue de Shakespeare. Il improvisa une mélodie à la diable, comme sous la douche. Avec ce qui tombait, c'était de circonstance. « Tiens, c'est quand même autre chose de la goualer dans cette langue », pensa-t-il en riant.

— *I'm singing in the rain…*

18

Le personnel de la Maison Fauchard – traiteur sis place de la Madeleine depuis 1616 – se raidit lorsqu'il vit entrer un ouvrier à la veste maculée de taches de peinture coiffé d'une casquette pouilleuse et chaussé de godillots douteux. Une employée se retrancha immédiatement dans la cuisine, à l'arrière de la boutique. M. Fauchard fils, propriétaire des lieux depuis 1824, intervint. Un clin d'œil avait suffi. Dans un ballet réglé, il rejoignit ses vendeuses, se composant un visage sévère. Puis fit irruption dans la boutique, roulant des mécaniques, le sourcil menaçant, s'essuyant les mains sur son tablier.

— Hop ! hop ! hop ! mon bon… On ne fait pas l'aumône ici. Il ne faut…

Mais sa phrase resta en suspens. Le traiteur venait de reconnaître son regard bleuté ! Soudain, ses pectoraux fondirent, ses sourcils s'espacèrent et il se fit tout miel.

— Monsieur Eugène ! Désolé, je ne vous avais pas reconnu dans cet accoutrement… enfin, ce déguisement voulais-je dire… Qu'est-ce qui pourrait vous plaire ?

Le commerçant lui fit l'article en se frottant les mains :

— J'ai reçu de très belles truffes blanches d'Alba, un sublime foie gras d'oie…

Eugène hocha négativement la tête, tout en laissant courir son regard indécis sur les victuailles.

— … ou alors du béluga qui m'est arrivé hier de Russie de chez les fournisseurs officiels du tsar ?

— Non, non, trancha Eugène. Faites-moi des casse-croûte.

— Des *sandwiches*, veut dire monsieur ?

— Si vous préférez…

— *Prosciutto di Parma* affiné dix-huit mois ? Pata negra ?

— Non. Deux jambon-beurre. Tout simples.

Le commerçant grimaça.

— Avec des cornichons tout de même !

— D'accord. Et puis donnez-moi une barquette de fraises. Oh, puis non, deux pommes bien rouges. Et puis un peu de vin.

— Un saint-estèphe ? Un châteauneuf-du-pape ? Un flacon de petrus ?

— Non, non, non… quelque chose de plus léger, un beaujolais… Un saint-amour, tenez, ce sera parfait.

Au moment d'emballer les denrées, Fauchard proposa un panier en osier ; il allait lui plaire, il était de la plus grande élégance. Eugène hocha la tête, un brin agacé.

— Non, merci. Un sac en toile fera tout aussi bien l'affaire. Et de grâce, pas à l'effigie de la boutique. Je veux quelque chose de sobre.

Le personnel se regarda, étonné. Avaient-ils bien entendu « sobre » ? Qu'arrivait-il donc à M. Sue ?

Une fois Eugène sorti de la boutique, les deux jeunes femmes eurent droit aux remontrances du patron.

— Bravo ! Vous ne l'aviez pas reconnu ?!? À cause de vous, j'ai failli perdre mon meilleur client aujourd'hui. Je ne vous félicite pas.

Elles se regardèrent, honteuses.

— Il ne s'est pas présenté. Qui pouvait deviner, avec cette tenue ? Lui, toujours si élégant !

— Est-ce que je sais, moi ! Il se rend certainement à un pique-nique déguisé !

— Ça se fait, ça ?

— Avec M. Eugène, apprenez que *tout* se fait !

Eugène était en faction à l'entrée du passage Choiseul, arrivé largement en avance. Et de fait, il attendait depuis plus d'une heure lorsqu'il aperçut Marie, les cheveux tirés, sortant d'un atelier en compagnie de quelques ouvrières. Elles étaient toutes vêtues d'une blouse bleu clair. Lorsqu'elle vit Eugène, elle se détacha du groupe en lui faisant un signe discret et avança timidement vers lui, petit ange timide. Plus elle approchait, plus son visage se colorait de pourpre.

— Bonjour.

— Bonjour. J'ai apporté quelque chose à manger, dit Eugène en désignant son sac en toile.

Ils trouvèrent un banc dans un coin isolé sur la berge de la Seine. À l'ombre d'un grand chêne noueux devant un mur jaune, les deux jeunes gens échangèrent quelques paroles. Marie évoqua son travail et Eugène se contenta d'écouter sa voix claire et chantante, sans ressentir le besoin de parler, comme s'il avait peur de gâcher une mélodie.

D'ailleurs, à un moment, elle se tourna vers lui :

— Vous n'êtes pas très bavard, à ce que je vois.

— Eh bien…

Marie éclata de rire.

— Ce n'est pas un reproche ! Moi, au contraire, on dit toujours que je suis une véritable pie !

Bien que la surface de Seine scintillât à leurs pieds et que l'île de la Cité fendît le fleuve en deux, Eugène n'avait plus l'impression de se trouver à Paris. Où était-il d'ailleurs ? C'était indéfinissable. Il se sentait dans un tout autre espace-temps.

C'est qu'il était avec son personnage.

Marie lui parla de ses rêves. Des rêves minuscules. Très purs. Rien de grandiose, vraiment. Elle aurait juste aimé avoir un peu d'argent d'avance, dégager du temps pour trouver plus d'ouvrage, une gentille chambre bien propre d'où elle verrait les arbres en travaillant. Avec une serre pour y cultiver des fleurs.

Elle rêvait d'une ferme, aussi.

— Une ferme ? demanda-t-il.

Alors, Eugène prit la parole. Il lui demanda de l'accompagner en pensée sur une petite route qui menait à un charmant village bâti à mi-côte, avec beaucoup d'arbres et une petite rivière gazouillante…

— Vous voyez ?

— Oui, répondit-elle dans un souffle en basculant sa tête en arrière.

Eugène continua. Fleur-de-Marie ferma les yeux : elle avait l'impression de se promener dans ce qu'il décrivait, de voir les paysages, et même de sentir les odeurs du verger et du beau jardin empli de fleurs. Au rez-de-chaussée, Eugène installa une vaste cuisine. La maison possédait aussi des persiennes.

— De quelle couleur les souhaitez-vous ? demanda-t-il.

— Vertes. Oui, des persiennes vertes.

— Voyez-vous aussi le chaton qui passe à votre portée ?

Elle sourit, les yeux toujours clos, disant qu'elle pourrait bien aider la fermière à travailler, à coudre, à ranger le linge, à le blanchir ou à serrer les fruits pour l'hiver.

— Votre chambre serait au premier, lui dit Eugène.

Marie se redressa.

— Ma chambre ? Quel bonheur ! Voyons ma chambre, voyons ! Comment est-elle ?

— Votre chambre possède deux fenêtres qui donnent sur le jardin de fleurs. Et sur le pré au bas duquel coule la petite rivière.

La jeune femme, les paupières toujours fermées, rejeta de nouveau sa tête en arrière.

— Je l'entends qui gazouille dans son lit.

Mais l'horloge de Notre-Dame sonna un coup sec, tirant Marie de sa rêverie. Elle poussa un cri et sursauta.

— Oh ! Je dois filer.

Elle laissa Eugène sur le banc. Il la regarda s'enfuir et aperçut sa silhouette qui courait sur le pont. Soudain, dans ce Paris tumultueux, lui apparut l'image d'une enfance bafouée au son d'un orgue de barbarie. Il imagina Marie vendant des sucres d'orge sur le pont Neuf. Martyrisée par un couple diabolique : la Chouette, qui mettait au supplice les oiseaux, et le Maître d'École, cupide, le visage rongé par l'acide, intraitable et grimaçant. Ils la tourmentaient. Et, pauvre petite, il la torturait… Comment lui vint à l'esprit l'image horrible de la chouette qui arrachait les dents de la fillette ? Mais elle continuait de sourire et de regarder l'avenir avec son regard pur et bleu.

Et lui, le démiurge écrivain, se fit la promesse de la sortir de là. Oui, loin de cette enfance. Il se fit le serment de l'installer dans la ferme de ses rêves… Cette ferme, il l'appellerait la ferme de Bouqueval.

19

Cette fois-ci, lorsque le portail de l'hôtel s'ouvrit sur son passage, il n'y eut ni huissier pour lui ouvrir la porte ni majordome pour l'accueillir. La cour baignait dans un clair-obscur de crépuscule, figée dans un parfait silence. Des lampes-tempête avaient été disposées sur le perron. Puis, dès l'antichambre, deux rangées de photophores dorés jonchaient de part et d'autre le sol à intervalles réguliers.

Eugène s'engagea dans le chemin de lumière qui l'invitait à emprunter l'escalier et à poursuivre sa montée à l'étage, guidant ses pas jusqu'à une porte armoriée. Il poussa les deux larges battants entrouverts et découvrit la grande salle à manger splendidement apprêtée pour eux seuls.

Olympe l'y attendait, plus sublime que jamais.

Dès le début, elle exécuta point par point la stratégie qu'elle s'était fixée. Surtout ne jamais céder à la nostalgie. Elle s'employa à merveille à distiller un climat de complicité, à entourer Eugène d'un halo rassurant, d'une toile d'araignée moelleuse et confortable dans laquelle elle espérait le retenir. Elle développa superbement ses talents d'actrice, mimant avec maestria un aristocratique détachement, levant son verre dans un large sourire :

— Aux amours éphémères… et à l'éternelle amitié.

Le mot « amitié » agit comme un sésame sur les confidences d'Eugène. Elle n'eut même pas à demander, le jeune homme se livra naturellement tant il mourait d'envie de se confier, de partager sa félicité nouvelle. Il avoua à Olympe avoir repris la rédaction d'un roman-feuilleton. Cela lui arracha un sourire malicieux, un brin admiratif.

— Tu es décidément indomptable !

Rassuré, il lui raconta alors son épopée dans les faubourgs. Il décrivit son déguisement. Sa veste d'ouvrier peintre tachée, son pantalon en toile épaisse, ses godillots crottés, sa casquette de marlou… Et même la composition de son parfum : du marc de bourgogne !

Olympe riait à gorge déployée.

— Mais c'est carnaval !

Eugène rit aussi. Il évoqua son périple dans le dédale des ruelles sales, la rixe entre la Goualeuse et le Chourineur devant le tapis-franc…

— Goualeuse ? Chourineur ? Quels drôles de noms…

Eugène lui parla alors de l'argot des faubourgs.

— Rien à voir avec l'accent chantant de notre Faubourg, ma comtesse !

Il se mit à lui débiter des phrases en imitant le parler guttural et caverneux des indigènes du quartier de la Cité. Olympe était au spectacle. Elle en pleurait de rire : lui, dans ce milieu, elle eût aimé voir ça, c'est si cocasse !

Il lui décrivit ensuite son entrée dans la taverne, le choc, les personnages.

— Puissant comme du Bruegel ou du Bosch.

Soudain, elle frissonna.

— Mais c'est dangereux, dis-moi ?

— Oui, un véritable coupe-gorge, un repaire de brigands et de repris de justice. Quand je suis entré dans le tapis-franc – pardon, le cabaret borgne –, je n'en menais pas large. Mais c'était aussi tellement excitant ! Cette atmosphère de crime et de péché comme un cadre naturel. J'ai eu l'impression d'être jeté dans une peuplade sauvage sans foi ni loi au bout du monde alors qu'elle se trouve ici, parmi nous… Le royaume des ténèbres au cœur de la Ville lumière !

— Tu es un héros de roman ! dit-elle en l'enlaçant et en l'embrassant.

Puis elle le repoussa violemment.

— Tu t'es lavé, au moins ?

— Plutôt deux fois qu'une !

Eugène en arriva à sa rencontre avec Fleur-de-Marie, à leur collision dans la rue aux Fèves.

— Un ange dans les faubourgs ! dit-il.

Olympe rit, soulagée. Ce n'était donc que ça ! Une fille des faubourgs ? Une vulgaire grisette, quoi ! Elle eut une furieuse envie de s'esclaffer, de lui demander si elle faisait bien l'amour au moins, mais un sixième sens la retint. Car le ton d'Eugène s'était métamorphosé. Son cynisme avait fait place à une manière d'exaltation, dans sa façon de décrire sa Fleur-de-Marie, qui troubla Olympe.

— Fleur-de-Marie, c'est joli comme prénom pour une héroïne…

Olympe détesta l'air fleur bleue avec lequel Eugène avait dit cela.

— Alors… tu es amoureux ?

Cela lui était sorti malgré elle. Eugène sourit.

— Amoureux ? Non, non… C'est plutôt un sentiment étrange… envoûtant, entre réalité et fiction.

Il marqua une pause.

— Difficile à dire… C'est assez impalpable… Je n'ai jamais éprouvé cela !

Cette dernière phrase transperça Olympe. Aucune rivale n'aime entendre ces mots. Elle aurait voulu crier le ridicule de la situation : « On patauge en plein roman-feuilleton, là, dans la sensiblerie à deux sous ! Le prince et la grisette, c'est d'un pathétique ! Le pathos de bas étage du roman-feuilleton te monte à la tête ! »

Pourtant, son visage ne trahit aucune émotion, juste des signes d'assentiment complices. Et bien que ce fût un supplice, elle continua d'adopter cette posture, en écoutant Eugène lui parler de cette grisette. Malgré tout, elle mourait d'envie de savoir s'il lui avait fait l'amour, mais sans avoir à lui demander. Par circonlocutions, elle obtint sa réponse : même pas !

Une voix hurla en elle : « Il passe la chercher à son travail, ils discutent ensemble sur un banc face à la Seine… Et na na na et na na na… Et rien ! Au secours, il est devenu complètement hébété, abruti de romance, mon dandy maléfique ! »

Trop, c'était trop ! Olympe, lassée, leva son verre pour abréger cette bluette insipide. Elle en avait assez entendu.

— Allez ! Assez parlé boutique ! Vous semblez oublier, mon bel ami, que cette nuit est *notre* nuit…

— Vous avez entièrement raison, répondit Eugène en lui ouvrant les bras.

Les deux amants s'enlacèrent et s'embrassèrent, prélude à une longue nuit fauve.

Jamais Olympe n'avait ressenti pareil vertige, un tel embrasement des sens. À tel point qu'elle ne pouvait croire qu'un feu pareil pût s'éteindre. Ce qui avait précédé n'était qu'un mauvais rêve, assurément... Lorsque le premier rayon du soleil caressa son visage encore étourdi de plaisir, sans même se retourner, elle tendit le bras de l'autre côté du lit. Mais, au lieu d'atteindre le corps encore brûlant de son amant, comme elle le pensait, sa main entra en contact avec la froide et insensible surface d'une feuille de papier.

Quel embrasement ! Un feu inoubliable.
Olympe, tu portes divinement ton nom...
À notre inextinguible amitié,
E.

De rage froide, Olympe froissa le mot. Le lança en direction de la cheminée. Il termina sa course sur les braises encore fumantes de la nuit. Et lentement, sous son regard triste, il se consuma.

Au matin, Eugène avait une nouvelle fois libéré son cocher, qui avait passé la nuit dans la cour de l'hôtel de Castignan. Il préférait rentrer chez lui à pied, la canne alerte, voulant profiter pleinement de Paris qui s'éveillait sous ses yeux.

Alors qu'il remontait le boulevard Saint-Germain, il se sentit porté par une force qui le poussait à clamer son amour à tous ceux qui croisaient son chemin : le maraîcher qui installait son étal, le boucher qui taillait dans le vif sa viande dans son échoppe et même l'homme au costume strict et à la mine vert-de-gris – certainement un huissier, celui-là ! – qui allait accomplir ses basses œuvres au lever du jour.

Bien sûr, il y avait eu cette nuit étourdissante dont il sentait encore les bienfaisants frissons lui parcourir l'épiderme ; bien sûr, il y avait eu le bonheur d'avoir su préserver l'amitié d'Olympe, cette femme exceptionnelle, admirable, adorable, sublime, étincelante, incandescente (il aurait pu lui consacrer une feuilleton entier de superlatifs), dont il conservait encore le suave parfum sur lui...

Mais ce qu'il éprouvait ce matin-là en traversant Paris, le cœur léger, c'était une forme d'allégresse inédite. Pour la première fois, il se sentait parfaitement, entièrement, définitivement libre.

En franchissant le pont, il lui sembla qu'il pouvait enfin larguer les amarres avec le Faubourg. Sereinement. Sans regrets ni amertume. Se sentant désormais dégagé d'un maléfice. Un maléfice délicieux qui l'avait tenu enchaîné au noble et magnifique Faubourg par la force du fantasme. Cette histoire serait à jamais une parenthèse enchantée. Et il était heureux et soulagé de pouvoir la fermer de la plus élégante des manières. Il avait rendu son manuscrit de *Latréaumont* et gardait l'affection de la déesse du Faubourg, Olympe.

Au moment même où Eugène posa le pied sur le pont, le soleil se leva à l'horizon, allumant la Seine de mille miroitements. Hypnotisé, le jeune homme s'arrêta en son milieu et resta là, accoudé à la balustrade, lançant crânement son regard comme un défi au soleil, se laissant aveugler par son éclat pur de diamant.

C'est alors qu'il l'aperçut, surgissant soudain de son éblouissement. Si loin et pourtant si proche. Le petit banc sur la berge face à l'île de la Cité. Le petit banc au mur jaune.

Leur petit banc.

Neuvième partie

Le bal des indignés

20

Quelque peu différé à cause des atermoiements de Letord, le premier épisode des *Mystères de Paris* sortit enfin dans les *Débats*. Sans aucune publicité.

Comme beaucoup de feuilletons à cette époque, il aurait pu passer totalement inaperçu, vivre son train-train quotidien. Mais une conspiration des mauvaises volontés en décida autrement. Ce furent d'abord les membres du clergé qui s'égosillèrent. Que d'abjections ! Quel tissu de vulgarité, d'infamie, de monstruosité ! Pourquoi déverser de telles immondices au public ? Était-ce ainsi que l'on éduquait le peuple ? Et d'entonner de nouveau le refrain de la défense de celui-ci. Décidément, ce Sue allait trop loin. Ses corsaires cyniques étaient dangereux, mais au moins ils possédaient un certain charisme et savaient séduire, sous des tropiques vénéneux mais enchanteurs ! Là, rien de tel, et c'en est trop. Trop de noirceur, trop de saletés ! Et puis, quelle caricature ! Quelle image donnait-on des pauvres, des démunis ? Devait-on les présenter comme des bêtes ? Le clergé lança donc le grand bal des indignés. C'était à qui crierait le plus fort.

Les politiques prirent aussi part à cette conjuration. Pour une fois, ils tombèrent d'accord, tous bords confondus. D'un côté, les conservateurs trouvaient cette description des milieux populaires immorale et indigne pour l'édification de la jeunesse et pour le reste de la population. De l'autre, les libéraux s'offusquèrent que l'on parlât du peuple en des termes aussi méprisants. Le parti du juste milieu sortit lui aussi de sa réserve pour condamner la description du bas peuple, qui ne méritait pas d'être présenté comme une horde de sauvages ou pire, de bêtes !

Heureusement qu'Eugène n'attendait pas de solidarité de la part des feuilletonistes. Car il n'y en eut vraiment aucune. Milieu peu enclin naturellement à la confraternité, les places étant rares, la chute d'un des leurs était toujours une bonne nouvelle. Cette disgrâce, c'était toujours un concurrent qui s'éloignait. Un crocodile de moins dans le marigot. Et quel crocodile ! Et puis, Eugène avait vraiment perdu la main !

— Il en est réduit à faire les poubelles, entendait-on aux Feuilletonistes.

Les Mystères de Paris venaient à peine de voir le jour, que tous s'empressaient de les enterrer.

— Franchement, qui peut avoir envie de lire *ça* ?

Les mauvaises critiques amusèrent Eugène. C'était surtout leur virulence qui lui plaisait : elle le flattait. Il lut dans cette unanimité une forme d'encouragement. Le soir, il fêta l'événement avec à son ami Ernest au Café de Paris.

— C'est d'un drôle ! Observer les deux camps opposés qui rivalisent dans un concours d'indignation, c'est génial ! Je les vois s'étrangler. Eh bien, figure-toi que tout cela me stimule ! Cela prouve que je suis vivant. Lorsqu'on t'embaume, c'est pour mieux t'enterrer, mon Ernest. Et cette unanimité contre moi, c'est la preuve que je suis certainement dans le vrai !

Eugène était hilare.

— Ah, ils ne veulent pas voir *ça* ? Eh bien, je vais leur en montrer encore plus, moi !

Et au beau milieu de la brasserie, il leva son verre vers le lustre étincelant, lançant en défi au brouhaha un tonitruant :

— Longue vie aux *Mystères* !

Et toute la brasserie, dans un joli quiproquo, porta un toast à l'unisson en répondant à Eugène :

— Joyeux anniversaire !

Il se tourna vers Ernest.

— Tu vois, ils aiment déjà, lui lança-t-il avec un clin d'œil.

Ils étaient assis sur leur banc – le petit banc au mur jaune, comme ils l'appelaient désormais –, regardant la Seine couler à leurs pieds. Alors qu'ils échangeaient des paroles d'une délicieuse banalité et partageaient le repas qu'avait confectionné Fleur-de-Marie, deux pigeons vinrent se poser devant eux, à quelques mètres du banc, sur le bord du parapet.

Les deux volatiles, qui s'ignoraient superbement, tête haute en sens opposé, se rapprochaient pourtant imperceptiblement l'un de l'autre. Le mâle, à ce qui semblait, cherchait à s'avancer. La femelle ne répondit par aucun signe à ce manège, mais regarda son nouvel ami sans étonnement, avec une fixité inattentive, jugée sans doute plus troublante et seule utile, du moment que le mâle avait fait les premiers pas, se mettant à lisser ses plumes.

Une parade nuptiale !

À mesure que la chorégraphie se précisait entre les deux oiseaux, la gêne devenait de plus en plus palpable chez les deux jeunes gens. Eugène se mit à bégayer ses phrases. Il n'osait croiser le regard de Marie, dont le visage s'empourprait. Maintenant, les deux silhouettes des oiseaux se découpaient sur les irisations du fleuve. Ils se distribuaient de petits coups de bec furtifs dans un crescendo de roucoulements. Le comble de la gêne fut atteint lorsque le couple de volatiles décida de mettre fin aux préliminaires et s'accoupla avec force battements d'ailes.

— C'est très bon, remarqua Eugène, la bouche pleine, espérant faire diversion et s'apercevant mais un peu tard que sa phrase pouvait être mal interprétée.

Il en rougit.

Par bonheur, l'acte fut rapide – comme c'est le cas paraît-il chez ces oiseaux – et libéra nos deux héros du ridicule de la situation.

Décidément, le réel se révélait encore plus pervers que la fiction. Lui romancier, bien qu'il ne s'épargnât jamais aucun ridicule dans l'écriture pour atteindre l'effet souhaité, n'aurait jamais, au grand jamais, osé livrer à ses lecteurs un tableau aussi grotesque !

Un autre jour, où les pigeons les laissèrent tranquilles.

— Vous êtes bizarre, s'amusa Fleur-de-Marie.

Eugène grimaça.

— Bizarre ? Qu'entendez-vous par là ?

— Oh, ce n'est pas un reproche ! Vous êtes… différent des autres… voilà tout… Je l'ai tout de suite senti.

Différent, Eugène savait pertinemment qu'il l'était ! C'était bien ce qui le gênait vis-à-vis d'elle. À ce moment-là, il sentit qu'un piège s'était refermé sur lui. Il se trouvait pris en tenaille entre deux sentiments contradictoires. D'un côté, il aurait souhaité voir durer cette relation, comme une bulle de fiction. Une bulle de légèreté. Il était Rodolphe et pouvait continuer de côtoyer son personnage de roman. Mais dans le même temps, son déguisement de peintre commençait à le gêner. À le gratter. Pas physiquement à présent, mais moralement. Il le portait comme une imposture. Lui jouait, mais elle ignorait qu'il jouait. Alors perçait la mauvaise conscience. Comment en sortir ?

Il lui aurait fallu révéler à Fleur-de-Marie sa véritable identité. Mais sans cesse il reportait cet instant, craignant qu'il ne vienne tout gâcher, rompre le charme discret de leur relation. Et plus les jours passaient, plus la révélation devenait difficile et le sentiment de duperie aigu.

Pourtant, Eugène sentait que le temps de se livrer était venu. Alors qu'ils s'en retournaient tous deux vers l'atelier, il se décida à sauter le pas. Un long silence s'étira entre eux. À quelques mètres du passage Choiseul, Eugène ferma les yeux et se lança :

— Je voulais vous dire…

Mais au même moment, la jeune femme proféra la même phrase que lui. Comme en écho. Elle-même avait fermé les yeux car elle s'apprêtait aussi à lui révéler quelque chose. Surpris, tous deux se regardèrent et échangèrent un petit rire gêné.

— À vous l'honneur, lui dit Eugène, soulagé à l'idée de pouvoir différer sa propre révélation.

— Voilà, dit Marie en rosissant, sans oser lever le regard vers Eugène. Je voulais savoir si vous aviez prévu quelque chose pour samedi soir.

Une vingtaine d'invitations l'attendaient sur son buffet dans l'entrée de son appartement, de toutes les couleurs, mais il répondit :

— Non. Rien.

Fleur-de-Marie poursuivit sans reprendre son souffle :

— Il y a le bal de la Saint-Jean, au Cheval Noir… Et je me disais… Comme nous y allons, une amie et moi… Enfin, je voulais savoir… si… si vous vouliez bien… Je serais ravie si…

Fiévreux, ses yeux croisèrent ceux d'Eugène.

— Oui, avec grand plaisir, répondit-il.

La jeune femme émit un soupir de soulagement et éclata de rire.

— C'est vrai ? On fêtera mon anniversaire.

— Ah, magnifique…

Ils étaient arrivés à la porte de l'atelier.

— Et vous ? Qu'aviez-vous à me dire ?

— Oh, rien… rien d'important…

— À samedi alors.

— Oui, à samedi.

Fleur-de-Marie courut vers l'atelier pendant qu'Eugène retrouvait son carrosse, de l'autre côté du pont. Soulagé. Samedi soir, ce serait parfait, il aurait tout son temps pour lui dire calmement.

Ce soir-là, Marie se hâta de quitter l'atelier. Le bal avait lieu le lendemain. Elle tenait dans ses bras la robe qu'elle s'était confectionnée spécialement pour l'occasion. Il lui restait à la reprendre pour l'ajuster à sa taille. Une robe à festons, avec de petites fleurs bleues et or. Elle était impatiente de savoir si elle lui irait. La jeune femme jeta un regard inquiet au ciel qui s'était soudain assombri. Elle accéléra la cadence car elle venait de sentir quelques gouttes.

Dans sa précipitation, elle n'avait pas prêté attention à un carrosse noir tiré par deux chevaux luisants comme de l'ébène qui la suivait depuis sa sortie du passage Choiseul. Alors qu'elle s'engageait dans la rue des Petites-Écuries, la pluie commença à tomber. Elle manqua glisser sur le pavé en se pressant. Le carrosse arrivait maintenant à sa hauteur. Une voix féminine sortie de l'obscurité de l'habitacle lui demanda :

— Souhaitez-vous venir à l'abri, mademoiselle ?

— Oh ! Merci, ça va bien.

Marie s'efforça de sourire, légèrement essoufflée par sa course. C'était drôle, cette manie qu'on avait de vouloir l'aider, ces temps-ci, pensa-t-elle.

— Allez ! Montez donc, vous allez être trempée.

— C'est très aimable, mais me voilà presque arrivée.

— Comme vous voudrez... Je souhaitais m'entretenir avec vous au sujet d'un certain Rodolphe...

Fleur-de-Marie s'arrêta net.

— Rodolphe ? Mais...

Elle rougit.

— Mais... pourquoi ? À quel propos ?

La jeune femme fut aussitôt saisie d'une bouffée d'angoisse.

— Il s'est passé quelque chose ?

La passagère du carrosse demeurait désespérément muette.

— Répondez-moi... Il lui est arrivé quelque chose ?

Maintenant, c'était elle qui courait après la voiture.

— Que se passe-t-il ? Je ne comprends pas...

Pour seule réponse, la porte s'ouvrit. Fleur-de-Marie, en proie à la panique, monta à bord du carrosse. L'équipage noir l'emporta au loin, alors que l'orage éclatait dans le ciel chargé des pires menaces.

La robe à fleurs bleues et or était restée sur le pavé, bientôt souillée par la boue.

— QUE LUI EST-IL ARRIVÉ ?

— Rien. Calmez-vous, chère enfant.

— Rien ?

— Il ne lui est rien arrivé.

— Mais alors ? Pourquoi ?…

— Tout simplement parce que Rodolphe n'existe pas !

Fleur-de-Marie crut devenir folle.

— Que me racontez-vous ? Vous vous moquez de moi ? Laissez-moi descendre ! Et d'abord, où m'emmenez-vous ? Et ma robe, où est-elle ?

Elle tapa contre la vitre.

— Laissez-moi descendre. Ma robe !

— Chuuut… Calmez-vous, vous dis-je. Écoutez-moi plutôt ! Vous êtes bien Marie ? Ou Fleur-de-Marie, c'est ça ? Vous travaillez bien passage Choiseul ?

Marie acquiesça, fixant avec crainte les yeux de jais dans l'obscurité de la cabine. La voix s'efforça d'adopter un ton apaisant, presque maternel.

— Ma chère, je ne veux que votre bien. Croyez-moi : Rodolphe n'existe pas.

Le cœur de Marie s'emballa.

— Qu'est-ce que cela veut dire ?

— C'est hélas très simple. Rodolphe s'appelle en réalité Eugène. Vous pensez qu'il est ouvrier peintre ? C'est cela ?

Marie fit un signe affirmatif de la tête.

— Eh bien, détrompez-vous. Il n'en est rien. C'est un fils de bonne famille.

— Je ne vous crois pas !

— Et d'une famille très fortunée, qui se fait passer auprès de vous pour un homme de votre condition.

Marie se boucha les oreilles.

— Arrêtez… Mais pourquoi ferait-il cela ? Pourquoi ?

— Vous êtes touchante de naïveté, mon enfant... La vérité, c'est qu'il vous a bien trompée. Pourquoi ? Qui sait pourquoi les hommes se comportent mal avec les femmes ? Peut-être parce qu'il adore se travestir, et spécialement se jouer de la crédulité des personnes du sexe faible. Et puis aussi parce qu'il se sert de vous pour écrire son feuilleton. Oui, il écrit un roman-feuilleton sur vous et les vôtres... Tout cela pour honorer un pari, parce que, avec ses amis...

Marie eut un mouvement de recul. Elle se raidit, le regard absent.

— C'est impossible. Je ne vous crois pas.

La femme posa une main bienveillante sur son genou.

— Je comprends... Pour vous convaincre, peut-être devrais-je vous en administrer la preuve.

Elle frappa avec une clef sur la paroi et, s'adressant au cocher :

— Chez M. Eugène, vite !

La calèche stationna sur les quais. Olympe montra du doigt le trottoir d'en face.

— Vous voyez la porte cochère. C'est là qu'il habite, votre soi-disant Rodolphe. Pas mal pour un ouvrier peintre !

Marie mit son visage à la fenêtre. Quelques instants plus tard, qui lui semblèrent une éternité, un coupé rutilant se gara devant l'entrée de l'immeuble. Eugène en sortit, plus flamboyant que jamais.

— Tenez, quand on parle du loup...

Lorsqu'il passa à proximité du carrosse, Marie l'aperçut. Elle pâlit.

— C'est bien lui, n'est-ce pas ?

Marie n'eut pas besoin de répondre. La femme posa sa main gantée sur son épaule tremblante.

— Je suis sincèrement désolée...

Marie tourna son regard vide vers l'inconnue.

— Pourquoi ? Pourquoi ? Comment avez-vous... ?

— Comment je l'ai su ? Mais, ma pauvre petite, tout Paris le sait déjà !

Eugène accueillit Ernest qui arrivait vers lui. Les deux amis s'embrassèrent avant de pénétrer dans l'immeuble, bras dessus bras dessous, en riant. La porte cochère les avala. Lorsque celle-ci claqua, la femme se retourna vers Marie.

— Vous voyez, je ne vous ai pas menti !

Marie ne répondit pas. Elle était alanguie sur la banquette.

— Marie ?

La femme la secoua, lui donna de petites claques sur les joues. Mais Fleur-de-Marie restait sans réaction. Soudain, sa ravisseuse fut saisie de panique. Elle posa son oreille sur la poitrine de la jeune femme pour écouter son cœur et tonna à l'adresse du cocher :

— Vite ! Vite ! À l'hôtel de Castignan !

Une fois franchi le seuil de l'appartement, Eugène fixa son ami.

— Mon cher Ernest, je t'ai demandé de venir car j'ai besoin de tes précieux conseils...

Un large sourire illumina le visage poupin. Les yeux brillèrent derrière les besicles.

— Ah ?

— Figure-toi que je me rends à un bal et ton avis m'est absolument nécessaire.

Ernest ne put cacher sa surprise.

— Tu te moques de moi ?

— Non, pourquoi ? Je ne sais pas comment m'habiller.

Ernest s'étrangla.

— Te donner un avis vestimentaire en plus ? Si, si, tu te moques de moi ! Imagine-toi que je te demande tes vues sur la médecine ou sur un placement financier de père de famille ! Toi qui ironises tout le temps sur mes tenues de hobereau de province égaré dans Paris.

— Je suis le plus sérieux du monde. Ce n'est pas pour me rendre à un bal du Jockey Club ni de l'Interallié, et encore moins chez Mme de Castries ! Non, c'est pour un bal de barrière, au Cheval Noir, dans les faubourgs. Je suis invité par l'ange de mon feuilleton. Et, pour la première fois, je suis désemparé, je ne sais comment m'habiller…

— Toi ? C'est un comble !

— Je voudrais être élégant, lui faire honneur, mais sans clinquant, sans arrogance. Tu comprends ? N'oublie pas que, pour elle, je ne suis qu'un simple ouvrier.

— Et tu penses le lui cacher longtemps ?

— Justement ! Je voudrais lui parler demain soir. Je désire mettre un terme à ce double jeu. Jusqu'à présent, je ne suis pas parvenu à trouver le bon moment.

— Il serait temps !

— Oui, Ernest, je sais… Mais comment va-t-elle accueillir cette nouvelle ? Ne va-t-elle pas prendre peur ? Je vais me révéler comme un imposteur. Sa confiance en moi sera-t-elle perdue ? Qu'en penses-tu ?

Ernest grimaça.

— Je ne sais pas. En effet, c'est le risque…. Mais tu *dois* lui parler.

Eugène approuva.

— Tu sais, Ernest, c'est étrange. C'est la première fois que je ressens ça…

— Ah bon ? Quoi donc, mon cher patient ? Laissez-moi deviner… Un rythme cardiaque qui s'accélère ?

— Oui.

— Des bouffées d'euphorie incontrôlées ?

— C'est cela.

— Un élan sanguin dans la cage thoracique ?

— En effet.

— Des envies inopinées de crier ?

— Absolument.

— Une émotivité cutanée… Je traduis : une humeur à fleur de peau ?

— Tout juste, docteur !

Ernest prit la pose, réfléchit, se gratta le menton.

— Hum, hum… je vois… Alors mon diagnostic est formel : vous souffrez d'une forme aiguë et très contagieuse de *morbus amoris*… Pathologie plus connue sous le nom de « maladie d'amour ».

— Et c'est grave, docteur ?

— Oui, ça peut l'être, c'est une maladie qui emporte tout sur son passage. Mais rassure-toi, le plus grave, mon cher Eugène, c'est quand on ne la contracte pas ! Ceux qui n'ont jamais été victimes de cette affection ne savent pas ce qu'est la vie ! Ah ! Moi qui désespérais que tu en sois affecté un jour, me voilà le plus heureux des hommes !

Il lui serra le bras.

— Alors, aide-moi, beau-frère ! Qu'est-ce que je mets ?

Eugène ouvrit en grand sa garde-robe, offrant au regard d'Ernest la multitude chamarrée de vestes, chemises, pantalons, cravates, foulards, redingotes, gants, bottes et chaussures.

D'un geste très sûr, Ernest se dirigea vers ce qu'il y avait de plus terne. Mais Eugène réussit à prendre subrepticement dans le dos de son ami une écharpe à pois.

21

Dans une lumière entre chien et loup, Eugène se fit déposer par Hubert au bout du boulevard Saint-Marcel. Il continua à pied. Le ciel cette nuit-là offrait une palette d'une infinité de gris bordée d'un filet rougeoyant à l'horizon. Ici, contrairement à la Cité, le passage était large. Les nids-de-poule mettaient les bottines du dandy à rude épreuve, mais il n'en avait cure. Tout autre passant qu'Eugène eût été tétanisé à l'idée de s'aventurer dans cette zone à une heure pareille. Le quartier des tanneurs, des mégissiers et des chiffonniers le jour, et des assassins à la nuit tombée. C'était près d'ici, dans la fatale rue Croulebarbe, que le sanguinaire Ulbach avait poignardé sauvagement la bergère d'Ivry, sous un ciel traversé de coups du tonnerre. Un meurtre qui avait servi de base à de nombreux mélodrames. Et combien d'autres crimes anonymes et jamais élucidés avaient été commis là, comme celui, horrible et sanglant, de la barrière de Fontainebleau, où se rendait précisément Eugène ! De quoi partir au galop et faire frémir même le cœur le mieux accroché !

Mais à cet instant précis, dans cette obscurité électrique, le cœur d'Eugène battait pour tout autre chose. Soudain, il perçut de la musique et de l'agitation au loin. Des groupes arrivaient par grappes, en riant. Il distingua quelques lampions disposés le long de la barrière, autour d'une halle en bois. Sur un panneau était inscrit à la peinture délavée « Le Cheval Noir ».

Une foule braillarde et bigarrée convergeait vers l'entrée d'un entrepôt. Eugène se laissa porter par le flot humain, paya son entrée sans attendre la monnaie et suivit le mouvement qui le mena dans un vaste hangar. Une odeur âcre de tabac brun, d'alcool frelaté et de terre mouillée l'enveloppa. La danse battait son plein. L'orchestre, composé de trois musiciens, jouait des airs entraînants auxquels participait un cochon portant un nœud papillon qui passait et mêlait ses cris au son des instruments. Quelques danseurs déjà guillerets s'amusaient à saisir l'animal par les pattes de devant et à danser la pastourelle avec lui.

Dans le clair-obscur de l'endroit, Eugène partit à la recherche de Marie, ballotté par la houle compacte des danseurs qui s'agitaient et des buveurs qui hurlaient. Il en fit plusieurs fois le tour, pensant l'apercevoir sous la lueur d'un quinquet dégoulinant de graisse.

Soudain, il l'aperçut ! Il lui fallu jouer des coudes pour ne pas la perdre de vue. Il s'approcha d'elle, lui posa la main sur son épaule, soulagé. Elle se retourna. Ce n'était pas Marie.

— Qu'est-ce qu'il me veut, lui ?

Eugène continua sa recherche au son des flonflons entêtants et des cris stridents du cochon. Il scruta toutes les femmes. Avec insistance parfois, s'attirant les regards suspicieux de certains de leurs cavaliers qui serraient le poing dans leur poche. L'aube le surprit épuisé et suffoquant. Et alors que les derniers accords de l'orchestre s'évanouissaient et que des rixes éclataient çà et là, parmi les fêtards à l'ivresse désabusée, Eugène dut se résoudre à quitter les lieux. Or, quelques noceurs particulièrement avinés ne l'entendaient pas de cette oreille. Ils s'agglutinèrent autour d'Eugène en cherchant à le provoquer. L'un d'eux l'attrapa par le col, un autre convoitait sa veste ; tiens, tiens, une montre de gousset, c'est de l'or ?

Mais Eugène avait quelque chose de Rodolphe, cette nuit-là. Et, contrairement à ses assaillants, il n'avait pas pris une seule goutte d'alcool. Il se dégagea lestement de ses agresseurs et fit pleuvoir sur eux une grêle de coups de poing bien sentis, envoyant tout ce joli monde au sol. Ils se retrouvèrent les quatre fers en l'air dans la boue et le cochon vint se joindre à leur mêlée. De l'utilité des cours de savate pris chez lord Seymour !

Tandis qu'il retournait à son carrosse, il se posa des foules de questions. L'avait-il manquée ? Non, il avait retourné le moindre centimètre carré de la salle de bal. Alors pourquoi n'était-elle pas venue ?

22

On se souvient que, la veille, Olympe avait ordonné à son cocher de la ramener au plus vite en compagnie de Marie à l'hôtel de Castignan. Elle avait craint pour la santé de la grisette. Sitôt franchies les portes, le majordome l'avait aidée à ranimer la jeune femme. Il avait couru chercher les sels, lui avait passé une serviette humide et fraîche sur le visage. Mais elle ne s'était pas réveillée. Dans un mouvement tremblé, Olympe avait placé un petit miroir tiré de son *vanity case* devant la bouche de la couturière. La surface s'était parée d'un voile très léger, diaphane, inquiétant…

Olympe avait alors envoyé son majordome chercher d'urgence un médecin. Celui-ci était arrivé ventre à terre, visiblement interrompu en plein dîner car il avait conservé sa serviette autour de son cou. En soufflant des relents de bœuf mironton, il avait administré une potion à la jeune femme qui, dans un état de semi-conscience, avait balbutié des mots incompréhensibles. Puis, ses traits s'étaient adoucis et elle s'était endormie, un sourire aux lèvres.

Le médecin était tourné vers Olympe.

— Ne vous inquiétez pas, son pouls reprend.

— Merci, docteur… Sans vous, je ne sais pas…

— A-t-elle subi un choc ?

Olympe avait pris l'air compatissant d'une madone.

— Oh oui, la pauvre ! Un homme sans cœur…

Une fois le médecin parti, Olympe avait déshabillé la jeune femme, jetant sur ce corps blanc et pur un regard où se disputaient la pitié et l'envie. Encore une innocence bafouée ! Elle l'avait placée dans la chambre habituellement dévolue à sa mère lorsque celle-ci venait encore lui rendre visite. Une ancienne chapelle aménagée en chambre de dévote, à la décoration saint-sulpicienne : une fresque sainte au plafond, un prie-Dieu et tout un attirail bigot.

Olympe avait fermé prudemment la porte derrière elle. Un long soupir de soulagement lui avait échappé. Oui, elle avait craint pour la vie de Marie, sa panique n'avait pas été feinte. Elle ne s'était pas attendue à pareille réaction. Que l'on puisse aimer au point de défaillir, de perdre connaissance et peut-être d'en mourir n'était pas concevable pour elle. Ne la surnommait-on pas la Femme sans cœur ? Pourtant, elle-même avait senti le sien battre à cet instant. Un battement douloureux. Pourquoi donc son cœur à elle ne ressentait-il que de la jalousie ?

Le lendemain matin, lorsqu'elle ouvrit les yeux, elle se vit entourée d'angelots qui mêlaient leurs corps grassouillets à la gaze des nuages. Elle aussi était là dans un halo bleuté : Marie pleine de grâce. Fleur-de-Marie ne fut pas surprise, c'était toujours ainsi qu'elle se l'était imaginée. Elle devait être sur un nuage. C'était drôle, il sentait la lavande. Avec soulagement, elle se crut arrivée au paradis.

Soudain, son champ de vision s'élargit, et elle entendit un craquement de parquet qui brisa le charme. Elle tourna la tête et le cauchemar reprit. Elle croisa son regard noir profond. Elle n'avait donc pas rêvé tout cela. Son cœur se remit à galoper…

Marie se redressa brusquement, ressentant un haut-le-cœur, la montée d'un vertige incontrôlable. La tête lui tourna, elle gesticula comme pour se libérer de chaînes invisibles, voulut crier, mais aucun son ne s'échappa de sa bouche. Tous les événements de la veille lui revinrent alors en mémoire. Elle n'était pas au paradis, mais encore bel et bien sur terre, c'est-à-dire en enfer !

Olympe saisit la main de Marie et lui murmura à l'oreille quelques mots qui eurent pour effet de calmer la jeune femme. Le regard gorgé de larmes, tendu vers la fresque divine au plafond, Marie écouta la comtesse, s'accrochant à sa douce main. Olympe lui susurra des paroles salvatrices : elle était une alliée, une amie, elle comprenait sa détresse. Désormais, Marie ne serait plus seule, elle allait prendre soin d'elle, la sauver des dangers de Paris en l'emmenant loin des mirages de cette capitale maudite.

Avant de glisser de nouveau dans le sommeil, Marie eut juste la force d'esquisser un pâle sourire à l'adresse de sa bienfaitrice. De lui glisser, dans un souffle épuisé, un « merci » plein d'une infinie reconnaissance.

DIXIÈME PARTIE

LE PACTE

23

Arrivé dès l'aube, il s'était mêlé aux gens qui travaillaient, la mine fatiguée, le teint pâle, les vêtements chiffonnés… Il s'était posté, un bouquet à la main, face à l'entrée du passage Choiseul, avec la porte de l'atelier en ligne de mire. Très vite, il s'était rendu compte de son ridicule; alors, discrètement, il s'était séparé de sa composition florale, la déposant un peu plus loin sur un banc.

Il patientait depuis plusieurs heures maintenant. Une attente interminable qui au moins lui avait laissé le loisir de réfléchir à la manière dont il allait l'aborder: surtout ne pas la brusquer ni lui demander des comptes pour son absence. Qui sait, peut-être avait-elle pris peur au dernier moment? Lui-même n'était-il pas fébrile avant de se rendre au bal de barrière?

Il finit par s'asseoir, toujours plus nerveux à mesure que le temps passait. Il ne savait pas comment il allait lui apprendre la vérité. Il espérait juste qu'un sourire de sa part lui permettrait de se lancer.

Mais toujours pas de Marie. Peut-être ne l'avait-il pas vue entrer?

À onze heures, Eugène s'avança vers l'atelier. Il poussa la porte et se retrouva aussitôt happé par un escalier qui menait à un sous-sol. Là, dans une obscurité à laquelle il mit du temps à s'habituer, il fut assailli par un bruit mécanique assourdissant et une odeur âcre. Il dut se boucher les narines. Ses yeux le piquaient au point de le faire pleurer. Des jeunes femmes trempaient de grands draps dans d'immenses cuves fumantes, d'autres, plus loin, saisissaient les longues traînes de tissu et les frappaient avec des battes en bois. Eugène s'approcha d'une des ouvrières et dut lui hurler à l'oreille pour se faire entendre.

— Je cherche quelqu'un qui s'appelle Marie... Fleur-de-Marie.

L'ouvrière, de mauvaise grâce, lui fit répéter. Lorsque enfin elle sembla comprendre, son visage se ferma et, sans un mot ni le moindre signe, elle reprit son labeur. Eugène continua son avancée dans l'atelier et se heurta à des refus répétés de la part des autres femmes. Tout à coup, une main lourde de menaces se posa sur son épaule.

— Hé ! Faut pas rester là ! Il y a rien à faire ici, on travaille !

Eugène se retourna et tomba face à un homme aux mensurations de lutteur. Ce devait être le contremaître dont lui avait parlé Fleur-de-Marie

— Ouste !

— Je cherche quelqu'un...

Pour seule réponse, un haussement d'épaules.

— ... qui s'appelle Marie...

— Connais pas ! Il faut déguerpir... Allez !

Le visage du contremaître se fit menaçant. Et Eugène dut la mort dans l'âme se résoudre à partir.

Où pourrait-il la trouver désormais ?

Le carrosse avait quitté Paris et sillonnait maintenant la campagne. Marie, assise à l'arrière, tenait fermement la main d'Olympe. Le front appuyé contre la vitre, elle voyait défiler le paysage d'un regard indifférent. Parti à l'aurore de la capitale, l'équipage venait de quitter Le Mans après une courte halte. On espérait arriver à Laval avant la tombée de la nuit.

— Tu seras bien là-bas, loin de Paris et de la tromperie, ma chère enfant. C'est un lieu trop dangereux pour toi, pauvre fleur fragile, tu sais. Tu vas être heureuse ici. Ne préfères-tu pas la campagne au pavé poisseux de la capitale ?

Marie se laissait bercer par les paroles d'Olympe. Le carrosse longeait maintenant les rives de l'impassible Mayenne. Ici, tout respirait la quiétude provinciale. La jeune femme s'endormit en rêvant de fermes accueillantes, seul antidote à son malheur infini.

À la tombée de la nuit, l'équipage s'arrêta au seuil d'une bâtisse où un couple attendait. Malgré un âge avancé, il prêta main-forte à Olympe pour porter Marie, endormie, dans une chambre sous les combles.

Sa chambre, qu'ils lui avaient préparée.

— Je vous remercie de l'héberger, leur dit Olympe. Vous me direz combien je vous dois.

— Mais rien ! s'empressèrent de répondre les Lavaurs. Elle peut rester ici autant qu'elle le souhaite… Pauvre enfant.

— Elle pourra vous aider aux tâches ménagères. Elle est très soigneuse.

Olympe marqua une pause.

— Mais il est de mon devoir de vous mettre en garde…

Le couple la regarda, inquiet.

— C'est une jeune fille fragile. Comme je vous l'ai dit, elle a été abusée par un homme sans cœur qui se joue des âmes et des corps. Surveillez au plus près ses fréquentations… Et puis, même si elle le demande, ne la laissez pas aller à Paris. Il vaut mieux qu'elle se tienne éloignée du lieu où l'attendent tant de mauvais souvenirs. L'air y est trop vicié pour sa santé physique et morale.

Les Lavaurs approuvèrent d'un hochement de tête synchrone.

— Ah, il faudra également veiller à ce qu'elle ne se trouve pas en contact avec ces romans-feuilletons qui tournent la tête de toute notre jeunesse. Des torchons mal écrits et qui lui donnent de si mauvaises idées.

— Nous serons vigilants.

— Bon, je vous laisse. Donnez-moi de ses nouvelles.

Avant de monter dans sa voiture, Olympe donna l'accolade au couple.

— Que Dieu vous garde.

Puis le véhicule repartit en direction de Paris sous le clair de lune.

À peine Olympe les eut-elle quittés que les Lavaurs grimpèrent à pas feutrés à l'étage sous les toits. Ils entrèrent le plus doucement possible dans la chambre, une bougie à la main. Le vacillement de la flamme anima le visage de Marie, qui semblait sourire dans son sommeil. Le vieux couple resta un long moment à la contempler en silence. Une larme coula sur la joue de la vieille femme. Elle se signa en remerciement au ciel. Oui, *elle* était enfin là. Dans la petite chambre qu'ils avaient aménagée sous les toits. Cette chambre destinée à l'enfant qu'ils n'avaient jamais eu et qu'ils n'espéraient plus.

24

Quelque chose se passa, quelque chose d'encore souterrain. Letord observait de jour en jour un frémissement dans les ventes et les abonnements. Mais il y eut un autre signe : parmi le tombereau de lettres d'insultes, le journal commençait à recevoir quelques messages d'encouragement. À en juger par l'orthographe et la syntaxe, on pouvait être sûr que ce courrier ne provenait pas de l'élite parisienne ou du clergé.

Sur du papier, voire du carton, ces billets à la calligraphie grossière, pleins de ratures et de fautes d'orthographe étaient rédigés dans un style gauche par des mains maladroites. Pas de doute, il émanait des gens du peuple. Ce peuple que précisément Eugène mettait en scène. Et, loin de s'offusquer du portrait qui était fait d'eux, les gens du peuple semblaient au contraire s'y reconnaître !

Cher Monsieur Eugène Sue

Enfin ! C'est la première fois qu'on se reconnaît dans une histoire. Voilà quelqu'un qui a compris qui nous sommes ! Pour une fois, on ne nous balance pas des histoires de princesses, mais des tableaux faits de notre vie de tous les jours !

Monsieur eugène sus,

Les mystères son la vérité meme, ces une istoire qui fai comparendre qui nou some. Veules me répondre pour jeudit 18 aut a la poste restante rue jangaque rousseau

Eugène en tomba de sa chaise ! Il crut d'abord à un canular. Une blague de potache comme lui-même les affectionnait. Mais les lettres se multipliaient et étaient trop belles pour être fausses.

Monsieur, de grâce, ne lessé pas posséder cette maleheureuze enfan par ces mysérables... Mettez la au couvant pour esxpiassion...

Il n'en revenait pas car, pour dire vrai, Eugène ne destinait certainement pas ce feuilleton à ce public. Que d'aucuns surnommaient les illettrés. Non seulement, comme on l'a vu, parce qu'il en ignorait parfaitement l'existence, il y avait peu encore. Mais surtout parce que c'eût été complètement stupide que de vouloir s'adresser à lui, puisque, par définition, il ne savait pas lire !

Non, l'idée originelle d'Eugène – la trame de son « projet narratif » – avait consisté à traiter les gens du peuple comme des barbares d'une terre étrangère, à la manière de Cooper, afin de produire des tableaux forts, des gravures capables d'effrayer le bourgeois. Eugène n'avait jamais écrit avec l'arrière-pensée de s'attirer leurs faveurs. D'ailleurs, si tel avait été le cas, il se serait peut-être ingénié à renvoyer une image plus flatteuse des habitants des faubourgs obscurs. Il avait comme toujours privilégié le sensationnel, le spectaculaire, corsant le syntagme, débauchant les métaphores, bousculant les paradigmes pour produire son effet : satisfaire les envies de frayeurs et d'exotisme de ses lectrices en leur offrant des habitants des bas-fonds la description de sauvages assoiffés de sang.

Et voilà que ceux qu'il traitait allégrement de barbares, de sauvages, voire de bêtes, semblaient se reconnaître, et même en redemander !

Un heureux quiproquo. Un malentendu qu'Eugène lut comme un encouragement à persévérer dans cette voie. En ce sens, le feuilleton commençait à lui échapper. Il était lancé, et plus rien ne pourrait l'arrêter, car à la nécessité d'écrire s'ajoutait désormais l'impérieux besoin de retrouver la trace de Fleur-de-Marie. Finalement, à partir de ce moment, ces deux quêtes n'en faisaient plus qu'une.

Ainsi, tous les jours, Eugène, déguisé en ouvrier, descendait dans les faubourgs à la recherche de Marie. Il guettait son arrivée aux endroits familiers où ils avaient eu l'habitude de se rencontrer. En pure perte.

Il ne voyait à présent qu'une seule solution, dictée par le désespoir : se fier au hasard. N'était-ce pas lui qui les avait fait se croiser ?

Alors, Eugène déambulait, se perdant dans le labyrinthe des ruelles des faubourgs avec pour seul guide la Providence. Il s'étourdissait des heures durant dans les méandres de la pauvreté, s'enivrant de ses senteurs fétides. Mais, seul et sans plan, il ne rencontrait que des portes closes, des murs aveugles et des ombres fuyantes.

Orphée dans les Enfers à la recherche d'une introuvable Eurydice, il sentait qu'il devenait fou.

Assommé d'arpenter seul les venelles à la recherche de Fleur-de-Marie, il se décida enfin à pousser à nouveau la porte du Lapin Blanc. Et là, il le retrouva, attablé devant son broc d'eau d'aff. Eugène s'assit.

— Chourineur, il faut que je te parle.

— Ouaip.

— Autour d'un gueuleton, ça te dit ?

— Suis-moi, je connais un endroit du tonnerre !

Eugène emboîta le pas au Chourineur dans l'entrelacs des ruelles des faubourgs, jusqu'à une taverne tapie sous un porche. Des voix remontaient comme des borborygmes. Ils descendirent et plongèrent dans un nuage de graillon. Au centre de la salle voussurée, une grande marmite postillonnait sur le feu. Partout on parlait fort, on éructait et les pintes de bière se vidaient.

— Raahhhh ! J'ai une faim d'ogre, moi !

— Commande ce que tu veux, Chourineur, tu es mon hôte.

— Ah ! Vrai ? Remarque, j'avais pas de quoi assurer, de toute façon. Je vais prendre un *arlequin*. Huuum, ici c'est de la *balle*…

Eugène n'osa pas poser de questions et, voyant l'enthousiasme du Chourineur qui s'essuyait la bave à la commissure des lèvres du revers de sa manche. Il décida de le suivre.

— Allez ! Deux arlequins alors !

— Oui, et deux *doubles cholettes de tortu* à douze et deux croutons de *lartif* bien tendre !

Quelques instants plus tard, une serveuse au sourire édenté vint leur apporter un broc de vin, deux quignons de pain et les fameux arlequins. Peut-être faudrait-il s'abstenir de décrire le plat pour les palais délicats que nous sommes devenus aujourd'hui. Au moins, l'odeur nous en sera épargnée. Tellement nauséabonde qu'Eugène en détourna la tête, réprimant un violent haut-le-cœur. Il s'abstint de respirer pendant que le Chourineur humait son arlequin, les narines frémissantes de plaisir.

— Quel plat ! Dieu de Dieu, quel plat ! C'est comme un *omnibus* ! Il y en a pour tous les goûts, pour ceux qui font gras et pour ceux qui font maigre, pour ceux qui aiment le sucre et ceux qui aiment le poivre… Et celui-là, il est servi, vingt dieux !

Il passa en revue le contenu de la préparation avec le dos de sa cuiller.

— Ah, zyeute ça, milord ! Des pilons de volaille, des queues de poisson, des os de côtelette, des croûtes de pâté, de la friture, du fromage, des légumes, des têtes de bécasse, du biscuit et de la salade. Et là, je ne sais pas ce que c'est…

Il observa Eugène pétrifié devant son plat, en apnée.

— Mais mange donc, le Rodolphe, c'est du soigné ici. Est-ce que t'as nocé aujourd'hui ?

En fait, Eugène apprendrait plus tard que l'*arlequin* – dont il livrerait la recette dans le feuilleton – était un ramassis de viande, de poisson et de toutes sortes de restes provenant de la desserte de la table des domestiques des grandes maisons. Ces derniers arrondissaient leurs fins de mois en se délestant de leurs restes aux tavernes de la Cité.

Eugène picorait, tâchant de faire abstraction de l'odeur et de l'apparence, pendant que le Chourineur se goinfrait. Il sauçait son plat et guignait jalousement celui d'Eugène.

— Tu n'en veux plus ?

Et le Chourineur de s'emparer aussi sec de son auge, la remplaçant par son plat vide. Ce fut le moment que choisit Eugène pour lui parler.

— Bon, Chourineur, il faut que je te dise une chose…

Le visage du Chourineur se figea. Ses yeux s'injectèrent de sang, sa mâchoire se crispa et ses mains s'accrochèrent à la table à en faire craquer les jointures. Eugène pensa qu'il allait la renverser, sortir de ses gonds.

Il regretta aussitôt de s'être laissé aller aux confidences. Qu'est-ce qui lui avait pris ? Certainement la bonne bouille du Chourineur. Et puis, le prendre comme personnage le lui avait rendu sympathique, forcément. Faut-il rappeler que cet homme avait été ainsi surnommé parce qu'il *chourinait*, à savoir donnait des coups de couteau ? Le rouquin se pencha en avant, le visage cramoisi, suffoquant, et se saisit de son surin. Eugène en resta pétrifié. Fuir, c'était trop tard. Il sentait déjà la lame le transpercer. Mais le Chourineur se l'enfonça dans la bouche et une tête de poisson gicla sur la table. Il respira de nouveau et éclata de rire.

— La coriace ! Elle était bloquée dans mon goulot ! L'arlequin, c'est délicieux, mais ça te réserve des surprises…

Pour ce que lui avait dit Rodolphe, il lui fit remarquer qu'il se doutait bien de quelque chose.

— T'es donc un milord, un vrai ! Ça vaut bien une autre *cholette de jaja*.

Les deux hommes trinquèrent.

— Alors, raconte-moi tout ! demanda le Chourineur.

Ce que fit Eugène. Sa traversée du pont au Change, un soir. Son feuilleton. Et que lui, le Chourineur, en était devenu un personnage.

— C'est trop d'honneur, monseigneur ! Je vas être diablement célèbre alors !

Après la troisième *cholette*, les deux hommes sortirent de la taverne, zigzaguant sous les arcades.

— Merci de m'avoir fait confiance, milord.

Une fois dans une venelle obscure et déserte, alors qu'ils étaient seuls, le Chourineur sortit la lame de son couteau qui jaillit, menaçante, sous le clair de lune. Eugène eut un mouvement de recul. Aurait-il joué la comédie ? Ou bien avait-il le vin mauvais ? Mais d'un geste un peu tremblé, le Chourineur dirigea la lame vers lui. Il se taillada la paume, faisant jaillir quelques gouttes de sang. Il tendit alors le couteau à son compagnon, côté manche.

— À toi le tour, mon prince !

Eugène s'empara du couteau, hésitant.

— Allez ! T'es une mauviette ou quoi ?

Le jeune homme s'exécuta péniblement. Une légère griffure qui fit apparaître une gouttelette dans sa paume. Alors le Chourineur reprit possession de son couteau, le rangea à sa ceinture et saisit la main d'Eugène. Il la pressa contre la sienne, paume contre paume.

— Ça y est, mon prince. Le pacte est scellé !

Sur le sol, quelques gouttes de sang se mêlèrent à la boue.

— Tiens, il y a comme qui dirait du *raisiné* par terre, lâcha le Chourineur.

Les deux compères finirent au Lapin Blanc, devenu leur quartier général. Eugène profita du bruit pour parler au Chourineur de Fleur-de-Marie. Il lui raconta les circonstances de leur rencontre, rue aux Fèves.

— M'est avis que t'en pinces sacrément pour elle, milord, pas vrai ?

Le Chourineur mima un joueur de mandoline mais retrouva instantanément son sérieux en voyant le visage fermé d'Eugène qui lui raconta le rendez-vous manqué au bal de barrière du Cheval Noir et comment, depuis qu'elle avait disparu, il l'avait cherchée, jusqu'à présent en pure perte.

— Je n'ai plus de nouvelles d'elle. Elle n'est pas retournée à son atelier. Personne ne l'a revue. Et personne n'a l'air de s'en inquiéter…

Le Chourineur retira sa casquette, se gratta la tignasse et prit une mine sombre. Son ton se fit solennel. Il dit à Eugène de ne pas se faire d'illusions. Ici, ce n'était pas son Paris chic, c'était le Paname des faubourgs. On ne comptait pas les cadavres sans nom et les disparitions inexpliquées.

— Comment savoir ? Une petite gironde comme ta Rose-de-Marie peut très bien se retrouver à faire le tapin. Avec Bras Rouge par exemple. Loin de moi l'idée de te porter le *tracsir*, mais te chatouille pas de mirages, milord !

Il regarda la cicatrice encore fraîche à sa paume.

— Mais foi de Chourineur, on va tout faire pour te la retrouver, ta Rose-de-Marie… Allons-y.

Il était déjà sorti. Eugène le suivit.

25

Eugène courut après le Chourineur sur le pavé.

— On va d'abord retourner à son atelier, ils auront peut-être des nouvelles, proposa celui-ci. C'est où ?

— J'y suis déjà passé, lui dit Eugène. Ils ne l'ont pas revue depuis samedi. Et le contremaître ne sait rien sur elle.

Le Chourineur fixa Eugène dans les yeux.

— Il sait rien ou il t'a rien dit ?

— Ben…

— Parce qu'il y a une grande nuance, crois-moi, si je peux me permettre, milord. Et on va en avoir le cœur net.

Ils se rendirent donc à l'atelier du passage Choiseul. Eugène voulut y entrer mais son compagnon lui fit signe de s'arrêter.

— Non, non, reste là. Attends-moi ici. Le Chourineur va régler ça à sa façon.

Pas vraiment rassuré, l'écrivain patienta sur le seuil. Il faisait les cent pas quand lui parvint un raffut de tous les diables, suivi de cris de femmes apeurées. La voix menaçante du Chourineur faisait trembler le pavé. Les vociférations des femmes de l'atelier mirent en alerte les passants. Eugène était sur le point d'entrer, craignant que le pire ne se produise.

Mais soudain le Chourineur ressortit tête en avant, comme un buffle, en claquant si fort la porte que la vitre vola en éclats. Il attrapa Eugène par le bras sur son passage.

— Alors ?

— Eh bien, il savait quelque chose, votre contremaître. On sait maintenant où elle crèche, votre Fleur-de-Lys.

— Eh, dis-moi, Chourineur, tu n'as tué personne au moins ?

— Oh là, l'a failli y avoir du raisiné ! C'était moins une… mais il a *moufté* à temps avant que je l'égorge.

Il tendit un papier à Eugène.

— Il m'a écrit l'adresse là-dessus… Qu'est-ce qui est marqué ?

— « 17, rue du Temple »…

— Alors allons-y, milord.

Eugène et le Chourineur arrivèrent au 17, rue du Temple. Un petit immeuble composé d'un rez-de-chaussée et de quatre étages surmontés de mansardes. Au pied d'un escalier sombre et humide, une lueur rougeâtre annonçait la loge du portier. Le Chourineur leva le poing pour taper à la porte. Eugène lui attrapa le bras in extremis.

— Chourineur, cette fois-ci on va essayer à ma façon, si tu veux bien.

— Vos désirs sont des ordres.

Eugène frappa à la loge du dos de l'index.

— Qu'est-ce que c'est ? fit une voix rauque.

La porte s'entrouvrit et un visage de femme fripé et rougeaud apparut dans l'embrasure. La concierge jeta un regard qui louchait sur les deux hommes.

Eugène emprunta sa voix mielleuse pour lui demander si elle connaissait une certaine Marie, dite Fleur-de-Marie. Le strabisme de la vieille portière se teinta d'un air de suspicion.

— Peut-être bien… Mais c'est pour quoi ? aboya-t-elle.

Eugène raconta qu'ils étaient de la famille. Il prit le Chourineur par l'épaule.

— C'est son oncle… et nous sommes à sa recherche.

— Elle est pas là.

Le Chourineur mima la peine en enfouissant son visage sous le bras d'Eugène. Le dandy glissa un billet dans l'interstice de la porte, qui s'ouvrit plus largement. La femme attrapa le billet et soudain s'émut.

— C'est-y pas triste ça, en effet ! Nous l'avons point vue depuis vendredi soir, nous autres. Elle passait toujours en goualant une chouette mélodie.

Elle les engagea à pénétrer dans la loge. Une chaleur moite les saisit d'entrée dans ce bouge meublé d'un bric-à-brac ahurissant. Dans ce taudis, aucun objet n'était constitué d'une seule pièce, tous avaient subi moult opérations de rafistolage : les meubles étaient bricolés dans toutes sortes de bois, le dessus-de-lit semblait un manteau d'Arlequin tant il avait été reprisé et… même le chat présentait une tête rousse et hirsute sur un corps gris au poil ras ! Un homme vêtu d'une veste et d'un pantalon rapiécés et coiffé d'un chapeau tromblon était assis sur un tabouret bancal et ressemelait une paire de bottes dépareillées en sifflant une mélodie sans queue ni tête.

— Il ne faut pas se mettre la rate au court-bouillon, mon bonhomme. Haut les cœurs ! Elle a peut-être trouvé un jules ? Elle avait rendez-vous à un bal de barrière. Elle va nous revenir dans de beaux atours, la Marie. Parce qu'elle le vaut bien, pardi. C'est une si chouette fille… Et si sérieuse avec ça…

La portière fit les présentations.

— Monsieur Pipelet, voici des familiers de Fleur-de-Marie.

L'homme leva les yeux et aussitôt, comme mû par un ressort, se dirigea vers un buffet et en sortit une bouteille.

— On boit un coup !

Le Chourineur acquiesça aussitôt alors qu'Eugène prit à part la gardienne.

— Pourrais-je vous demander une faveur ?

— Mais bien sûr, jeune homme.

— Serait-il possible de visiter la chambre de Fleur-de-Marie ?

La femme hésita. Mais Eugène lui froissa un nouveau billet dans la main.

— Voyons, voyons si c'est possible… J'ai un double des clefs ici.

Eugène et la logeuse laissèrent le Chourineur et M. Pipelet qui avaient déjà entamé la bouteille en devisant.

— C'est au quatrième, porte de droite. Je vous laisse y aller, jeune homme, j'ai à faire ici et mes jambes ne veulent plus me suivre partout… Satanée vieillerie !

Eugène gravit les marches bancales dans la cage d'un escalier qui se faisait de plus en plus étroite à mesure qu'il grimpait. Au quatrième et dernier étage, il découvrit sur sa droite une petite porte. Une fleur y avait été dessinée.

Il reprit son souffle. Il ouvrit et tomba sur une minuscule chambre mansardée qu'il aurait plutôt qualifiée de réduit. On n'y serait pas entré à deux en fermant la porte. Mais tout y était propre, en ordre et soigné. Des gravures étaient disposées aux murs, représentant des paysages de campagne. Au-dessus du matelas à même le sol, l'image d'une ferme modèle. Fleur-de-Marie devait y rêver avant de s'endormir. Au centre, un rosier nain était suspendu à une chaîne. Un trou dans la toiture assurait son arrosage les jours de pluie et le rayon de soleil filtrant à travers la lucarne fêlée lui procurait la chaleur et la lumière nécessaires.

« Une petite serre en quelque sorte », pensa Eugène, admiratif de l'ingéniosité du système mis au point par Marie.

Soudain, un cri dans son dos le fit sursauter.

— QUE FAITES-VOUS LÀ ?

Eugène se retourna et se retrouva face à un bras brandissant un couteau de cuisine.

Onzième partie

À la recherche de Marie

26

Derrière le couteau pointé sur Eugène se tenait une jeune femme en blouse. Son bras menaçant tremblait.

— JE RÉPÈTE : QU'EST-CE QUE VOUS FAITES ICI ?

Nul doute que c'était la peur qui la faisait hurler ainsi. Eugène, dans un réflexe, leva les bras au ciel comme l'eût fait tout personnage dans un de ses romans-feuilletons. Il aurait bien reculé, mais le mur mansardé l'en empêchait. La lame frissonnante s'approcha de lui.

— Euh… ne craignez rien, mademoiselle… je venais juste prendre des nouvelles de Marie… Fleur-de-Marie… La portière m'a laissé son double de clef.

— Vous êtes… Rodolphe ?

Eugène acquiesça d'un signe de tête.

— Mais où est-elle alors ? demanda la femme en brandissant à nouveau le couteau.

— Justement, c'est ce que j'aimerais savoir.

— Comment ça ? Elle n'est pas avec vous ?

— Non. Je vous assure !

Soudain, la jeune femme lâcha le couteau, s'écroula sur le sol et fondit en larmes.

— Que lui est-il arrivé alors ? Où est-elle ? Je ne dors plus. J'ai voulu croire qu'elle était avec vous, mais elle m'aurait avertie…

Elle se présenta : c'était une voisine de palier de Fleur-de-Marie et son amie depuis qu'elles s'étaient rencontrées ici. Un coup de foudre. Comme deux sœurs. Elle s'appelait Jeanne, mais Marie la surnommait Rigolette.

— Parce que d'habitude je ris volontiers, précisa la jeune femme en essuyant ses larmes sur sa blouse.

Elle lui apprit que Fleur-de-Marie se réjouissait d'aller au Cheval Noir. Elles devaient s'y rendre toutes les deux. Elle lui avait parlé de lui, un ouvrier peintre. Et voulait d'ailleurs le lui présenter au bal de barrière. Mais voilà, elle n'était pas rentrée et Jeanne l'avait attendue toute la nuit dans son costume de bal.

— Où peut-elle bien être ? Parfois, j'imagine le pire, se lamenta la jeune femme.

Eugène s'efforça de la rassurer, même si lui aussi imaginait le pire. Il allait partir à la recherche de Marie. Il sortit son carnet et posa des questions à Rigolette concernant Marie. Il devait en savoir plus. Peut-être cela le mènerait-il vers elle.

— A-t-elle de la famille ? Des parents ?

— Non. Elle a été abandonnée enfant avec son frère Gaspard, de deux ans plus âgé qu'elle. Ils ont fréquenté les orphelinats… Ils étaient très soudés.

— Et son frère, où est-il ?

— Il est mort. Il lui en a causé du malheur, ce Gaspard, à Marie. Lorsqu'il est sorti de l'orphelinat, il a commencé à avoir de mauvaises fréquentations. Mais il est tombé sur plus malin que lui et a fini en prison à Melun. Une affaire de fausse monnaie. Fleur-de-Marie allait le visiter tous les jours, qu'il neige ou qu'il vente. Ils se tenaient la main à travers la grille, comme au temps de l'orphelinat. Et il avait juré de se remettre dans le droit chemin.

— Il a tenu sa promesse ?

— Oui, hélas... Mais lorsque l'on sort de prison, marqué au fer de l'opprobre, peu de métiers s'offrent à vous. Un détenu qui s'appelait Gros-Boiteux lui avait parlé d'un ancien forçat de sa connaissance qui n'était pas regardant sur le pedigree de son personnel et employait des libérés dans sa fabrique. Une fabrique de blanc de céruse. Vous savez ce que c'est ?

— Non.

— C'est un bien beau métier. Bien payé. Gaspard revenait voir Fleur-de-Marie tous les dimanches pour une balade sur les bords de Marne, dans des guinguettes. Il lui offrait des cadeaux. Elle le voyait revivre. Il parlait de revenir s'installer à Paris. Avec le pécule qu'il mettait de côté, de monter ce qui était son rêve, une boutique de jouets. Petiot, d'un rien, il faisait un pantin, une trompette ou un carrosse. Des doigts magiques. Mais peu à peu, Gaspard s'est mis à espacer les dimanches. La fatigue du métier, disait-il, mais il allait bientôt arrêter. Alors, au lieu de venir la voir, il lui envoyait des lettres et de l'argent, lui affirmant qu'il s'installerait bientôt à Paris, ou plutôt dans la ferme des rêves de Fleur-de-Marie. Et pendant qu'elle s'occuperait de la ferme, lui fabriquerait ses jouets qu'il irait vendre sur les marchés de la capitale... Mais ce qu'ignorait Marie, c'est que ce bien beau métier de blanc-de-cérusien est meurtrier.

— C'est-à-dire ?

— Eh bien, ceux qui le font, au bout d'un mois ou deux, attrapent ce que l'on appelle la colique de plomb. C'est sans pitié. Sur trois coliqués, il y en a un qui meurt aussitôt. Mais les deux autres ne sont qu'en sursis, et les plus résistants, ou les plus chanceux, si l'on peut dire, tiennent à peine plus de cinq ans.

— C'est horrible ! Pourquoi donc Gaspard avait-il choisi un métier aussi dangereux ? Il le savait ?

— Oui, Marie pense qu'il le savait. Mais il voulait tenir la promesse qu'il avait faite à sa sœur. Et il préférait cet état-là à celui de voleur qu'il avait exercé par besoin, attiré par la roublardise de quelques-uns, qui eux étaient libres. Les premiers temps, il était si heureux ! Les châteaux en Espagne qu'ils se faisaient, petits, allaient devenir réalité. Je suis sûre qu'il pensait pouvoir échapper à la maladie, être plus fort. Ils avaient enduré tellement de choses avec Marie…

— C'est terrible.

— Il lui a épargné la vision de sa déchéance, a travaillé tant que ses forces le lui ont permis. Ainsi, il a laissé à Marie un pécule en quittant ce monde de douleurs. C'est ce qui lui a permis de partir de chez le notaire chez qui elle était servante pour venir travailler à l'atelier et s'établir comme couturière à la tâche. (La voix de la jeune femme se brisa.) Et dire qu'elle commençait de nouveau à être heureuse, à s'en sortir… Où est elle ? Bon Dieu, où est-elle ?

Eugène observa quelques instants de silence, le temps que la jeune femme reprît ses esprits.

— Comment s'appelle ce notaire ?

— Maître Jacques Ferrand. Il a une réputation d'honnête homme, mais il est sans pitié avec les pauvres gens…

Eugène demanda l'adresse de son étude. Il ne fallait négliger aucune piste. Puis il remercia la jeune femme. Lui enjoignit de tenir bon, c'était important. Et si elle recevait la moindre nouvelle de Marie, de lui laisser immédiatement un message au Lapin Blanc.

— Le Lapin Blanc ?

— Oui, c'est un tapis-franc dans la rue aux Fèves, à la Cité, l'ogresse des lieux me transmettra le message.

— Au nom de Rodolphe ?

— Parfaitement.

— Rodolphe comment ?

— Rodolphe Gerolstein.

Au moment de descendre, Eugène entendit un râle à l'étage. Il s'arrêta, comme suspendu en surplomb d'une marche.

— Qu'est-ce que c'est ? demanda-t-il à Rigolette.

— Oh, ça, je n'y prête même plus attention. C'est la vieille Mme Morel. Ils sont à cinq dans cette mansarde. Le père Morel travaille jour et nuit pour un lapidaire. Il taille des pierres à en perdre la vue, mais ils ne s'en sortent pas. Plus honnête, on ne fait pas. Mais ce sont justement les recors de maître Ferrand qui sont après eux. Ils ne les lâchent pas. Si c'est pas triste !

Eugène en prit bonne note.

— Bon, je vous laisse, Rigolette. À bientôt. Et tenez-moi au courant.

La jeune femme entra dans la chambre qui jouxtait celle de Fleur-de-Marie. Une fois qu'elle eut fermé sa porte, Eugène remonta discrètement sur la pointe des pieds en direction de l'endroit d'où provenaient les râles. Il fut tenté de frapper sur ce qui faisait office de porte et de se présenter. Mais il n'était pas Rodolphe ! Enfin pas toujours. Il risquait surtout d'effrayer les Morel. Et puis que leur dirait-il ? De tenir bon ? De regarder l'avenir avec confiance ? Il restait, indécis, sur le seuil lorsqu'il remarqua une lézarde dans le mur. Ce fut plus fort que lui : il y colla son œil.

Ce qu'il entrevit le terrifia. Mais, il faut aussi l'avouer, le fascina totalement. C'était un véritable tableau qu'Eugène avait sous les yeux. Qui avait jamais décrit pareil dénuement dans un roman ? Voilà un défi à relever !

Eugène retrouva le Chourineur et le logeur chantant à tue-tête et trinquant sous le regard sévère de la logeuse, qui touillait la potée dans une grande casserole à même le poêle.

— Les v'là t'y pas comme deux larrons en foire, ces deux-là !

En effet, les deux hommes riaient et échangeaient des blagues autour de la bouteille comme des amis qui se seraient retrouvés après vingt ans. Ou qui ne se seraient jamais quittés.

— Vous restez casser la croûte ? demanda Pipelet.

Le Chourineur approuva en hochant frénétiquement la tête. Eugène coupa court immédiatement.

— Non, non, c'est très gentil, mais nous allons vous laisser ! déclina-t-il.

Il n'avait aucune envie de goûter le plat douteux. Puis, s'adressant au Chourineur :

— Allez, on y va !

Le rouquin obtempéra à regret. Les deux nouveaux larrons s'embrassèrent en se jurant une amitié éternelle. Sur le trottoir, le Chourineur faisait sa tête de chien battu.

— Allez, Chourineur, fais pas *la biffe*, je t'invite à te *taper la cloche* !

Un sourire du Chourineur s'épanouit entre les deux rouflaquettes moussues.

— Dans quelle gargote, monseigneur ?

— La meilleure de Paris : chez *mézigue* !

— Testons-la alors !

Et le Chourineur lui tendit sa paume pour qu'Eugène tape dedans.

— M'est avis que milord commence à baragouiner bougrement bien l'argot, vingt dioux !

27

Lorsque le Chourineur arriva chez Eugène, sa mâchoire lui en tomba net. Il était transporté dans le palais des *Mille et Une Nuits*. Le majordome en gants blancs s'approcha de lui, prêt à saisir son paletot, et lui demanda d'une voix flûtée :

— Puis-je vous débarrasser, cher monsieur ?

Mais le Chourineur eut aussitôt un mouvement de défense. Il recula et haussa les épaules.

— Débarrasse plutôt le plancher, bonhomme !

Le majordome resta stoïque, tandis qu'Eugène riait aux éclats.

— Ce n'est rien. On va se débrouiller.

Le Chourineur avança dans l'appartement, les yeux écarquillés. À chaque pas, il craignait de renverser un bibelot ou d'abîmer un meuble, une statue. Il n'osait pas fouler les luxueux tapis de ses godillots crottés.

— Vas-y donc, avance. Fais comme chez toi.

Eugène fit dresser le couvert pour eux deux. Il reçut le Chourineur comme un prince : sur la table, il avait fait disposer tout ce qu'il y avait de meilleur en provenance de chez Fauchard : truffes, foie gras, caviar, jambon de Parme, cailles farcies…

— Attaque, Chourineur !

Et Eugène lui versa du pauillac dans un verre que son invité avala cul-sec.

Le pauillac aidant, le Chourineur se laissa aller à quelques confidences. Un état des lieux de son enfance. Du Zola avant l'heure, mais sans violons lacrymaux : Eugène écoutait avec intérêt.

— Tu as maudit ton père et ta mère de t'avoir abandonné ? lui demanda-t-il.

— Ça m'aurait fait une belle jambe. Ils m'ont joué une mauvaise farce en me mettant au monde, ces deux-là...

— Comment as-tu fait pour t'en sortir ?

— J'ai bien eu de la misère, mais je n'ai jamais volé. Enfin, une seule fois.

Il s'en souvenait comme si c'était hier. Sa houppette d'un roux incendiaire comme une petite flammèche sur son visage constellé de taches de rousseur dévalait la pente de la rue des Martyrs. Les mains dans les poches de son pantalon troué et tout rapiécé aux fesses, il s'avançait au cœur de la foule dans ses chaussures trop étroites qui lui faisaient terriblement mal aux pieds, le nez aux aguets parmi les étals des marchands. La matinée n'avait pas été fructueuse.

— Faire la manche, pardi, ça rapportait pas tous les jours.

Tendre le bras lui faisait mal. Son ventre vide le lançait comme mille sabres. Son regard caressait les côtes de bœuf bien saignantes, le cochon de lait qui rôtissait sur sa broche, les jambons bien roses, les parts de brie onctueuses qui coulaient... Mais dans sa casquette, pas de pièce aujourd'hui.

— Sans compter que si je ne ramenais rien... C'étaient mes jambons à moi qui trinquaient ! Je me faisais fouetter jusqu'au sang.

D'un coup d'épaule, le gamin avait bousculé une carriole et quelques pommes étaient tombées au sol. Profitant du désordre général, le jeune Chourineur en subtilisa une. Mais l'un des marchands le surprit.

— Hep, toi, gamin ! Tu crois que je n'ai pas vu ton manège ?

Le jeune garçon tourna vers lui un regard innocent. Le marchand s'approcha et l'agrippa par le col de son paletot. Juste au moment où un garde passait à proximité.

— Monsieur le garde, j'ai quelqu'un pour vous ! Un petit gibier de potence. De la graine de vaurien, on dirait.

Le garçon se débattait, rassemblant toutes les forces qu'il lui restait. Ce fut son paletot qui, en craquant, le libéra des griffes du marchand, lequel pointa un index accusateur dans sa direction.

— Le rouquemoute, là !

La houppette, tel un feu follet, s'échappa et se faufila entre les passants de la rue des Martyrs. Il courut, courut et courut encore sans se retourner. Plus il avançait, plus le sol devenait brûlant, comme des braises sous ses plantes de pied. Sa pomme, il la tenait fermement dans sa main. Sa vue se brouilla. Il ne vit pas qu'il avait quitté les faubourgs et qu'il était arrivé dans un quartier cossu de Paris avec des rues pavées, des façades aux grandes fenêtres, des gens nés coiffés.

— Comme ici, quoi, milord !

Au coin d'une rue, il tenta de reprendre son souffle, mais il entendit encore les pas pressés derrière lui. Il lui fallut repartir aussitôt, bien que la tête lui tournât et que le sang lui battît les tempes. Étourdi par les lumières des beaux quartiers, les parfums, les robes qui flottaient, l'odeur du *cold cream,* des cigares… Ivre de toutes ces senteurs de paradis. Puis ce furent ses jambes qui se dérobèrent. Il trébucha et s'étala de tout son long sur la chaussée. Il entendit comme dans un cauchemar les aboiements de ses poursuivants qui approchaient.

— Il est là !

Le jeune garçon eut juste le temps de voir sa pomme lui échapper des mains. Bien rouge et luisante, elle roula sur le trottoir et termina sa course devant la porte cochère d'un immeuble cossu où s'affichait ce jour-là un faire-part de naissance.

Ironie du sort : il annonçait l'arrivée au monde d'un certain Marie-Joseph Sue, fils choyé d'une lignée de médecins, promis lui-même à un destin de grand chirurgien.

— Je n'ai même jamais pu la croquer, cette satanée pomme. Le lendemain, je me suis réveillé dans un internat pour durs à cuire. Que des vauriens. Je t'assure, j'ai plus jamais volé.

Eugène fixa le rouquin.

— Par peur de la prison ?

— Non, même pas. Ils m'auraient nourri au moins, au gnouf. Non, je vole pas juste parce que c'est pas mon idée de voler.

— Tu as de l'honneur, Chourineur.

L'homme des faubourgs fut ému. Il essaya de le cacher sous un rire.

— Tu fais de belles rimes ! Comme dans une chansonnette. C'est vrai que monseigneur est un as de la plume.

— Et après, qu'as-tu fait ?

— On m'a proposé un tas de magouilles de chenapans, tu imagines, milord… Mais, à treize ans, j'ai trouvé un travail d'équarrisseur. En tant qu'apprenti.

— À treize ans ?

— Oui, c'était ça ou croupir au *chenil.*

— Tu es resté longtemps équarrisseur ?

— Je crois bien. D'abord, ça m'écœurait d'égorger ces pauvres vieilles bêtes. J'en vomissais. Mais après, ça a commencé à m'amuser. Et quand j'ai eu dans les environs de seize ans et que ma voix a mué, c'est devenu une passion, une rage, de chouriner.

Soudain, le Chourineur, qui avait saisi deux couteaux, se leva et se plaça face à Eugène, mimant la scène.

— Il fallait me voir à l'ouvrage : à part un vieux pantalon de toile, j'étais tout nu ! Avec mon grand couteau bien aiguisé à la main, j'avais autour de moi, je ne me vante pas, jusqu'à quinze et vingt chevaux qui faisaient la queue pour attendre leur tour. Tonnerre !!! Quand je me mettais à les égorger, je ne sais pas ce qui me prenait... J'étais comme une furie. Les oreilles me bourdonnaient ! Je voyais rouge, tout rouge, et je chourinais... et je chourinais... et je chourinais jusqu'à ce que le couteau me tombe des mains ! Tonnerre, c'était une jouissance, milord...

Au centre de la salle à manger, comme au cœur d'une arène, le Chourineur s'exalta, exécutant sa chorégraphie barbare. Ses bras musculeux fouettaient l'air sous l'emprise d'une puissance destructrice phénoménale, déstructurant les carcasses de bétail dans des geysers de sang. Il était en transe, les yeux exorbités.

Eugène l'observait, effrayé et fasciné.

Soudain, le Chourineur se figea. Comme vidé de ses forces ou quitté par un démon, il relâcha ses bras et les couteaux tombèrent sur le parquet Versailles. Il regarda autour de lui et se mit à trembler. Il chancela vers sa place. Il était pâle.

— Mon Dieu ! Pardonne-moi, milord.

Il s'assit et s'écroula sur la table, enfouissant la tête dans ses bras, le corps secoué de spasmes. Eugène ne savait que faire. Il s'approcha de lui et s'aperçut qu'il pleurait. Le colosse pleurait à chaudes larmes comme le petit rouquin qu'il était redevenu ce soir.

— Pardonne-moi, milord… Oh, mon Dieu, ça ne me quittera donc jamais !

Eugène posa la main sur son épaule.

— Ce n'est rien, Chourineur, pleure, tu as de l'honneur et du cœur.

Eugène lui lut des extraits des *Mystères de Paris* où il apparaissait. Pour la scène de bagarre inaugurale, il éclata de rire.

— Tu t'embarrasses pas, mon prince ! Tu te donnes le beau rôle !

— Ce n'est pas moi, c'est le personnage, chercha à lui expliquer Eugène, sans vraiment réussir à le convaincre.

— J'imagine que t'as un beau coup de savate, élégant et tout le toutim… M'enfin, me faire mordre le pavé comme ça, ça me paraît bien loufoque, pas crédible.

Comme il était tard, Eugène proposa à son hôte sa chambre d'invité. Le Chourineur laissa respectueusement ses godillots ferrés à la porte. Celle-ci étant entrouverte, Eugène l'observa. Le Chourineur, ne voulant pas souiller le tapis, marchait sur la pointe des pieds, comme s'il cherchait à se rendre léger et à concentrer tout le poids de son corps en lui. Lorsqu'il vit le lit à baldaquin, il se figea. Méfiant, il posa la main sur la literie pour en tester le moelleux. Sa main s'enfonça dans le duvet. Il grimaça. L'homme des tavernes ne savait où se mettre. Il tournait en rond, hésitant à se coucher sur le sol.

— Je suis aussi malpropre qu'une bûche de bois flotté, bougonna-t-il, je vas salir le tapis.

Après une cogitation intense, il se livra à une manœuvre dont Eugène ne perça pas immédiatement le sens. Le

Chourineur s'empara d'une chaise avec la plus grande précaution, la renversa d'un air parfaitement satisfait, posa le dossier sur le tapis, visiblement dans l'honnête intention de s'asseoir proprement sur les pieds antérieurs afin de ne rien tacher. Ce qu'il fit avec toutes sortes de ménagements maladroitement délicats.

Hélas, le Chourineur ne semblait pas connaître l'effet de levier et les lois de la pesanteur. La chaise bascula. Dans un mouvement involontaire, le malheureux tendit les bras en avant mais renversa le guéridon chargé d'un vase en porcelaine. Eugène profita de ce bruit formidable pour s'éclipser, pris d'un fou rire.

Ce soir-là, lorsqu'il rédigea son épisode, il lui sembla que la Seine charriait des litres de sang, des carcasses éventrées, mais aussi des chaloupes agitées par des rires.

28

Loin de la fureur de la capitale, Fleur-de-Marie était bercée par la quiétude des bords de la Mayenne. Les Lavaurs la traitaient comme leur fille. Ils s'inquiétaient de la voir rester de longues heures prostrée, le regard fixe, comme si elle attendait la venue de quelqu'un. Ils faisaient parfois quelques promenades dans les fermes environnantes pour la changer d'air. Il semblait que Marie aimait les fleurs et même les animaux. Mais son attention s'évaporait très vite. Elle n'avait pas grand appétit non plus.

« Que faire ? » se demandaient sans cesse les Lavaurs, à la torture.

— Peut-être faudrait-il qu'elle travaille ?

— La pauvre, non ! Tu as vu ses mains, elle a dû suffisamment souffrir. Et puis nous avons quelqu'un qui convient parfaitement.

— Ce n'est pas cela. Ce serait plutôt pour l'occuper. Cela fixera peut-être son esprit sur autre chose. Elle semble tellement ailleurs…

Ils lui donnèrent des tâches ménagères à effectuer, des choses très simples. Ils espéraient que cela allait lui occuper l'esprit, la remettre en prise avec le réel. Mais ce ne lui fut d'aucun secours.

Souvent, ils s'interrogeaient : quel homme avait pu se montrer assez ignoble pour blesser cette pauvre enfant si fragile ? Fallait-il qu'il soit sans cœur, en effet ! Cependant, en leur for intérieur, même si cela les effrayait, ils ne pouvaient totalement le haïr, si odieux qu'il ait été. Car c'était à lui qu'ils devaient la chance d'avoir Marie parmi eux aujourd'hui. Alors ils préféraient ne pas trop en savoir à son propos. Voilà pourquoi ils n'osaient demander à leur petite Marie ce qui lui était advenu, ni même évoquer avec elle des bribes de son passé. Ils craignaient aussi de raviver de trop douloureux souvenirs, d'ouvrir une plaie qui, sentaient-ils, étaient loin d'être cicatrisée.

Et ils voulaient croire qu'ils étaient là pour lui faire oublier le goût du malheur. Alors, jour après jour, patiemment, ils tentaient de faire renaître la joie en elle, à l'affût de la moindre esquisse de sourire sur le visage de Fleur-de-Marie. La plus infime trace de contentement était pour eux un cadeau du ciel.

Le jour s'était levé. Eugène avait pris son petit déjeuner tôt. Le majordome se proposa de porter le sien à l'invité.

— Ah bon, il n'est pas réveillé ? s'étonna Eugène.

Il préféra lui apporter le repas lui-même. Il s'empara du plateau et se dirigea vers la chambre. Il frappa un petit coup à la porte. Pas de réponse. Il tapa un peu plus fort. Toujours rien. Peut-être avait-il le sommeil lourd. Il plaqua son oreille contre le battant. Pas de ronflement. Alors il bascula la poignée et poussa la porte le plus doucement possible. Personne. Pas de trace du Chourineur. Eugène chercha un mot mais reconnut immédiatement son idiotie. Le Chourineur ne savait pas écrire, évidemment ! Comment aurait-il pu laisser un mot ?

Plus tard, il le retrouva au Lapin Blanc, attablé. Seul. Le regard dans le vague. Eugène s'assit face à lui et observa un moment de silence, attendant que le Chourineur dise quelque chose. Mais il possédait une disposition exceptionnelle au silence. Eugène se décida à rompre la glace.

— Pourquoi t'es parti sans rien dire ?

— Ah oui, désolé.

— Quelque chose ne t'a pas plu ?

L'autre restait renfrogné.

— Non, rien. Je ne voulais pas déranger, alors je suis parti.

Le silence s'étira encore. Un silence tout relatif, dans le brouhaha du tapis-franc.

— Tu sais, Chourineur, si c'est pour les couteaux, hier soir, c'est rien…

— Oh, merci, c'est pas ça…

Une expression de gêne traversa le regard du Chourineur, qui baissa les yeux. Eugène chercha à capter son regard fuyant.

— Ben c'est quoi alors ? Dis-moi !

— Eh bien, comment te dire, milord ? C'est que je ne suis pas très à mon l'aise dans ton intérieur. C'est trop délicat pour mézigue. J'ai l'impression que je te briserai et que je te souillerai tout.

Eugène éclata de rire.

— Et alors ? La belle affaire !

— Et puis, poursuivit le Chourineur, tu sais, tes truffes et ton vin, le gauillac…

— Le pauillac.

— C'est sans doute délicieux, mais c'est pas ma came. Ça donne trop dans la finasserie, tu vois ? J'aime autant mon jaja et mon arlequin !

Le Chourineur remplit leurs deux verres d'eau d'aff.

— Tu m'en veux pas, dis ?

— Tu veux rire, Chourineur !

Ils trinquèrent. Et le Chourineur fixa Eugène droit dans les yeux.

— Bon, c'est pas tout ça. Alors, on fait quoi aujourd'hui pour retrouver ta Fleur-de-Lys ?

Douzième partie

Vengeances

29

Un hôtel particulier aux allures de monastère abritait les bureaux de maître Ferrand. Dans cette demeure du XVIIIe siècle qui avait dû être un haut lieu du libertinage régnait aujourd'hui, en ce siècle industrieux, un calme laborieux d'abbaye bénédictine. Les clercs de notaire y étaient comme des moines copistes, gris et disciplinés. Pas un mot plus haut que l'autre dans cette triste officine qui empilait les actes de complies jusqu'à vêpres.

Soudain, un rugissant carrosse rutilant aux chevaux harnachés d'or rua dans la cour ensommeillée. Les portes armoriées au blason « portant d'azur à deux épées en sautoir d'argent, les pointes en bas ; parti de gueules arraché d'or, cantonné de deux croissants & de deux étoiles d'argent ; les croissants en chef & les étoiles en pointe » s'ouvrirent. En jaillit un jeune homme en chapeau haut-de-forme avec une canne scintillant de mille pierres qui fit résonner ses bottines en nubuck pourpre. Qui était donc cette tête couronnée ? L'hôtel particulier se mit à frissonner d'aise. Elle fut aussitôt reçue avec d'obséquieuses et dociles précautions. Elle souhaitait rencontrer maître Ferrand. On lui dit qu'il était en rendez-vous, si elle voulait bien patienter, ce ne serait pas long.

— Quoi ? Patienter, moi ? Jamais ! J'irai donc voir ailleurs pour mon affaire.

Et, dans une fière volte-face, l'homme fit tournoyer son manteau de vison cousu bleu roi. Coup d'éclair chez les clercs. Certains s'empressèrent de le rattraper sur le perron pendant que d'autres prévenaient le notaire, qui à cette heure était en tête à tête avec sa fortune harpagonesque.

Ce fut donc entourée d'une haie de clercs serviles que Sa Majesté Rodolphe de Gerolstein fut présentée à maître Ferrand.

Alors que le personnel était aux petits soins pour Son Altesse, un homme corpulent, avec une casquette sur la crinière et des rouflaquettes rouquines, sortit en catimini par l'autre porte du carrosse. Il s'engouffra dans les sous-sols de l'étude, là où résidait le petit personnel.

Dès qu'Eugène serra la main du notaire, il sentit la duplicité du personnage : strict d'apparence, mais perverti dans l'âme ; servile avec les forts, mais intraitable avec les faibles ; onctueux à l'extérieur mais rigide en son cœur.

Eugène prit ses aises et se présenta : Rodolphe de Gerolstein, dauphin héritier de la branche aînée.

— Que puis-je pour vous complaire, Votre Altesse ? glousse le notaire sous la mèche grasse qui lui barrait la moitié du front.

L'altesse évoqua des projets immobiliers dans la capitale dont elle souhaitait confier la gestion à une personne de confiance ayant bonne réputation. Les yeux maussades du notaire s'allumèrent soudain de lueurs d'or. Il agrippa son bureau et contracta sa mâchoire, en proie à une intense excitation. Eugène laissa entrevoir à grands traits l'ampleur desdits projets. Le notaire dut serrer les dents pour ne pas laisser échapper un râle de plaisir.

— Mais aujourd'hui, je viens pour une affaire de la plus grande importance, dans laquelle j'espère que vous allez pouvoir m'aider, poursuivit Eugène sur le ton de la confidence.

Le notaire se rapprocha de lui en joignant les mains.

— Mais bien sûr. Je vous écoute.

Eugène alluma un cigare et lui souffla la fumée au visage.

— Je viens pour des amis d'une amie, glissa-t-il, qui auraient… comment dire… besoin d'aide.

Maître Ferrand gloussa derechef.

— Je serais très honoré de les aider.

— Je crois que vous êtes tout à fait en mesure de le faire.

Le teint vert-de-gris du notaire, de contentement, prit une légère couleur rose.

— Il s'agit de la famille Moreau. Attendez, non, Morel.

L'homme fronça les sourcils. Par réflexe, il lissa la mèche grasse dégoulinant sur son front.

— Cette famille, m'a-t-on dit, habiterait au 17 de la rue du Temple, continua Eugène, qui perçut parfaitement la surprise et l'embarras soudain du notaire.

Ce dernier mit du reste un certain temps à retrouver ses manières doucereuses.

— Et que puis-je pour vous… pour leur complaire, monseigneur ? grimaça-t-il.

Eugène lui expliqua avoir appris les démêlés de cette famille honnête avec son étude.

— Ce doit être un malentendu. Il doit y avoir moyen de solder cela au plus vite.

Ferrand, obséquieux, fit appeler un clerc et lui demanda d'apporter le dossier Morel.

— Le dossier Morel ? De la rue du Temple ? s'étonna le clerc en regardant Eugène et le notaire.

— Oui, dépêchez-vous ! s'énerva ce dernier.

On lui apporta le dossier.

— Je m'en occupe personnellement. Y a-t-il autre chose ?

— Non, pas pour l'heure. Faites-moi connaître l'issue de cette affaire, demanda Eugène en lui tendant une carte. Je loge à Paris, chez M. Eugène Sue. On juge de la qualité d'une étude à ses « petites affaires » comme de celle d'un grand restaurant à la propreté de ses latrines...

— Mais tout à fait, répondit le notaire, horriblement mal à l'aise, en s'efforçant de sourire.

— À très bientôt donc, dit Eugène en refusant de serrer la main qu'on lui tendait, j'attends de vos nouvelles avec impatience.

Une nuée de clercs courbés comme des laquais accompagnèrent le visiteur jusqu'à son carrosse avec force « à bientôt » et « sire ». Ils lui tinrent complaisamment la portière. Alors que celle-ci se refermait, dans un synchronisme parfait l'autre s'ouvrit et, avec la plus grande discrétion, le Chourineur se glissa dans l'habitacle auprès d'Eugène.

Le coupé quitta la cour de l'étude en mordant le pavé, emportant nos deux compères.

— Quel vautour ! s'exclama Eugène. Mielleux avec les puissants, féroce avec les pauvres !

— Oui, comme tu dis, milord ! Un saint homme pour l'extérieur, un débauché à l'intérieur.

Le Chourineur lui fit part de son enquête dans les caves de l'étude. Il avait rencontré les domestiques et les avait tout de suite mis dans la confidence. Il avait donc appris que Ferrand était intraitable avec eux. Et qu'il abusait de ses servantes. Une forme de droit de cuissage...

— Et pour Fleur-de-Marie ? demanda Eugène, inquiet. Une caméristе lui en avait parlé. Elle avait en effet servi ici, mais dès que le notaire avait commencé à avoir des vues sur elle, elle était partie sans laisser d'adresse. Le notaire était devenu fou de rage. Il avait horreur qu'on lui résiste. Mais même son amie la servante était restée sans nouvelles de Marie.

— Je n'ai hélas pas réussi à en savoir plus, milord.

Le lendemain matin, un pli au sceau de l'étude de maître Ferrand fut livré chez Eugène.

Son Altesse Rodolphe de Gerolstein, aux bons soins de Monsieur Eugène Sue

Comme nous en sommes convenus, nous avons pu examiner le dossier de la famille Morel. En effet, nous avons à déplorer un vice de forme imputable à l'incompétence du clerc en charge de cette affaire qui a été renvoyé sur-le-champ, ce jour.

Après réexamen du dossier, des poursuites non justifiées et des sommes indûment réclamées font ressortir en faveur de la famille Morel un solde de 423 francs et 64 centimes, somme qui leur sera intégralement versée à ce jour à leur domicile par coursier. Par voie de conséquence, toute poursuite ultérieure à leur égard est jugée nulle et non avenue.

Au plaisir de vous revoir prochainement en notre étude.

Avec tout notre honnête dévouement,

Maître Jacques Ferrand

Attablés au Lapin Blanc, Eugène et le Chourineur étaient penchés sur une carte. On aurait dit deux membres de l'état-major d'une armée impériale. Ils préparaient leurs prochaines actions dans la capitale, car il y avait à faire. Tous les jours, au tapis-franc, ils recevaient des doléances.

Soudain, une jeune femme s'avança vers leur table. Le Chourineur, en gentilhomme, lui céda la place.

— La beauté avant l'âge ! dit-il, le visage rougeoyant comme un fourneau.

À la vue de Rigolette, la jolie grisette, la mâchoire du rouquin s'était décrochée, laissant échapper une langue pendante. On eût cru qu'il allait crier comme un loup. Mais il s'était aussitôt repris.

— *Si madame vouloit bien s'octroyer la peine de poser son divin séant en cette auguste chaise*..., déclama-t-il avec une révérence acrobatique.

Il devait certainement penser que ce patois mâtiné de vieux françois avait du chic.

En tout cas, cela fit rire aux éclats Rigolette, qui s'attabla face à Eugène et le dévisagea.

— Qui êtes-vous au juste, Rodolphe ?

— Sait-on jamais qui l'on est ? lui répondit Eugène, énigmatique.

La jeune femme sourit d'un air complice. Elle lui annonça que la famille Morel était sortie d'affaire.

— Ah oui ? feignit-il de s'étonner. C'est une bien bonne nouvelle !

— Oui, ils ont même perçu l'arriéré de tout ce qu'on leur devait, alors que depuis plusieurs années on les harcelait injustement. Étonnant, non ?

— Oui, très étonnant !

— Et cela juste après que je vous en ai parlé.

— Le monde est pétri de coïncidences.

Elle éclata d'un rire chantant. Eugène comprit alors pourquoi Marie l'appelait Rigolette.

— Merci, lui dit-elle avant de quitter la table.

Puis elle revint sur ses pas.

— Continuez de chercher Fleur-de-Marie. J'ai confiance. Quelque chose me dit que vous la retrouverez. Je n'ai pas beaucoup d'instruction, mais j'ai une solide intuition, Eugène… Oh, pardon, Rodolphe.

Bien après son départ, le rire flûté de la jeune femme résonna longtemps dans son sillage ; il se glissa même jusque entre les lignes des livraisons suivantes du feuilletoniste, communiquant sa bonne humeur aux autres personnages et illuminant la vie du malchanceux Germain injustement persécuté.

30

Les Lavaurs ne quittaient pas Fleur-de-Marie des yeux. Ils craignaient pour sa santé mais encore plus pour son avenir. Que deviendrait-elle lorsqu'ils ne seraient plus là ? Et, ils ne le savaient que trop, ce moment n'était pas si lointain. Il convenait de préparer leur petite Marie.

« Préparer », pour eux, signifiait lui offrir le meilleur mariage. Quoi de mieux pour la mettre définitivement à l'abri ? En ancien clerc de notaire, M. Lavaurs savait que Marie devait disposer de tous les attributs du bon parti. Côté positif : Marie était jolie. Elle possédait une grâce naturelle et, de façon très discrète, Mme Lavaurs lui inculquait quelques notions pour savoir bien se comporter en société et tenir une maison. De plus, les Lavaurs lui laisseraient une dot. Ce qui ne nuirait pas. Toutefois, dans les éléments négatifs, quelque chose lui faisait défaut : le vernis de culture qui pourrait lui faire prétendre à un beau mariage. Il lui manquait de l'éducation, car elle n'avait pas pu aller sur les bancs de l'école.

Pour y remédier, elle devait absolument apprendre à lire. Les Lavaurs eux-mêmes n'étaient pas suffisamment cultivés pour lui enseigner les humanités. Il y avait bien un professeur à Laval dont ils avaient entendu parler qui donnait des cours de lecture. Mais voilà, il avait des idées plutôt libérales. Pas vraiment ce qui permettrait d'asseoir les valeurs qu'exigeait un mariage avec l'un ou l'autre des meilleurs partis de la région. La Mayenne n'était pas Paris. Ici, les seules familles de bon rapport étaient conservatrices. Alors, naturellement, ils en vinrent à penser au curé de la paroisse, le père Solignac. De plus leur revint en mémoire l'avertissement d'Olympe, qui les avait mis en garde contre les romans-feuilletons et tout cette culture dépravante. Au moins, avec le père Solignac, pas de risque de contagion de ce côté-là. De plus, il possédait à fond ses humanités. Certains paroissiens d'ailleurs s'en plaignaient, trouvant qu'il fréquentait plus les auteurs grecs et latins que les saintes Écritures.

Les jours passaient et Eugène restait toujours sans nouvelles de Marie. Cependant, de fausses pistes en impasses à la recherche de son héroïne, Eugène visita, guidé par le Chourineur, tous les recoins des entrailles les plus profondes du monde de la pauvreté et du crime. Cela devint aussi la chair des *Mystères de Paris.* Ainsi les lecteurs découvrirent-ils les manigances crochues de la Chouette, le visage brûlé au vitriol du Maître d'École, l'avarice concupiscente du perfide notaire Jacques Ferrand, les coups du sort et les persécutions injustes qui s'abattaient sur la famille Morel… Et bien sûr les péripéties de la douce Fleur-de-Marie, recueillie à la ferme de Bouqueval puis mystérieusement disparue, les coups tordus de l'adolescent délinquant Tortillard. Mais aussi l'énergie rigolarde de la Rigolette, la rédemption de la Louve, les canulars à répétition de Cabrion s'acharnant sur les pauvres Pipelet, les pittoresques portiers d'immeuble de la rue du Temple. Et les aventures de Rodolphe, prince de Gerolstein, qui s'était enfoncé incognito dans les bas-fonds pour y faire justice, secondé de son fidèle Chourineur.

Si Marie restait introuvable, un miracle pourtant se produisit. Le succès ! Même si les bien-pensants continuaient de se pincer le nez, dégoûtés par le style et le sujet portés par Eugène, on se ruait sur ce roman-feuilleton pourtant publié dans une revue peu en vogue.

C'était du jamais vu.

Les Mystères de Paris devinrent un phénomène. Au fil des épisodes, ils captèrent toute l'audience, reléguant les autres feuilletons dans l'ombre. Les concurrents de plume d'Eugène étaient verts de rage. Soudain, on se gaussait moins, aux Feuilletonistes, des infortunes présumées du collègue. Il avait surpris tout le monde.

Les ventes des *Débats* grimpèrent en flèche. La France entière, de tous les milieux – que ce fût l'élite, les bas-fonds ou le juste milieu –, restait suspendue, au gré des livraisons quotidiennes, aux vengeances de Rodolphe et à ce monde nouveau qui s'ouvrait sous ses yeux. Les files d'attente enflèrent dans les cabinets de lecture, qui en profitèrent pour augmenter leurs tarifs horaires et instaurer un système de réservation. Ceux qui ne pouvaient pas acheter le journal le volaient. Même les analphabètes se débrouillaient pour trouver une âme charitable qui leur lût l'épisode du jour.

Dans les hôpitaux, certains malades en vinrent même à attendre la fin des *Mystères de Paris* pour mourir ! Le magique « la suite à demain » leur donnait la force de survivre. D'attendre et d'espérer. Encore et toujours.

Le patron des *Débats*, qui tenait là une manne dont il n'avait même jamais osé rêver, enjoignit à Eugène de poursuivre. Il avait signé pour deux volumes, Letord lui proposa un contrat pour deux autres.

— Mais pas aux mêmes conditions ! s'insurgea l'écrivain.

Eugène n'était pas mécontent de continuer à écrire et d'ajourner l'écriture du mot « Fin », lui préférant évidemment « La suite à demain ». Au delà du plaisir de déployer une histoire et ses personnages, c'était aussi une façon pour lui, comme pour ses lecteurs, d'attendre et d'espérer retrouver Marie. Encore et toujours.

Le triomphe fut tel que la fiction en vient même à éclipser l'actualité. De fait, *Les Mystères de Paris* devinrent l'actualité.

Ce jour-là, un vent de panique souffle au ministère de l'Intérieur. Le ministre est arrivé catastrophé à son bureau le matin. Les membres de son cabinet le regardent, inquiets. Ils l'interrogent :

— Doit-on affronter un remaniement ?

— Pas du tout.

— Y a-t-il une crise gouvernementale ?

Le ministre reste muet.

— Une déclaration de guerre ?

L'homme politique ne pipe mot. Il se contente de hocher négativement de la tête.

— Un nouveau scandale financier ?

Au bord des larmes, il répond par la négative. Il s'effondre dans son fauteuil, se prend la tête entre les mains et soupire, l'air totalement défait :

— La Louve est morte !

Alors, chacun se disperse, la tête basse.

— Ce n'est pas possible.

L'un des conseillers, toutefois, sort furieux, en voulant à son ministre de lui avoir révélé le dénouement de l'épisode du jour des *Mystères de Paris* et, subséquemment, de lui en avoir gâché le plaisir par ce que, outre-Manche, on appelle un *spoiler*.

À Paris, dans les salons, rive droite comme rive gauche, on assiste à des retournements de veste spectaculaires. Ceux-là mêmes qui disaient, il y a peu, qu'Eugène était fini sont les premiers à applaudir à son succès et à sa popularité. Bien sûr, côté jardin, ils continuent de se moquer du style à la serpe de l'auteur, de la profusion des clichés les plus éculés et des formules à l'emporte-pièce. Mais maintenant, le succès aidant, sa vulgarité fait style. Le style dandy-canaille désormais imité par tous les gandins. On porte la barbe, cheveu en bataille et habits chamarrés. On n'évite plus l'excès, les pois avec les rayures. Abondance de motifs ne nuit plus. Les styles littéraire et vestimentaire d'Eugène deviennent plus que jamais *fashionable*.

Son succès auprès des femmes était encore plus vertigineux. Eugène n'avait même plus besoin de parler.

Comme le notent les gazettes à l'époque, il devient du dernier bon genre dans la société parisienne de prendre pour modèle le désormais célébrissime Rodolphe. Il devient du dernier chic de dîner dans un tapis-franc comme naguère on prenait une table chez Tortoni. Au lieu de s'allouer les services d'un professeur d'anglais pour briller dans les raouts de lady Blessington ou d'un répétiteur d'italien pour subjuguer la *duchessa* Sanseverina, on suit un cours d'argot et l'on ne va plus à la salle d'armes que pour apprendre à détacher promptement un coup de poing sur l'œil ou sur le nez. Un œil au beurre noir ou un bandage au poignet badigeonné de rouge vous attirent les grâces féminines bien mieux qu'un tilbury dernier cri.

On raconte aussi qu'un *fashionable* a été surpris en train de dormir au balcon de l'Opéra, au beau milieu d'un public en liesse. Quand on lui demande la cause de cet engourdissement si extraordinaire dans cette ambiance surchauffée, il répond :

— Ah, cela tient à ce que j'ai passé la nuit dernière dans une société bien curieuse, mes amis.

Les sourcils autour de lui se mettent à danser.

— Et où cela ?

— Dans un tapis-franc rue Chanoinesse. J'ai été présenté à un libéré qui a rompu son ban… L'ennui, c'est que j'ai été obligé de rester jusqu'à cinq heures du matin. J'aurais bien dormi sur la table, mais on m'aurait volé mes bottes !

Bref, observe cette gazette, voleur, chourineur et goualeuse sont devenus des professions très en vogue au statut de *very important person*. Il serait curieux, poursuit le plumitif, qu'un nouveau converti brandît son *rossignol* pour faire main basse sur la caisse des *Débats*. Ce ne serait qu'un juste retour des choses, finalement.

Mais, au fond, Eugène ne se soucie plus trop de ce retour en grâce. Il l'a souhaité, évidemment. Avec ardeur même. Cependant, maintenant qu'il lui est offert, il n'en veut plus. Il est du reste bien trop occupé pour cela. Dans sa recherche de Marie, il se trouve confronté aux problèmes des gens côtoyés dans les faubourgs, dans les venelles désolées. Le nouveau monde qu'il a entrevu en commençant la rédaction des *Mystères de Paris* n'a pas fini de se révéler à lui, de se livrer dans toute son horreur.

Eugène a ouvert une boîte de Pandore.

Mais celle-ci laisse aussi échapper de la beauté. Car après s'être plongé dans le malheur, le crime et la crasse, Eugène remonte à la surface et en tirait dans ses épisodes toute la sublime et tragique quintessence. Il se fait alchimiste : transformant le plomb des faubourgs en or littéraire.

Ces immersions dans les ruelles obscures avec le Chourineur sont harassantes, et parfois même dangereuses. Entre fiction et réalité, Eugène est comme sous hypnose. Envoûté par son œuvre même.

Treizième partie

L'ombre du Squelette

31

Marie restait introuvable. Parfois, le Chourineur et Eugène croyaient déceler une piste. Mais elle se dérobait à leurs efforts, les portant vers d'autres malheurs ou injustices qui servaient ainsi la trame du roman. Dans ce vertige entre fiction et réalité, Eugène avait la désagréable sensation qu'un mauvais génie s'appliquait à le mettre volontairement sur de fausses pistes.

Il passa par plusieurs phases. Il lui arriva de sombrer dans le désespoir, pensant que Marie était désormais morte. En compagnie du Chourineur, il décida un jour d'inspecter les morgues. Une plongée dans l'horreur. À chaque drap soulevé, le corps d'Eugène se raidissait. Pourtant, il n'en vit aucun qui ressemblât à celui de Marie.

Rapidement, il cessa cette démarche. Elle était mortifère et vouée à l'échec. Combien de morgues faudrait-il visiter pour être sûr que Marie était vivante ? C'était absurde ! Et quand bien même il serait par malheur sûr de la reconnaître ? Autre hypothèse évoquée par le Chourineur : peut-être avait-elle été mise sur la rue ? Forcée à vendre ses charmes par quelque souteneur. Pour s'en assurer, Eugène parcourut avec le Chourineur les lieux où s'exerçait la prostitution. Il s'infiltra au cœur de ces rues du vice, inspecta les visages peinturlurés des filles de joie sous la lumière blême des réverbères. À force de leur rendre visite, il devint même l'ami de certaines d'entre elles. Elles l'appelaient milord tant elles trouvaient qu'il se dégageait de lui un charme aristocratique et désuet, irréel comme celui d'un héros de roman. Elles lui proposaient parfois de monter, ce qu'il lui arrivait d'accepter pour échanger. Ainsi gardaient-elles l'œil ouvert sur la venue de nouvelles recrues. Parfois, c'était le choc, il croyait reconnaître chez certaines des traits de Marie, mais ils s'évanouissaient aussitôt, réapparaissant chez une autre, pour revenir le hanter dans ses cauchemars.

Car l'image réelle de Marie devenait de plus en plus diaphane, impalpable, s'évaporant dans les traits de son héroïne. *Sa* Fleur-de-Marie. D'ailleurs, il lui semblait souvent que tout cela n'était qu'un rêve, que Marie n'existait pas réellement, que son feuilleton n'était que le fruit de son imagination, les bas-fonds, le simple décor de carton-pâte d'une mauvaise pièce jouée sur les Boulevards…

« Ce doit être un rêve », se disait parfois Fleur-de-Marie.

Toute cette quiétude n'était peut-être qu'un décor, rien de plus. Pourquoi était-elle ici ? Et par quel hasard ? Quelle était cette maison où elle se sentait choyée ? Elle se disait qu'elle allait finir par se réveiller. Ici bien sûr, elle respirait. Finie la dure vie dans la poix des faubourgs, l'exiguïté de sa chambre sous les toits, les brimades et l'exploitation des contremaîtres… Pourtant, elle ne parvenait pas à savourer son bonheur.

Pourquoi ?

Elle s'en voulait de n'être pas suffisamment reconnaissante envers ses bienfaiteurs. Eux qui étaient si prévenants, si attentionnés, qui l'entouraient de tant d'affection. Jamais personne ne l'avait regardée comme eux auparavant : dans leurs yeux, elle se sentait princesse. Elle n'en avait pas moins envie de crier à l'imposture. Pour quelle raison la regardaient-ils avec tant d'amour ? Elle ne le méritait pas ! Un jour, elle chercha à le leur faire comprendre.

— Je ne vous mérite pas, leur dit-elle dans un murmure.

Elle sentit une telle tristesse les envahir qu'elle n'eut pas la force de poursuivre. Alors elle continua, jour après jour, à jouer le jeu, s'efforçant de leur sourire, de leur rendre une part, même infime, de leur affection aveugle. Mais elle se sentait comme empêchée. Pourquoi ne parvenait-elle pas à être pleinement heureuse et à les rendre eux aussi heureux ?

Et ce questionnement qu'elle sentait coupable la plongeait encore plus profondément dans les affres de la culpabilité.

Un jour, Marie dut se rendre à l'évidence. Quelque chose encore l'attachait à Paris. L'image de Rodolphe ou d'Eugène – elle ne savait plus comment l'appeler maintenant – la hantait, quand bien même elle voulait se raisonner, se dire que cette rencontre n'avait été qu'une chimère, que ce type d'histoire n'arrivait que dans les livres ou dans les récits qu'elles se chuchotaient entre filles au pensionnat… Celle de la fille du ruisseau qui rencontrait le prince charmant, ou dont on découvrait qu'elle était en réalité une princesse. Ce que, elle ne le savait que trop, elle n'était pas. Elle finit par décider qu'il lui fallait oublier, tout oublier, tourner la page. Vivre ici et maintenant dans la quiétude mayennaise comme si tout cela n'avait pas existé.

Pourtant, à peine s'en était-elle convaincue que lui remontaient par bribes les instants passés avec *lui*. Les souvenirs l'assaillaient par vagues. Elle se retrouvait transportée sur leur banc, sa voix la portait à nouveau, elle sentait ses regards bienveillants sur elle, et sa timidité à lui – oui, sa timidité aussi –, ses hésitations charmantes. Et leurs « promenades » à la ferme…

Alors elle se disait que non, elle n'avait pas pu inventer tout cela. Elle n'avait d'ailleurs aucune imagination. Elle penchait la tête en arrière, se laissait emporter par ces réminiscences si présentes et, gagnée par la somnolence, elle sentait qu'elle allait le retrouver, qu'il allait venir la chercher…

Mais jour après jour, ses réveils étaient terribles. Elle avait l'impression de vivre dans un cauchemar, un cauchemar aux allures ouatées. Morne et indolent comme la Mayenne. Et elle se répétait qu'il allait falloir oublier.

Devrait-elle passer sa vie à oublier ?

Plutôt mourir. Car oublier cette histoire, c'eût été mourir. Bah, peu importait la souffrance, après tout, elle voulait cohabiter tant bien que mal avec ce souvenir. Quand bien même ce ne serait qu'une chimère, n'était-ce pas la seule chose qui la faisait encore respirer ?

Les Lavaurs redoublaient d'égards à l'adresse de Marie. Cette douce sollicitude, bien que touchante, l'enfermait de plus en plus, comme une cage. La jeune femme se sentait prisonnière.

Sans horizon. Seule avec un souvenir qui pâlissait tous les jours davantage. Quand il devenait impalpable, elle se mettait presque à regretter la liberté dont elle jouissait sur le pavé parisien et les rêves qu'elle pouvait nourrir dans sa chambre. Ici, quel rêve pouvait-elle bien avoir ?

Ce jour-là, les Lavaurs évoquèrent le curé, le père Solignac. Il serait bien qu'elle le rencontre, ils lui avaient parlé d'elle... Marie se ferma. Sa première intention fut de refuser. À quoi bon rencontrer un curé ? C'était certainement la pire des choses pour elle. Du reste, elle ne croyait plus en Dieu depuis la mort de son frère. Avec ce qu'elle avait vécu, comment aurait-elle accordé crédit à un Dieu dont on proclamait la miséricorde à l'égard des pauvres ?

Sans doute M. Lavaurs remarqua-t-il le regard inquiet de Marie, car aussitôt il enchaîna :

— Rassure-toi, chère enfant, nous n'avons nullement l'intention de te transformer en grenouille de bénitier. Nous pensons qu'il serait bon qu'il t'apprenne à lire et t'enseigne quelques humanités. Tu verras, c'est magnifique. Rien de plus. Pas de prêche. C'est un homme très cultivé. Ce que, hélas, nous ne sommes pas nous-mêmes.

Cette demande sonnait comme une supplique. Marie n'osa pas refuser.

Rendez-vous fut pris avec le curé. Les Lavaurs accompagnèrent Marie jusqu'à la paroisse. Ils s'y rendirent à pied. Cela leur ferait le plus grand bien à tous de marcher un peu. Il y avait surtout qu'ils étaient si fiers de se montrer en compagnie de leur « petite Marie ». Ils traversèrent le centre de la ville, heureux de l'exhiber aux yeux de tous les habitants et devant les vitrines des commerces.

Marie se sentait fébrile. Elle n'avait jamais aimé les églises. Cela faisait remonter trop de mauvais souvenirs à la surface. Et puis, aller à l'église, c'était mettre son âme à nu, se rendre vulnérable, laisser épier son être.

Soudain, elle entendit derrière elle, dans une ruelle qui descendait vers la Mayenne, la voix d'un vendeur de journaux ambulant :

— Demandez le dernier numéro des *Débats*... Toute l'actualité. Et surtout, ce que vous attendez tous, la suite des *Myyyyystères de Pariiiiis*, le roman-feuilleton phénomène d'Eugène Sue ! Demandez les *Débats*... Du nouveau avec Rodolphe et le Chourineur, vous apprendrez tout sur la mort de la Louve et le retour du Squelette en lisant les *Débats*...

Marie eut un choc ; elle ne put s'empêcher de marquer un temps d'arrêt.

— Qu'y a-t-il, chère enfant ?

La jeune femme tenta de reprendre ses esprits, prétextant un caillou dans sa chaussure.

— Oh, ce n'est rien...

Et ils reprirent paisiblement leur chemin vers la paroisse.

Fort heureusement pour Marie, ils ne pénétrèrent pas dans l'église. Cela l'eût tétanisée. Au lieu de cela, les Lavaurs l'entraînèrent le long du corps du bâtiment, sur son aile ouest, pour se rendre à l'arrière de la paroisse. Là, ils poussèrent un portail en bois branlant. Une petite cloche en étain émit un son grêle. Ils avancèrent dans le jardinet qu'éclairait doucement le soleil de cette fin de matinée. Sous un vieux tremble, quelques chaises de rotin et une table en fer forgé. Sortant du bâtiment, le père Solignac se dirigea vers eux, tout sourire et rondeurs sympathiques.

— Il m'avait bien semblé entendre la cloche ! Ah, mais voilà donc Marie !

Le regard qu'il porta sur elle la soulagea instantanément. Rien de mauvais ne pouvait émaner d'un tel homme.

Tous quatre prirent place sous le tremble tandis qu'une servante apportait de l'eau dans un broc de faïence. Le père Solignac avait parfaitement compris la demande des Lavaurs. Il exposa son programme. Lui enseigner la lecture. Il posa quelques questions à Marie avec beaucoup de bienveillance.

— Je suis positivement ravi ! Cela me changera de mes prêches un brin répétitifs.

Il lui adressa un grand clin d'œil complice qui la fit sourire.

— Mais chut, il ne faut pas le dire, ajouta-t-il en riant et en regardant le ciel. On ne me le pardonnerait pas.

Quand bien même il serait venu à l'esprit d'Eugène d'arrêter la rédaction de son roman-feuilleton, cela lui eût été impossible. Letord lui en avait encore commandé deux volumes, qui devaient être les derniers.

Et surtout, il y avait les lecteurs. N'est-ce pas la moindre des choses pour un auteur que de s'en soucier ? objectera-t-on. Oui, mais dans le cas d'Eugène il y avait bien plus. Il ne recevait pas seulement du courrier, il était au centre d'un phénomène collectif.

Un flot de lettres arrivait quotidiennement : lettres d'encouragement, lettres de bénédiction, lettres de renseignements, demandes en mariage, lettres d'amour, torrides, enfiévrées ou érotiques, lettres d'insultes, lettres d'excommunication, lettres de menace… Tout cela, après tout, était peu ou prou le lot de tous les feuilletonistes. Cependant, avec *Les Mystères de Paris*, on atteignait une autre dimension. Les lecteurs enflammés ne se cantonnaient plus dans leur rôle, ils devenaient les collaborateurs d'Eugène. Ils lui envoyaient désormais des conseils sur la conduite de l'intrigue, entretenant avec lui une forme de dialogue. Le roman semblait devoir s'écrire au gré de leurs réactions, de leurs pressantes injonctions. Eugène se sentait désormais investi d'une double mission : retrouver Marie et répondre aux désirs de ses lecteurs.

Or, dans sa tête, ces deux objectifs se confondaient.

32

Marie se rendait tous les jours chez le père Solignac. Du magma des phrases commençaient à émerger quelques lettres, mots ou noms. Elle était comme une aveugle qui peu à peu, en recouvrant la vue, pouvait voir des formes et des couleurs prendre vie sous ses yeux.

Cet après-midi-là, en rentrant de sa leçon, Marie décida de changer de chemin. Elle passa par la ruelle escarpée et étroite, avec ses pavés luisants et des portes cochères, qui serpentait jusqu'à la Mayenne. Cela la ramena soudain vers les faubourgs. Une carriole la frôla, lui laissant l'espace d'un éclair l'impression qu'elle allait entrer en collision avec Rodolphe…

Mais ce jour-là, ce fut surtout son ouïe qu'elle sollicita. Elle tendit l'oreille pour tâcher de percevoir la voix du vendeur de journaux à la criée. Soudain, elle l'entendit comme un écho. Lointaine encore, comme un chuchotement dans un rêve.

— Achetez les *Débats*. Un nouvel épisode des *Mystères de Paris*…

Dès qu'elle s'engagea dans une autre venelle, la voix du jeune garçon disparut, pour revenir plus loin ricocher contre les murs humides : « Un nouvel épisode des *Mystères de Paris*… » Puis s'éloigner de nouveau.

Marie crut devenir folle. Plusieurs fois, elle revint sur ses pas, glissa sur le pavé. Et la lumière dans le labyrinthe qui décroissait. Désespérée, elle était sur le point de partir, quand tout à coup le cri du jeune homme à la casquette la fit tressaillir.

— *Le plus palpitant des épisodes !*

Il était juste devant elle. Alors, timidement, elle s'avança vers lui et lui demanda le journal, à bout de souffle.

— C'est le dernier, ma petite dame. Vous en avez de la chance !

Elle déplia soigneusement le billet que les Lavaurs avaient placé dans sa besace et le tendit au crieur. Fébrilement, elle s'empara de son exemplaire, comme si elle commettait un crime. Elle fit quelques pas, jetant des regards inquiets alentour, puis le glissa sous son châle et remonta la ruelle pour sortir du labyrinthe, éblouie par la lumière de cette fin d'après-midi qui ricochait sur la Mayenne.

Les Lavaurs étaient sur le seuil de la porte. Inquiets. Elle ne rentrait pas si tard d'habitude. Mais lorsque Marie arriva, son grand sourire calma immédiatement leurs inquiétudes.

— Qui sait si sur le chemin elle n'a pas rencontré quelqu'un ? osa espérer M. Lavaurs.

Après souper, Marie eut hâte de retrouver sa chambre. Là, elle sortit le journal.

Mais quelle déception ! Ce n'était qu'une enfilade de lettres qui ne faisaient aucun sens pour elle. Parfois, elle captait un mot qu'elle reconnaissait. Mais où se trouvait le feuilleton d'Eugène ? Elle parcourait les feuilles comme un labyrinthe. Sans en trouver l'issue. Elle avait envie de pleurer de rage impuissante.

Quand soudain, au bas de la première page, un mot de cinq lettres jaillit comme un éclair dans la nuit noire : « Marie ». C'était la première chose que le père Solignac lui avait apprise : à lire et à écrire son nom. Elle le toucha des doigts. Le répéta à voix basse. Mais autour de ce prénom lumineux tout était plongé dans les ténèbres.

S'agissait-il du feuilleton d'Eugène ? Et si oui, que s'y passait-il ? Marie était au désespoir de ne pouvoir démêler tout cela. Finalement, c'était pire que de ne rien avoir vu du tout.

Ce jour-là, dans la sacristie, le regard pétillant du père Solignac derrière ses besicles se posa sur Marie. Il se frotta la barbe avec contentement. Ils venaient de terminer une séance de travail au cours de laquelle ils avaient déchiffré un long passage. Et il lui avait lu des extraits de Pascal sur le divertissement. Maintenant, c'était l'heure de la pause.

— Je suis fier de toi. Tes progrès sont miraculeux. Tu peux prendre un peu l'air dans le jardin si tu le souhaites.

Le prélat sentit une légère gêne chez son élève, qui ne bougea pas de son siège.

— Eh bien, que se passe-t-il, ma petite Marie ?

La jeune femme rougit.

— Ça ne va pas, mon enfant ?

Soudain, le cœur battant, Marie fit jaillir le journal de sous son châle et le posa sur la table. Elle lança un regard implorant au père Solignac.

— Qu'est-ce donc ?

Le curé saisit le quotidien.

— Tu veux que je te le lise ?

Marie hocha la tête, comme si elle avait perdu l'usage de la parole.

— Tu veux connaître les nouvelles ?

Toujours mutique, elle fit un signe négatif de la tête. L'homme d'Église scruta le journal. Marie posa son doigt là où elle avait lu son nom. Aussitôt, le regard du prêtre s'assombrit.

— Quoi ! *Les Mystères de Paris*, ce feuilleton diabolique, ce ramassis d'abjections ! Non, non, non... Tu ne dois pas lire ces choses-là. Cela n'est pas bien, tu sais...

Il lui parla des Lavaurs, de la confiance qu'ils avaient mise en elle, lui dit que ces lectures détournaient du monde réel au profit des virtualités assassines de l'imagination, qu'elles favorisaient le développement de pensées néfastes et contagieuses menant tout droit à la perdition. Il adoptait maintenant un ton très liturgique, comme s'il était en chaire devant ses ouailles. En guise de conclusion, il lança le journal dans la corbeille en osier. Marie en trembla. Mais il semblait qu'il s'était emporté au-delà de ce qu'il comptait dire. Voyant le trouble de son élève, le père Solignac se radoucit aussitôt.

— Bon. Oublions cela... Allez, reprenons.

Mais il eut du mal à retrouver ses esprits. Il saisit au hasard un livre. Du Bossuet. Et entama une des *Oraisons funèbres*. Marie se sentit toute petite face à l'immensité. Le curé cependant n'était pas à ce qu'il lisait. La puissance de l'exorde, la force de la prosopopée, les grandes figures de style, l'ample rythme de l'oraison, il ne les percevait plus. Il se noyait dans les grands yeux clairs et rêveurs de Marie. Il butait sur tous les mots, peinait à en expliquer la grandeur... D'ailleurs, la grandeur, c'était quoi ? Il doutait parfois qu'elle pût exister sur cette terre, malgré ce qu'il pouvait dire en chaire. Il décida de mettre fin à la séance.

— C'est tout pour aujourd'hui, mon enfant, dit-il avec une pointe d'agacement. Je sens bien que tu n'y es pas.

Il regarda Marie partir, puis, avant qu'elle eût franchi la porte, elle put entendre dans son dos :

ÉPISODE N° XXII
Les rendez-vous

Voulant à tout prix avertir Mme d'Harville du danger qu'elle courait, Rodolphe,...

Lorsqu'elle entendit ce prénom, Marie s'arrêta net.

... parti de l'ambassade sans attendre la fin de l'entretien de Tom et de Sarah, ignorait le complot tramé par eux contre Fleur-de-Marie...

Cette fois-ci, elle se retourna.

... et le péril imminent qui menaçait cette jeune fille.

Malgré son zèle, Rodolphe ne put malheureusement sauver la marquise comme il l'espérait.

Marie revint à la table. Le curé lut l'épisode. À sa manière d'ânonner le texte, comme avec des pincettes, en refusant d'y mettre le ton – contrairement à ce qu'il faisait d'habitude avec Pascal, Bossuet, Aristophane ou Xénophon –, en tordant la bouche à certains passages, on sentait toute sa désapprobation.

Enfin, le fameux *gimmick* fut sa délivrance.

« La suite à demain. »

Le père Solignac tendit le journal à Marie sans la regarder, l'air fermé.

— À demain, se contenta-t-il de lui dire sobrement.

Ce « à demain » résonnait-il comme une tacite approbation ?

Marie, décontenancée mais reconnaissante, rentra ensuite chez les Lavaurs. En passant par le cœur de Laval, elle se procura le nouveau numéro des *Débats*. Elle monta dans sa chambre sous les toits et camoufla les deux journaux sous son lit.

Quatorzième partie

Cruelles révélations

33

Avant de rejoindre le Chourineur au Lapin Blanc, Eugène avait pris l'habitude de faire un crochet par la ruelle aux voussures obscures, là où officiaient les lorettes. Il y était un peu chez lui maintenant.

— Allez, venez, milord ! Vous asseoir à ma table, il fait si froid dehors…, lui lançaient-elles sur un air bravache avec toute la gouaille des faubourgs.

Elles s'amusaient à le voir passer, et lui distribuait à chacune une petite attention, les appelant par leur petit nom. Or, depuis quelque temps, il y avait une nouvelle venue, plus discrète, qui restait toujours en retrait, dans l'ombre d'une arcade. Jeune et farouche, d'une grande beauté avec des yeux clairs malgré une balafre qui lui barrait le visage. Lorsque Eugène passait, elle se cachait comme un animal blessé.

Intrigué, Eugène demanda à monter avec elle, seul moyen qu'il trouva pour faire sa connaissance. Alors qu'elle commençait machinalement à se déshabiller, il lui demanda de n'en rien faire. Au lieu d'éprouver un soulagement, elle prit peur et se blottit dans un coin de la mansarde humide en tremblant. Elle lui jeta un regard terrifié. Eugène s'approcha et lui parla avec douceur.

— Ne crains rien, je ne te veux aucun mal. Je vais t'aider à sortir de là.

Mais la jeune femme se recroquevilla plus encore en tremblant. Alors Eugène sortit à reculons en laissant un billet sur la table.

« Pauvre petite », pensa-t-il.

Au fil des jours, Eugène tâcha de l'apprivoiser. Toujours distante, elle l'écoutait cependant sans prononcer un mot. Un temps, il pensa qu'elle était muette, mais un jour il la surprit en train de fredonner une chanson triste à l'ombre d'un pilier. Eugène chercha à en savoir plus sur elle. En vain. Jamais elle ne voulut parler de son passé, de sa famille, si elle en avait encore, ni même évoquer son souteneur.

Eugène se rêva en Rodolphe capable de rendre la justice. N'avait-il pas fait punir, dans un épisode précédent, le Maître d'École, souteneur sadique qui torturait la Goualeuse, lui infligeant la nuit éternelle en lui crevant les yeux ? Sans aller à cette extrémité, il déposa une liasse de billets qu'il assembla avec son épingle à cravate.

— Voilà, lui expliqua-t-il, c'est le prix de ta liberté.

Lorsque, les jours suivants, il ne la revit plus, Eugène se sentit soulagé. Mais il remarqua que les autres prostituées lui tournaient le dos, fuyant son regard, prétextant qu'elles attendaient un *micheton*. Intrigué, Eugène insista. Et l'une d'elles lui avoua, jetant alentour des œillades apeurées, que Sylvaine, la jeune balafrée, avait été retrouvée morte, serrant dans sa paume une épingle à cravate.

— Allez-vous-en, milord, s'il vous plaît… Laissez-nous… Si le Squelette…

Elle laissa sa phrase en suspens et s'enfuit, terrorisée, abandonnant Eugène à sa perplexité sur le pavé.

— Le Squelette, le Squelette…, se répéta-t-il.

Dépité, il remonta la ruelle. Dans le contre-jour, il vit venir à lui une silhouette. Filiforme, aux membres longs et mobiles, elle s'approchait. Eugène découvrit son visage imberbe, à la calvitie absolue, le front fuyant en arrière, les mâchoires osseuses, plates et allongées, supportées par un cou démesurément long. Et il croisa son regard. Ou plus exactement son absence de regard : deux trous noirs à la place des yeux, tant ils étaient enfoncés dans leur orbite, à l'abri d'arcades sourcilières glabres. Eugène resta médusé par ce regard inhabité, alors que la silhouette s'éloignait en sifflotant une lugubre rengaine.

Eugène sentit le souffle glacé de la mort lui parcourir le corps.

— Est-ce qu'il t'a vu ?

Le Chourineur eut du mal à cacher son inquiétude à Eugène.

— Nos regards se sont juste croisés. C'est tout…

Le Chourineur fit craquer les jointures de ses doigts. Il tournait en rond. Puis il s'arrêta et fixa Eugène dans les yeux.

— Ouvre tes esgourdes, milord : tu ne retournes plus là-bas ! Fini, tu m'entends ? D'ailleurs, tu vas te faire un peu moins vedette ici, compris ?

Eugène vit que son compagnon ne riait pas. Il chercha à en savoir plus, mais le Chourineur resta muet.

Alors, Eugène ressentit une peur rétrospective encore plus forte. Il était familier des images de squelettes. Jusqu'à présent, cela restait lié à ses blagues de carabin à la faculté et à celles de rapin avec la bande à Théo. Mais avant cela, il y avait eu Bébert, le squelette du Chevalier, auquel Eugène avait fait faire moult excursions macabres dans Paris pour effrayer les passants ; il y avait aussi celui descendu par la cheminée et dont les pieds dansaient au-dessus du pot-au-feu, lors des soirées bohèmes à l'atelier de Théo… Mais, désormais, le squelette évoquait autre chose pour Eugène : il en fit un personnage sinistre des *Mystères de Paris*, une figure sépulcrale, semant la terreur et la mort autour de lui.

Quelques jours plus tard, ouvrant la porte du Lapin Blanc.

— Oh là ! Que se passe-t-il, Chourineur ? Tu m'en veux toujours ?

Eugène avait tout de suite vu que son compère n'avait pas sa mine des grands jours. Il le sentit gêné aux entournures.

— C'est juste que je vais devoir me tirer un peu de ce bouge.

— Ah oui, pour combien de temps ?

— Si je savais ! C'est ça le délicat…

Eugène ne réussit pas à en savoir plus. Tout juste lui parla-t-il d'une affaire de famille sur laquelle il ne voulut rien dire. Eugène respecta son silence.

Au moment de se quitter, un certain embarras s'installa entre les deux hommes. Ni l'un ni l'autre n'étaient très doués pour les effusions, mais ce fut plus fort qu'eux, ils se serrèrent dans les bras. Ils s'étaient côtoyés quotidiennement depuis quelque temps. L'affection avait crû en eux à leur insu, au fil des jours.

— Prends bien soin de toi.

Eugène lui tendit des billets. Le Chourineur refusa.

— Ça ne va pas, non !

Digne, il reprit sa route.

Alors, Eugène le rappela et le prit à nouveau dans ses bras.

— Tu vas me manquer, Chourineur !

Une effusion qui embarrassa notre rouquin. Mais qui permit à Eugène de glisser *en loucedé* les billets dans sa musette.

Face à la Seine, derrière son bureau, Eugène saisit sa plume. Un épisode délicat. Il lui fallait envoyer le Chourineur en Algérie, l'obligeant à quitter sa place auprès de Rodolphe dans le feuilleton. Son majordome, en prenant les feuillets que lui avait tendus Eugène, afin qu'il les portât aux *Débats*, remarqua qu'une larme avait coulé sur le feuillet, emportant dans son sillage un peu d'encre du mot « Chourineur ».

Le lendemain, Eugène reçut une tonne de courrier.

Cher Monsieur Eugène Sue, le Chourineur, il ne peut pas partir !

Le Chourineur ne peut pas quitter Rodolphe !

Ce n'est pas possible, le Chourineur doit rester avec Rodolphe…

Au fil des jours, les lecteurs réclamèrent à cor et à cri le retour du Chourineur. Les lettres devinrent même furibardes. Une pétition fut lancée pour exiger sa réintégration au sein du feuilleton !

C'est quoi ce boxon !!! Faites revenir le Chourineur. Et plus vite que ça !!…

Dans la rue, on interpella Eugène :

— Dites, monsieur Sue, ce n'est pas possible, ça. Ça ne se fait pas. Rodolphe doit faire quelque chose. Le Chourineur doit *absolument* rentrer…

Quelque temps plus tard, un garçon brandissant le *Journal des débats* lança à la criée : « Le Chourineur revient à Paris ! Tout sur son retour ! »

Eugène épluchait son courrier, qui était de plus en plus abondant. C'était un vrai bonheur. Ces lettres étaient tour à tour drôles et touchantes. Il prit la peine de répondre à certaines d'entre elles. Ce matin-là, il déclina – poliment – quelques demandes en mariage ou sollicitations de rendez-vous galant.

Au milieu de la pile, il trouva une missive particulière. Le journal la lui avait fait suivre, mais c'était une erreur ; en fait, elle ne lui était pas adressée à lui mais à… Rodolphe de Gerolstein ! L'auteur de cette lettre demandait s'il n'avait pas du travail pour lui. Plus tard, Eugène découvrit même une enveloppe avec de l'argent dedans… C'étaient quelques pièces pour sauver la pauvre famille Morel dans le besoin !

La tête d'Eugène lui tourna. Il était en train de vivre ce dont tout romancier a rêvé un jour ou l'autre : que l'on écrive à ses personnages comme s'ils existaient réellement !

Vertigineux. Eugène décida alors de prendre l'air. Il enfila un manteau et quitta l'appartement.

Sortir. Respirer l'air de la vraie vie, échapper de l'envoûtement de la fiction.

Ses pas le menèrent vers la Folie Monceau.

Et dans les rues de Paris ou de province, impossible d'échapper au phénomène : les chansons, les quadrilles,

les kiosques de rue ou les petits théâtres de marionnettes reprenaient tous les personnages des *Mystères.* Les fleuristes baptisèrent *La Rigolette* ou *Fleur-de-Marie* leurs plus belles roses. Et des nouveau-nés dans les landaus gazouillaient, que l'on avait nommés Rodolphe ou Marie...

Les Lavaurs frappèrent à la porte de la chambre de Marie. Pouvait-elle les rejoindre dans le salon ? Ils avaient quelque chose à lui dire. Le cœur de la jeune femme se glaça. Le père Solignac aurait-il avoué qu'ils lisaient ensemble *Les Mystères de Paris* ? Allaient-ils désormais l'empêcher de sortir ? La priver de ses rares instants de joie ? Les seuls moments où elle pouvait se laisser aller à rêver de nouveau ?

Pâle, Marie pénétra dans le salon, peinant à retrouver son souffle. Les Lavaurs, eux, étaient tout sourire. Ils regardaient leur protégée avec une bienveillance appuyée.

— Bonjour, chère enfant, comment vas-tu aujourd'hui ?

C'étaient eux finalement qui avaient l'air gênés. Maladroitement, ils lui demandèrent de s'asseoir. Marie sentit qu'ils se forçaient quelque peu à se montrer enjoués.

— Voilà, comment dire...

M. Lavaurs regarda sa femme avec un air de détresse. Celle-ci prit le relais.

— Nous avons une bonne nouvelle pour toi. Tu sais que nous avons toujours souhaité le meilleur pour toi...

Ce fut à son tour de lancer un regard de détresse à son époux.

— Oui, et que nous ne serons pas éternellement là...

— Pour te protéger...

Ils cherchèrent une réaction dans les yeux de Marie mais n'en décelèrent aucune. Ils restèrent un temps pétrifiés face à cette inertie.

— Eh bien, voilà… Comment te dire… Une bonne nouvelle… Maître Vivier, le notaire de Laval…

— Il est veuf, tu sais…

— C'est un beau parti…

— Il condescendrait bien…

— Il souhaiterait te rencontrer…

Le visage de Marie se ferma.

— Il a eu l'occasion de te voir passer en ville et il nous a fait part de son souhait.

— C'est une belle nouvelle, non ?

Mais le couple n'obtint aucune réponse. Sans même dire un mot, Marie se leva et retourna dans sa chambre, montant précipitamment les marches. Les Lavaurs se regardèrent, impuissants. Ils espéraient tellement que cela lui ferait plaisir.

— Mais pourquoi est-elle ainsi ? se lamentèrent-ils en chœur.

34

L'aube naissait sur Paris. Soudain, trois hommes, le regard noir, passèrent la porte cochère et escaladèrent l'escalier dans un bruit de ferraille.

Ils frappèrent à la porte, tambourinant de plus en plus fort. Un boucan d'apocalypse. Eugène se réveilla en sursaut.

— OUVREZ !

— J'arrive, j'arrive… Minute !

Il attrapa son peignoir de soie au passage et ouvrit la porte.

Face à lui, ce n'étaient ni des huissiers, ni un émissaire des *Débats* (ce n'était pas leur heure, il devait rendre son feuilleton à dix-sept heures), ni son Ernest, ni un lecteur, mais trois hommes habillés en tenue militaire. Des fusiliers. Visiblement, ils n'étaient pas là pour une partie de rigolade.

— Monsieur Sue ? Eugène Sue ?

— Oui, c'est moi.

— Veuillez nous suivre !

— Attendez, c'est pour quoi ?

— Dette non honorée ! Veuillez nous suivre.

— Laissez-moi au moins m'habiller…

Mais les hommes ne lui permirent même pas de refermer la porte. Ils l'agrippèrent et lui passèrent une chaîne aux poignets. Il fut traîné dans l'escalier. Ils le firent monter dans une carriole. Eugène, en peignoir, resta très digne. De là, on le mit au cachot à l'hôtel des haricots.

N'ayant rien d'autre à faire, Eugène s'endormit sur la couche en bois dur, au son d'une comptine avinée chantée par son voisin de geôle. Les fusiliers se pavanaient dans les couloirs.

La nouvelle de son arrestation se propagea et arriva aux oreilles de leur supérieur, le maréchal. Quand celui-ci découvrit l'identité du prisonnier, il se leva, le regard halluciné.

— Vous avez arrêté M. Sue ?

Les fusiliers se regardèrent en bombant le torse.

— Eh oui, mon maréchal !

Ils n'étaient pas peu fiers.

— M. *Eugène Sue* ?

— Lui-même, chef ! Une belle prise, n'est-il pas ?

Le maréchal passa par toutes les couleurs.

— Alors libérez-le ! IMMÉDIATEMENT, VOUS ENTENDEZ !!!

Ce fut la douche froide.

— Mais… mais pourquoi ?

— Vous voulez que je vous explique, ramassis d'incapables ? Qui va écrire la suite des *Mystères de Paris* ? Vous, peut-être ? Non, mais ce n'est pas vrai, qui m'a affecté ces nuls ?

Les hommes redescendirent fissa au cachot, se répandant en excuses confites, et libérèrent Eugène. Le maréchal se déplaça en personne à sa sortie de cellule, tout mielleux.

— Je vous prie de bien vouloir nous excuser pour ce fâcheux contretemps. J'espère au moins que vous n'avez pas été maltraité.

Sans avoir rien demandé, Eugène se retrouva gracié et libre dans la rue… On se proposa de le raccompagner chez lui. Il déclina : il avait fait assez de charrette aujourd'hui et préférait rentrer à pied. Et les badauds de sourire en voyant cet homme hagard traverser Paris dans son peignoir.

Cela ne fit sourire Eugène qu'un temps. Si lui avait réussi à ressortir libre de la maison d'arrêt, qu'en était-il de ceux qui ne jouissaient pas de sa situation, à savoir être riche et célèbre ? Par ce passe-droit, Eugène découvrit là une inégalité supplémentaire.

Alors, il se renseigna sur le sort des prisonniers et, le soir même, à sa table d'écriture, il plongea l'innocent Germain – l'amoureux transi de Rigolette – en prison pour un vol qu'il n'avait pas commis. Il voulait faire savoir ce qu'il venait d'apprendre sur la justice – ou plutôt l'injustice.

Bien sûr, Eugène n'était pas insensible au succès. Ni aux honneurs qui l'accompagnaient. Qui le serait ? Il l'avouait volontiers, il n'avait jamais écrit pour être incompris ni rester confidentiel entre *happy few*. Il avait toujours recherché et cultivé sa popularité dans tous ses réseaux sociaux, que ce fussent les salons, les clubs ou les restaurants.

Mais ce ne furent pas ces nouveaux honneurs ou cette nouvelle popularité qui le transformèrent. Comme il aimait à le répéter à ses amis, ce n'était pas le succès ni la célébrité qui lui enflaient la tête ; il avait déjà la *tête gonflée* avant d'avoir du succès et d'être célèbre !

Non, Eugène sentit que ce regain soudain de popularité était de nature différente. Cela dépassait largement sa propre personne. Et de fait, une métamorphose s'opéra en lui. Au fur et à mesure qu'il avançait dans la rédaction des *Mystères de Paris*, l'idée d'une mission commença à se dessiner dans son esprit.

Et si… ? Et si… ?

Lui revinrent alors en mémoire les mots de l'ouvrier Fugères, comme une prophétie autoréalisatrice :

> *« Le Peuple a besoin de quelqu'un comme toi pour parler de sa condition. Quelqu'un qui soit capable par son art et son cœur de lui donner vie… D'écrire le récit de notre condition et qu'enfin tous comprennent ! »*

D'ailleurs, *La Phalange*, l'organe du parti fouriériste et ouvrier – donc très difficilement soupçonnable de complaisance envers la ligne ultraconservatrice des *Débats* –, tressa des louanges et bénit *Les Mystères de Paris*. La revue louait le fait qu'enfin « les véritables conditions de vie des plus démunis soient révélées au plus grand public de tout bord ! C'est un progrès indéniable. Merci Eugène Sue pour ce témoignage indispensable ! ».

Eugène se trouva ainsi promu « avocat des pauvres » et « âme généreuse » par un autre organe de presse ouvrier ! Qui aurait cru cela possible ? Pas lui, en tout cas, qui refusait d'ailleurs toute tentative de béatification ou de sanctification !

C'était Ernest qui avait débarqué avec fracas chez lui et lui avait lu l'article de *La Phalange*. Eugène en avait malgré tout été ému : cet article sonnait comme un encouragement à poursuivre sa mission. Il lui arriva même de penser que cette mission constituait très certainement le prix à payer pour retrouver Marie. Peut-être celui de sa dette pour avoir si longtemps ignoré le monde des pauvres.

Malgré ses cachets de plus en plus importants, Eugène continuait de jongler avec les huissiers. Bien sûr, il y avait son ordinaire de dandy – car il tenait à rester élégant quoi qu'il pût advenir. Mais surtout, maintenant, il dépensait pour tenter de sortir du pétrin ceux qui étaient dans le besoin.

Eugène se sentait une dette morale envers les pauvres. N'était-ce pas un juste retour des choses ? Ne lui avaient-ils pas offert son sujet, après tout ? Alors, ses propres créanciers pouvaient bien attendre.

Comme tous les jours, Marie se rendit chez le père Solignac. Désormais, entre Pascal et Bossuet, il lui faisait la lecture de l'épisode du jour des *Mystères de Paris*.

À chaque fois, le prêtre s'emparait du journal que lui tendait Marie, la gratifiant systématiquement d'une petite grimace de désapprobation et d'une œillade de reproche derrière ses besicles. Mais une fois la lecture entamée, il ne parvenait que difficilement à dissimuler son enthousiasme, et même son exaltation pour certains passages. Parfois, emporté par sa lecture, les yeux brillants, il lui arrivait de croiser le regard de Marie ; alors, aussitôt, il se recomposait un visage plus neutre, tout en détachement étudié. Cela arrachait toujours un petit sourire à la jeune femme, qui n'était pas dupe de la manœuvre. Il arrivait même au curé de laisser échapper un juron trahissant son impatience de connaître la suite lorsque tombait le fatidique : « La suite à demain ».

Le soir, de retour dans sa chambre, l'œil de Marie parcourait le feuilleton du jour, s'accrochant désespérément aux mots qu'elle comprenait. Au fil des épisodes, de plus en plus de mots émergeaient de l'inconnu. Elle réussissait à repérer quelques « Fleur-de-Marie » et, à chaque fois qu'elle le lisait, ce nom la faisait sourire. Mais son sourire se fanait aussitôt et la jeune femme s'abîmait dans une rêverie sans fond…

Son journal allait rejoindre la pile camouflée sous le lit. Elle s'allongeait, le regard perdu au plafond, et des larmes inondaient ses joues…

Mais ces larmes, désormais, Marie ne savait plus très bien si elles étaient de tristesse ou de plaisir.

À mesure qu'avance la rédaction du feuilleton – Letord lui a successivement commandé un septième et un huitième volume –, Eugène se prend de plus en plus d'affection pour ceux qu'il décrivait dans les premières pages comme des monstres et des sauvages assoiffés de sang.

Le second degré et l'ironie se sont évaporés au fil de l'écriture et de ses plongées dans les bas-fonds. Lui-même s'émeut maintenant des aventures avec lesquelles il cherche à émouvoir ses lecteurs.

Maintenant, pour Eugène, écrire n'est plus une pose, c'est devenu un engagement total. Il n'est plus l'infiltré du début, le voyeur extérieur dans le tapis-franc ou les ruelles obscures. Sa plume s'adoucit, s'attriste, compatit à mesure qu'il avance dans le feuilleton et dans sa connaissance des habitants des bas-fonds.

Le succès vertigineux des *Mystères* fait de lui l'égal d'un demi-dieu. Dans la rue, on veut lui serrer la main comme celle d'un saint. On touche son habit comme s'il s'agissait d'une relique. En bas de chez lui, on griffonne des graffitis d'admiration : « Eugène, on t'aime !!! »

Désormais, on le reconnaît dans le quartier de la Cité. Fini l'*incognito*, il est devenu l'idole des faubourgs. Acclamé lorsqu'il arrive dans les bals de barrière, on le fait monter sur l'estrade, on salue le Sauveur !

Tout cela est un peu trop christique pour Eugène, mais il s'y prête de bonne grâce ; il sent que cette reconnaissance-là fait honneur à ceux dont il parle.

35

Le miracle se poursuit au jour le jour. Son œuvre, à mesure qu'elle s'écrit, achève de convertir Eugène à la cause des pauvres. Mais chez lui, une nouvelle métamorphose s'opère : il ne veut plus uniquement servir de témoin, il veut que les choses bougent !

Le roman à sensation prend soudain la tournure d'un document, d'un jugement sur la société, d'un cahier des charges. La péripétie cède le pas à une invitation au changement.

Alors, quitte à suspendre son intrigue, à laisser ses lecteurs s'inquiéter pour le sort de Fleur-de-Marie, de nouveau victime des manigances de la Chouette, il décide de parler du sort des prisonniers. Il rédige un véritable manifeste sur les méfaits de l'incarcération. Ce n'est en aucun cas une façon de réparer le mal mais au contraire de l'aggraver. Dans la vie réelle, il n'y a pas toujours un Rodolphe ou un Chourineur pour venir en aide à un Germain injustement mis aux fers ou pour tirer une Fleur-de-Marie des griffes du Squelette, le redoutable chef de gang.

Alors, foin de fiction et de péripéties, Eugène veut sa tribune pour interpeller, s'indigner, faire bouger les choses. Poser les questions qui fâchent.

Alors lecteur, sais-tu combien d'innocents sont emprisonnés et en ressortent pervertis pour de bon ?

Tout à sa cause, il se permet même une coupe totalement programmatique :

Résumons en peu de mots les idées pratiques ou théoriques que nous avons tâché de mettre en relief dans cet épisode de la vie de prison.

Nous nous estimerions très heureux d'avoir démontré :

L'insuffisance, l'impuissance et le danger de la réclusion en commun…

Les disproportions qui existent entre l'appréciation de la punition de certains crimes (vol domestique, le vol avec effraction) et celle de certains délits (les abus de confiance)…

Et enfin l'impossibilité matérielle où sont les classes pauvres de jouir du bénéfice des lois civiles.

La suite à demain.

Et – miracle de la fiction ! – parfois on le suit. Alors que Rodolphe, dans le roman, met en place une Banque des pauvres dispensant des prêts gratuits pour les travailleurs sans ouvrage, à Bordeaux et à Lyon on crée une banque directement inspirée par celle-ci. Un prêtre de Châteauroux, touché par les *Mystères*, fonde un orphelinat sous l'égide d'Eugène. Ailleurs, on met sur pied une colonie agricole pour secourir les jeunes déshérités du département de la Seine sur le modèle de la ferme de Bouqueval, celle qui abrita un temps Fleur-de-Marie dans le feuilleton.

Partout en France, le roman-feuilleton déploie son aura et donne des idées. La fiction imaginée par Eugène devient réalité. L'utopie prend corps. Ici et maintenant. Et cela prouve que le changement est possible !

Eugène exulte et sa plume s'exalte.

Rodolphe de Gerolstein, plus surhomme que jamais, redouble d'actions généreuses et Eugène multiplie par l'intermédiaire de son héros les appels à la réforme et à la générosité.

Car il est persuadé d'une chose, et c'est en cela qu'il se sent désormais utile : *si les riches savaient, alors tout finirait par s'arranger.*

Aussi, même si Eugène n'a toujours pas retrouvé Marie, le fait d'entrevoir la lumière de la vérité lui procure le sentiment de se rapprocher d'elle, d'avoir compris et partagé les préoccupations de son monde. Chemin faisant, l'écrivain a fait une découverte : la grande fautive, c'est *l'ignorance.* Finalement, le riche n'est pas responsable de son égoïsme : c'est parce qu'il ne sait pas. De même, la prostituée n'est pas responsable de sa débauche, c'est la faute de la misère ; les crimes sont les conséquences de la pauvreté, souvent le seul moyen de survivre… bref, le mal est un accident. Eugène est convaincu que le mal peut être réparé. Et c'est bien pour cela qu'il continue, en dépit de toute cohérence dramaturgique, à écrire son feuilleton. Car celui-ci s'est métamorphosé en témoignage.

À ce moment-là, les *Mystères* professent un réformisme béat. Eugène veut que les riches tendent la main aux pauvres ; alors, tout le monde vivra plus heureux. Ne l'a-t-il pas fait lui-même ? Ce n'est donc pas si utopique que cela…

Cette métamorphose, évidemment, fait rire dans les salons. De gandin fils à papa, Sue est devenu feuilletoniste cynique, puis socialiste d'apparat, et maintenant le voilà transformé en sauveur des pauvres ! Certains s'inquiètent pour lui : il se vautre en plein délire christique. D'autres encore voient dans son comportement un dangereux cas clinique d'identification de l'auteur avec son personnage… Cela fait sourire Eugène : sa relation avec les salons n'aura donc toujours été qu'un malentendu !

Eugène était en train de rédiger son épisode du jour quand on frappa. Le majordome lui annonça à l'oreille le nom du visiteur.

Eugène se figea.

Une silhouette aux vêtements de couleur sombre entra.

— Bonjour, mon fils…

Le dandy fut décontenancé. Il fit entrer Mme Sue dans son appartement, toujours le même musée de babioles, la même débauche de luxe. Que dire ?

— Voulez-vous du thé ? Du café ?

Après quelques instants de gêne, Mme Sue brisa la glace.

— J'ai lu ce que tu écris.

Eugène eut un mouvement de recul.

— Et je sais une chose maintenant…

Elle marqua une pause.

— Ton père aurait été fier de toi.

Elle le fixa longuement. Eugène retrouva alors ce regard dont il avait perdu le souvenir. Aussitôt, il sentit ses défenses le lâcher.

— Certes, mon fils, tu n'es pas devenu le médecin ni le chirurgien que ton père rêvait que tu deviennes. Mais je crois qu'il avait fini par comprendre, d'une certaine manière. Et je sais qu'il est parti apaisé.

Mme Sue avait du mal à contrôler son émotion. Elle s'efforçait de sourire alors que les larmes noyaient son regard.

— Peut-être a-t-il pressenti qu'à ta manière, vois-tu, tu porterais aussi secours aux hommes. Car toi aussi, je le sais maintenant, tu les *sauves*. Tu sais te rendre utile en leur permettant de vivre mieux, plus dignement.

Le regard d'Eugène s'embua.

— Alors par là, tu es un peu aussi à ta manière *médecin*. Un médecin des âmes…

Mme Sue sourit.

— Oh, bien sûr, à ta façon… Bien singulière et si maladroite parfois. Primesautière et vive. Tu as toujours été fougueux, mon fils. Longtemps, je m'en suis voulu… C'est bête, j'ai même cru que c'était le lait de chèvre que je t'avais donné enfant qui était cause de tes emportements…

Mme Sue riait en essuyant ses larmes.

— Une idée, comme ça. Mais j'ai toujours su au fond de moi que tu trouverais ta voie.

Ils se tombèrent dans les bras. Eugène pleura à chaudes larmes. Oui, il avait bien pressenti qu'il existait entre son père et lui un chemin invisible. Ce fut une souffrance et une libération.

Porté par ce témoignage touchant de tendresse maternelle, le cœur chavirant entre larmes et rires, Eugène reprit haletant la rédaction de son feuilleton. Il ressentit un élan d'affection pour ses personnages et les rires et les sourires de Rigolette le submergèrent comme une onde bienfaisante. Ce jour-là, la jolie grisette, armée d'une candide vaillance, déclara enfin sa flamme à Germain. Une sublime déclaration dont elle cherchait à cacher la douloureuse impatience. Enfin, leurs doigts s'entrelacèrent.

Les deux amants en oublièrent les barreaux, la cellule et les risées grasses des détenus. La voix de Rigolette libéra Germain bien mieux que si on l'avait relâché : son rire et sa déclaration réussirent à repousser les murs suintants du cachot humide et à effacer les barreaux...

Le père Solignac lut à haute voix l'épisode du jour des *Mystères* pour Marie. Elle l'écoutait, totalement absorbée, gagnée par des spasmes qu'elle cherchait à dissimuler. Le curé soudain suspendit sa lecture.

— Tu ne dois pas te mettre dans des états pareils. Ce n'est qu'un récit, ce n'est pas la réalité.

Lui-même, contredisant ce qu'il professait, avait du mal à retenir ses larmes. Quand il eut fini, Marie repartit avec le journal dans son sac. Avant qu'elle ne franchît la porte, le père Solignac l'interpella :

— Assieds-toi, ma chère Marie... Il faut que je te parle.

Marie s'approcha, craintive. Elle avait noté un changement dans l'expression de l'homme d'Église. Une ride entre les yeux de son visage si bonhomme. Le père Solignac se racla la gorge. Lui si chaleureux n'était vraiment pas à son aise.

— Marie... Dis-moi... Pourquoi refuses-tu la proposition de mariage que te fait M. Vivier ?

Aussitôt, la jeune femme se crispa, le regard rivé vers le sol. Le prélat poursuivit :

— Tu sais, il n'est pas bon que quelqu'un comme toi... enfin... qu'une fille reste seule... Une fille comme toi, ma petite Marie... Tu sais que les Lavaurs et moi-même ne serons pas toujours là...

Marie leva vers lui des yeux embués et rageurs. Comme si le curé l'avait trahie. Tout ce qu'elle trouva à dire fut : « Vous aussi ? » avant de partir en courant. Le curé, impuissant, n'osa pas la retenir. Il la regarda s'enfuir, en hochant la tête, avec un soupir peiné.

— Ma pauvre Marie, que vas-tu devenir ?

Chez les Lavaurs, on insista. Le notaire montrait des signes d'impatience. Vexé, il aurait posé un ultimatum et les Lavaurs, à bout d'arguments et de propos dilatoires, ne savaient plus comment le faire patienter. Mais Marie ne voulait rien entendre. Elle se cloîtra dans le mutisme, perdit l'appétit, garda la chambre toute la journée.

Ce qui paradoxalement renforça la conviction des Lavaurs, qui se lamentaient.

— Marie, notre pauvre Marie, que va-t-elle devenir ?

Les vieillards pleuraient leur impuissance. À présent, Marie sortait seulement pour se rendre à la paroisse, chez le père Solignac, quotidiennement… Le prélat, après sa dernière réaction, n'osait plus insister auprès d'elle. Mais il sentait qu'il la perdait chaque jour un peu plus.

Quinzième partie

Le cri

36

Eugène s'engagea de plus en plus ouvertement dans son témoignage en faveur des pauvres et multiplia les appels aux bonnes volontés pour que les choses changent. Letord lui commanda deux nouveaux volumes, le neuvième et le dixième. Ce qui était parti pour n'être qu'un feuilleton passager devint un roman-fleuve charriant une colère aussi puissante que la Seine en crue.

De la colère, car Eugène s'impatientait. Ses appels à la réforme ne rencontraient que des approbations polies. Tout le monde était d'accord, mais il n'y avait personne pour agir et réagir.

Il rencontra des élus, des organisations ouvrières. Tous lui parlèrent de « demain ». C'était toujours pour le lendemain ou pour un hypothétique grand soir.

« Demain, c'est le pays où tout le monde est heureux, répliquait-il.

— Ce n'est pas si simple, lui répondait-on, il faut du temps… Il faut prendre connaissance de ces dossiers, on va s'en occuper… »

Amère découverte : Eugène se rendit compte que, malgré ses appels et ses témoignages, on voulait que rien ne bouge… Ce fut avec cette pensée désenchantée qu'il rentra chez lui, tard ce jour-là.

En poussant la porte, quelque chose résista. Eugène dut la forcer d'un coup d'épaule et de reins vigoureux pour qu'elle s'ouvrît. C'était un corps qui la retenait, là, juste au seuil de son appartement. Eugène, le cœur battant, parvint à pénétrer chez lui par l'entrebâillement. En passant, il trébucha sur une chaise. Vision d'horreur : un jeune homme s'était pendu dans son antichambre. Eugène appela son majordome au secours. Il n'avait rien entendu. Ils se démenèrent pour détacher le malheureux.

Eugène s'épuisa à le masser, y mettant toute sa rage. En vain. C'était trop tard… Plus aucun souffle ne passait à travers les lèvres du jeune homme. Son cœur était inerte.

En regardant son visage, il reconnut Gillou, le fils de l'ouvrier Fugères. Eugène l'avait aidé à trouver du travail quelques semaines auparavant… À terre, il trouva ce mot :

Je me suis fait renvoyer… Comme du vulgaire bétail… Je me tue par désespoir; il m'a semblé que la mort serait moins dure si je mourais sous le toit de celui qui nous aime et nous défend.

Eugène s'effondra, explosa de rage impuissante.

À quoi bon exposer la misère si personne ne la combat ?

Eugène enterra Gilles avec la famille Fugères et Ernest. Un rassemblement tragique, aux antipodes de celui qui les avait unis autour d'un pot-au-feu divin et de leurs élans utopiques. Ce ne fut pas seulement le fils Fugères que l'on mit en terre ce jour-là ; tous portaient le deuil de leurs illusions. Fugères tapa de son poing contre le mur du cimetière, se faisant saigner les phalanges. Puis il s'écroula dans les bras d'Eugène, qui le retint. Il le serra de toutes ses forces.

— Il faut continuer, fiston, encore et toujours, lui glissa-t-il à l'oreille.

Eugène hocha la tête.

— Oui, on va continuer…

Les jours suivants, la rage d'Eugène éclata. Elle devint de plus en plus douloureuse. Soudain, *Les Mystères de Paris* changèrent de ton. Eugène passa à l'attaque. Il noircit toute la nuit des pages d'indignation sur ceux qui savaient et ne faisaient rien. Finis les appels larmoyants à la générosité, place aux cris de révolte.

Eugène comprit alors ce que Fugères lui avait dit : il existait un antagonisme inévitable entre les riches et les pauvres. La lutte des classes. Il faut donc toujours se battre pour obtenir quelque chose, sans rien attendre de la prétendue générosité des riches.

Ce fut bien sûr une révélation amère, une tragique désillusion. Engagé sur les chemins de l'utopie, porté par le vent de l'optimisme, il fut frappé par la rugueuse réalité de la pauvreté. Désormais, Eugène connaissait la vérité, l'horrible vérité. Et c'étaient *Les Mystères de Paris*, son propre feuilleton, qui la lui avaient révélée : *les riches savaient depuis toujours* ! Et ils avaient tout intérêt à laisser faire, c'est-à-dire à ne rien faire, pour rester riches !

Lui, le cynique patenté, avait été bien naïf de penser qu'il pût en être autrement. Au mieux, les riches se drapaient dans un réformisme flou – n'était-ce pas ce que lui-même avait fait pendant un moment ? Une posture confortable qui consistait finalement à améliorer légèrement les choses pour que tout reste comme avant, sans créer de remous… Sous le coup du choc ressenti avec la mort de Gillou, la vision d'Eugène se radicalisa, sa critique se fit véhémente, mordante, vindicative.

Désormais, il trempait sa plume dans l'acide.

Lorsque Eugène pénétra au Lapin Blanc, la Goualeuse lui sauta au cou. Son visage était ravagé de larmes, comme de longues griffures à vif. Elle ne réussit qu'à prononcer ces mots :

— Le… Chourineur… mort…

Eugène s'écroula sur une chaise. À travers les cris entrecoupés de pleurs de la Goualeuse, il saisit quelques bribes de phrases : « des bandits », « chouriner, chouriner et chouriner encore », « plein de sang », « seul contre dix »…

En rentrant chez elle, la Goualeuse l'avait trouvé sur le pas de sa porte, couvert de sang et perdant le sien.

— Une rivière de sang. Mais il riait, le bougre… « Ah ! la Goualeuse ! qu'il m'a dit, on s'est bien amusés, non ? » Et il m'a demandé de m'approcher… pour me chuchoter à l'esgourde : « *"Cœur et honneur"*, tu diras ça à Rodolphe… » Et il a eu un sourire pour vous avant de dormir.

Groggy sous la pluie battante, Eugène traîna cette nuit-là, inconsolable, dans les ruelles des faubourgs. Marie disparue, Gilles suicidé, le Chourineur mort sous les coups de couteau…

À quoi bon le succès de son feuilleton, s'il devait le payer ce prix-là ?

Ce fut pourtant par son intermédiaire qu'Eugène se vengea. Dans de longs développements théoriques qui tuèrent définitivement l'action du roman, il cracha son venin sur l'insalubrité des conditions de travail et ceux qui la cautionnaient.

Il dénonça ces métiers qui tuaient, les blancs-de-cérusiens qui mouraient dans les deux ans de la colique de plomb, les équarrisseurs dévorés par l'acide et le goût du sang, les fabricants de glace empoisonnés par les vapeurs de mercure...

Il vomit l'exploitation des ouvriers par les patrons et tout ce qui en découlait : les horaires, le travail des enfants...

Il maudit le chantage des usuriers, huissiers et recors, le système pénitentiaire et les conditions inhumaines de détention qui faisaient que la prison corrompait plus qu'elle ne protégeait...

Le crime ou la mort comme seules échappatoires à la misère. Telle était la vérité ! Eugène écrivit encore et encore face à une Seine couleur de deuil, triste et lasse.

Cette fois-ci, la fin, sans cesse différée pour cause de succès, s'approchait. Eugène refusa fermement de signer pour de nouveaux volumes auprès de Letord. La mascarade avait suffisamment duré.

Quelques jours plus tard, alors qu'Eugène sortait du tapis-franc, une silhouette jaillit de l'obscurité et vint à sa rencontre. C'était une des lorettes de la rue des Veuves. Elle l'attira précipitamment sous un porche à l'abri de la pluie. Elle cherchait à fixer ses yeux.

— C'est vous, milord... c'est vous qui l'avez fait ?

Eugène haussa les épaules.

— Fait quoi ? Qu'ai-je donc fait ? demanda-t-il, mal à l'aise.

Sous la pâle lueur du réverbère, il lui était impossible de déterminer si le regard de la jeune femme exprimait de la reconnaissance ou de la terreur.

— Eh bien, pour le Squelette…

Eugène fronça les sourcils. Quand la jeune femme lui raconta que le Squelette et toute sa bande avaient été assassinés dans leur repaire, la guinguette Le Cœur Saignant, Eugène sentit le froid envahir son corps.

— On les a tous retrouvés en morceaux dans un bain de sang horrible. Éventrés comme les bêtes qu'ils étaient ! Mieux qu'à l'abattoir !

Le cœur d'Eugène fut pris dans la glace.

La jeune femme le laissa. Il se mit à soliloquer.

« Cœur et honneur », répétait-il de plus en plus fort.

Hagard, il resta longtemps sous la pluie à hurler sa douleur alors que, comme en réponse à sa colère, le ciel fut soudain traversé d'éclairs.

Eugène n'avait qu'une hâte désormais : mettre un point final aux *Mystères de Paris*. Bien sûr, dans le monde feuilletonesque, les méchants pourraient être punis et les bons trouver leur rédemption. C'était ce qu'exigeait le genre, non ?

Mais cet univers où tout finissait bien, Eugène le savait maintenant, n'était pas la réalité, c'était un monde qui se berçait d'illusions, un mirage, un « opium du peuple », dirait-on un peu plus tard…

Eugène ne voulait plus leurrer ses lecteurs. À la stupeur générale, le Chourineur mourut. Eugène offrit une mort digne à son ami : tué en sauvant Rodolphe d'une balle qui lui était destinée. « Avec cœur et honneur. » Écrire ce passage arracha à Eugène des larmes acides.

Une mort digne, mais si injuste. Car pour l'écrivain, il n'existait pas sur cette terre de rédemption durable pour un criminel ; même repenti, il restait un rebut de la société. Ainsi le voulait l'injustice des hommes.

Et Fleur-de-Marie alors ? Sauvée des griffes de la Chouette, du Maître d'École et de Sarah McGregor, la femme sans cœur, elle a été finalement reconnue comme la fille de Rodolphe, c'est-à-dire consacrée princesse. Purifiée par le pardon de Dieu, elle entra dans les ordres. Enfin apaisée, elle fut recueillie à la ferme de Bouqueval. Pour y vivre heureuse et apaisée.

Mais soudain, ce bonheur s'effrita. Les pieuses insinuations du curé la plongèrent dans une inquiétude incurable : le remords de sa « faute » l'obsédait, l'idée que sa « souillure » ne serait jamais effacée ne la quittait pas, jour et nuit, nuit et jour. Elle était physiquement libre, mais elle restait « esclave de sa conscience du péché »...

Les lecteurs retenaient leur souffle. Ils craignaient le pire. On supplia Eugène de la laisser en vie :

Par pitié, ne faites pas mourir Fleur-de-Marie !

Par milliers, ses correspondants prirent la défense de leur héroïne comme on implorerait la grâce d'une condamnée :

Elle est innocente, elle n'a pas péché ! Elle ne pouvait pas faire autrement...

Peine perdue. Rien n'y fit. Dans les toutes dernières lignes, Fleur-de-Marie se donna la mort. Et Rodolphe, rendu à son impuissance, s'éloigna de Paris.

Ainsi s'achevèrent *Les Mystères de Paris*, dans un grand cri de douleur et de désenchantement.

37

Avec le point final des *Mystères* vint l'heure du bilan.

Un bilan amer. Le poignant constat d'un double échec. Eugène n'avait pas réussi à changer les choses et il n'avait pas retrouvé Marie. En faisant mourir Fleur-de-Marie, il avait signé la fin de sa recherche.

À quoi bon continuer à se bercer d'illusoires espérances ?

Pour Eugène, il ne restait plus dès lors qu'à imiter Rodolphe et s'exiler hors de Paris, loin du tumulte vaniteux de la capitale, en abandonnant tout espoir de retrouver Marie.

Ce jour-là, le père Solignac, gagné par l'émotion, termina difficilement sa lecture, le visage ruisselant de larmes.

Marie l'écoutait, livide, le regard sans vie. Lorsque le curé lut le mot « Fin », elle s'évanouit. Il ne réussit pas à la ranimer. On la porta chez les Lavaurs. Un médecin fut appelé. Les Lavaurs avaient les yeux tournés vers le ciel, implorant le Seigneur, ne trouvant plus le sommeil.

Au même moment, à Paris, dans un hôtel particulier, une femme élégante au regard noir lisait *Le Journal des débats*. Au mot « Fin », elle posa calmement le quotidien. Son expression se figea alors qu'elle venait de prendre conscience de l'ampleur de son acte.

On frappa à la porte de l'appartement d'Eugène. Celui-ci ouvrit, le visage impassible.

— Désolé, je n'ai pas beaucoup de temps.

Eugène lui annonça qu'il préparait son départ – ou bien devait-il dire son exil ? – de Paris.

— Mais pourquoi ?

— Ses fastes sont du passé. Je n'ai que très peu de temps…

— Je voulais juste te dire…

Et, le regard embué, elle lui déclara qu'elle avait lu, qu'elle savait qu'il souffrait, qu'elle comprenait ce que c'était à présent. De souffrir réellement, sincèrement. Elle lui avoua qu'elle l'avait toujours aimé, qu'elle l'aimait encore, peut-être encore plus maintenant, qu'elle n'avait pas pu s'en guérir. Que sa seule façon d'apaiser sa douleur avait été de le faire souffrir.

Eugène était sur le point de fermer la porte.

— Non, attends…

D'une voix blanche, elle lui dit que c'était elle qui avait éloigné Fleur-de-Marie de Paris. Par jalousie. Elle aurait tant voulu qu'il l'oublie. Mais elle avait échoué. Elle le savait. Elle l'avait compris en lisant son feuilleton.

Eugène était trop saisi pour réagir. Il resta pétrifié, pâle.

— Mais…

Il ne réussissait même plus à lui en vouloir.

— Marie est vivante et je sais où elle habite.

Eugène secoua négativement la tête, le regard perdu. Non, il fallait qu'il la laisse en paix, il ne savait que porter malheur à ceux qu'il aimait.

Lorsque Olympe arriva chez les Lavaurs, la maison était plongée dans le silence. Les vieillards restaient prostrés.

— Elle se repose, lui dirent-ils d'une voix tremblée.

Mme Lavaurs, à fleur de larmes, expliqua qu'elle était encore fragile. Les médecins étaient inquiets pour elle. M. Lavaurs posa la main sur l'épaule de sa femme et s'abîma dans un profond silence.

— Je dois la voir, dit la visiteuse.

Les Lavaurs s'y opposèrent.

— Elle est trop faible, elle doit encore se reposer.

Olympe les fixa avec autorité.

— Ce que j'ai à lui dire est très important.

Elle gravit lentement les marches vers sa chambre sous les toits. La jeune femme ne se réveilla pas quand Olympe s'approcha d'elle comme une ombre et lui glissa quelques mots à l'oreille. Elle lui parla doucement alors que le soleil déclinait à l'horizon, allumant d'or les toits de Laval.

Quelques jours plus tard, le Tout-Paris apprit avec surprise que la comtesse de Castignan avait quitté la vie mondaine pour prendre le voile chez les Carmélites déchaussées, quelque part sur une île en Méditerranée.

SEIZIÈME PARTIE

MARIE LIBERTÉ

38

Fuir la capitale et tous les souvenirs qui le hantaient fut une nécessité ! Une question de survie.

Eugène quitta Paris comme il l'avait dit. Il choisit de vivre reclus dans la solitude, à la campagne, à une centaine de kilomètres du tumulte parisien, vaincu par la désespérance, harcelé par les démons du désenchantement.

Ses nuits blanches s'abîmèrent dans de noirs cauchemars sans fin.

Comme une torture, jour après jour, les images de ces derniers mois le prenaient d'assaut.

Qui aurait pu soupçonner que la souriante gentilhommière qu'il occupait abritait de si noires pensées, plus sombres que celles d'un château gothique ?

Ses amis de toujours, Ernest et Théo, vinrent le voir. Ils lui parlèrent, cherchèrent, sinon à le faire rire, du moins sourire, mais ils sentaient qu'il n'entendait pas ce qu'ils lui disaient. Eugène était ailleurs. Dans ses noires pensées que même l'opium ne parvenait plus à colorer.

Car toujours, au détour d'une ruelle obscure ou derrière un rideau de pluie, il croyait deviner la présence de Marie.

Un jour, alors que seule une bonne faisait des allers-retours silencieux et invisibles dans la maison, on sonna au portail.

Qui pouvait venir l'importuner ?

Il pensa à une erreur. Désormais, il n'attendait plus personne. Ici, contrairement à Paris, ce n'était pas un passage perpétuel d'amis, d'huissiers, de coursiers, d'amantes, de lecteurs… Devenu sauvage, hirsute, il hésita à aller ouvrir. Voir du monde lui coûtait. Caché derrière les persiennes, pourtant, il crut apercevoir la silhouette d'une jeune femme, cette silhouette tant de fois rêvée… Fébrile, il alla lui ouvrir. D'abord, il crut à une nouvelle hallucination. Décidément l'opium. Ses jambes se dérobèrent…

Et pourtant, c'était elle.

Son héroïne avait trouvé son chemin jusqu'à lui.

Avec un large sourire, elle lui expliqua qu'elle venait se présenter à son service… On lui avait dit au village qu'il cherchait quelqu'un. Elle avait des références à lui présenter.

Après tant de péripéties, Eugène et Marie vécurent enfin leur histoire d'amour. Un amour fou qui resta caché aux regards des hommes.

Marie ne souhaitait pas sortir de l'humble position qu'elle occupait chez Eugène. Et jamais Eugène, de son côté, ne chercha à l'exhiber en public. Tout juste si ses invités croisèrent parfois une douce silhouette dans les corridors, qui glissait à contre-jour et disparaissait, furtive comme une ombre.

Le jour, Marie était au service d'Eugène. Le soir la sacrait princesse dans les bras du même Eugène, qui se mettait à son tour à son service. Et lui faisait don des plus belles contrées jamais conquises par les hommes…

Une nuit, Eugène fut secoué par un cauchemar. Ressurgirent à sa mémoire les prédictions de la Chouette, la hideuse cartomancienne du Lapin Blanc : la dame de pique… la dame de cœur… la Mort…

Il tenta d'évacuer ces craintes irrationnelles. Fleur-de-Marie n'était-elle pas déjà morte dans *Les Mystères de Paris* ? Cela n'empêcha pas Eugène de la couver du regard à tout instant du jour et de la nuit, s'inquiétant pour la moindre broutille, toujours dans son ombre comme un chien fidèle.

— Mais tout va bien ! Que peut-il bien nous arriver maintenant que nous nous sommes retrouvés ?

Cette phrase et le sourire de Marie éloignaient instantanément tous ses démons.

D'ailleurs, jour après jour, les craintes d'Eugène s'évanouissaient sous les assauts de leur bonheur simple. Marie savait lire maintenant, ils se chuchotaient des histoires toute la nuit et le sommeil les surprenait à l'aube, le sourire aux lèvres, dans les bras l'un de l'autre…

Ils firent des balades à cheval, regardèrent vivre les animaux, admirèrent le changement des saisons. Un jour, ils se perdirent dans leur chevauchée à travers les champs. Épuisés de rires et d'air pur. Ils découvrirent alors une fermette abandonnée. La même phrase jaillit au même moment de leur bouche :

— Et si… ?

Cela devint leur ferme aux persiennes vertes.

Là, le miracle qu'Eugène n'osait plus espérer se produisit enfin. Peut-être parce que c'était la ferme dont elle avait si longtemps rêvé, Marie s'y trouva parfaitement chez elle. Elle s'y épanouit comme une fleur qui retrouve la lumière. Elle cessa d'être cantonnée aux tâches domestiques, de n'être qu'une ombre bienveillante dans la maison.

Ici, dans sa ferme aux persiennes vertes, Fleur-de-Marie se libéra des chaînes invisibles qui la retenaient à son passé. Elle se métamorphosa en Marie Liberté. Elle fit enfin la connaissance des amis d'Eugène et les éblouit. Elle prit brillamment part à leurs discussions. Avec tout le tact du monde et une grande clairvoyance, elle chercha à remettre Eugène sur les chemins de l'écriture. Même s'il restait encore loin de son bureau – il avait tant à vivre maintenant, lui répétait-il –, elle réussit à rallumer la flamme dans son regard, lui ouvrant des horizons. Elle était confiante : elle savait que tôt ou tard il reprendrait la plume, car c'est cette plume qui avait donné naissance à leur amour. Elle savait aussi qu'il avait encore beaucoup de choses à écrire sur le Peuple, ce Peuple qu'il avait découvert à travers l'écriture.

Ici, dans cette ferme aux persiennes vertes, dans sa ferme, Marie naquit enfin à elle-même.

Pour eux, les jours et les saisons passèrent, hors du temps, dont aucun mot ni aucune phrase ne seraient capables de restituer la simplissime beauté.

Et puis un jour, le ventre de Marie s'arrondit. Eugène était fou de joie, il vécut chaque instant avec plénitude.

La jeune femme l'aida aussi à retrouver son inspiration perdue. Grâce à elle, il reprit la plume et surtout retrouva l'envie d'écrire. Il mit en place le plan d'une vaste fresque historique qui avait pour sujet le Peuple et l'histoire de son émancipation. Marie l'écoutait, s'émerveillait, l'encourageait.

Dès les premières semaines de sa grossesse, il se révéla que Marie s'essoufflait facilement. Le moindre effort lui faisait battre le cœur. Eugène s'en inquiéta.

Marie lui demanda de ne pas s'en faire.

— Ce n'est rien. Je dois juste me reposer, c'est normal après tout ; nous sommes deux maintenant.

Et encore ce sourire radieux qui conjurait aussitôt toute idée de malheur.

Pourtant, au fil des jours, malgré le repos, Marie s'essoufflait toujours plus. Le moindre mouvement la fatiguait. Elle garda le lit, mais peinait à respirer. Eugène fit venir d'urgence l'ami Ernest.

Celui-ci l'ausculta, lui parlant d'une voix douce et souriante.

— Ce n'est rien, lui dit-il. Reposez-vous, princesse.

En sortant, Ernest était pâle. Il prit Eugène à part.

— C'est son cœur. Son cœur est trop gros, il est trop serré dans sa poitrine.

Ernest peinait à prononcer les mots suivants. Il regarda Eugène.

— Ce sera l'enfant ou elle…

Le cœur d'Eugène se figea.

Les deux hommes n'eurent pas à choisir. À l'aube, Marie rendit l'âme, serrant une dernière fois la main d'Eugène. Elle souriait.

— Trop de bonheur..., murmura-t-elle.

39

Combien de jours, combien de nuits Eugène resta-t-il prostré dans l'obscurité, incapable du moindre mouvement, n'ayant même plus de larmes à verser ? Ses nuits opiacées, entre nausées et hallucinations, rendaient encore plus vive et douloureuse l'absence de Marie. Il n'atteignait plus aucune griserie ; cela lui procurait d'effrayantes migraines. Aux limites de l'insoutenable, au point qu'il lui arriva parfois de vouloir en finir.

Pourtant, les jours passèrent, et les semaines, cloîtré dans une nuit sans fin, entre les murs de ce qui devint un mausolée à la mémoire de Marie. Peut-être eût-il fallu se décider à quitter enfin la ferme aux persiennes vertes ? Revenir à la vie, c'est ce qu'elle eût souhaité, cherchèrent à lui faire comprendre avec une délicate insistance Ernest et Théodore. Mais Eugène ne voulait rien entendre.

Comment eût-il pu quitter cet endroit ? La plus infime parcelle, le moindre recoin plongé dans le clair-obscur vibraient encore de sa présence. Une présence qu'il lui arrivait de sentir au détour d'un couloir, derrière une porte, dans le pli d'un drap. Il se refusait à l'abandonner ici. Tout autant qu'il était tétanisé à l'idée de poser un pied à l'extérieur de la maison. Car, à présent, le monde extérieur était inhabité pour lui. Une terre désolée. Partout, désormais, son âme serait esseulée, même au milieu des humains. Où pourrait-il bien aller maintenant sans être confronté à la solitude ?

C'était seulement ici, dans l'obscurité et le silence, qu'il pouvait entendre battre son cœur.

Une nuit, elle lui parla. Longuement. Ses mots chuchotés eurent le pouvoir de calmer ses démons. Eugène murmura des acquiescements dans la pénombre, fit une promesse et trouva enfin le sommeil. Lorsqu'il se réveilla au matin, il ouvrit les rideaux, tira les persiennes et laissa pénétrer les rayons du soleil printanier dans la maison. Ébloui, il s'installa à son bureau, qui faisait face au jardin en fleurs. Il saisit timidement sa plume, commença par quelques mots heurtés, maladroits. Sa main engourdie avait perdu le chemin des phrases. Il voulut quitter cette place à son bureau. À quoi bon y rester si cela ne revenait pas ? Cette promesse, finalement, il n'était pas en mesure de l'honorer.

C'est alors que la brise matinale, emplie des parfums du jardin, souleva le rideau en tulle fin comme une brume légère. Celui-ci enfla et s'enroula sur lui-même, esquissant une forme humaine. Eugène perçut son murmure chantant dans le souffle du vent. Dans un réflexe, il se leva, comme il le faisait à Paris devant son bureau face à la Seine. Son poignet retrouva sa vigueur et sa plume s'enhardit à nouveau. Devant lui, la silhouette diaphane de Marie dansait. Un pli du rideau fit naître un sourire. Eugène coucha des mots pleins d'une ardeur retrouvée.

Il venait d'entrevoir ce que Marie voulait, ce que par mille façons subtiles elle avait cherché à lui suggérer avant de partir. Ce fut une délivrance. Remontèrent alors toute la colère et les espoirs accumulés lors de leurs discussions passionnées. Les paroles de Marie, portées par la brise parfumée, lui revinrent en mémoire comme un refrain oublié.

Sa plume s'enflamma, l'embarquant avec armes et bagages dans une nouvelle épopée littéraire. Il chevaucha les grands mouvements de l'Histoire avec lyrisme. Il donna naissance à une ode au Peuple illuminée par l'espérance d'un avenir radieux qui ferait reculer l'obscurantisme et l'oppression.

Un avenir dont il fallait se saisir ici et maintenant.

Plus question que les opprimés subissent leur destin ; finies les figures providentielles d'aristocrates au grand cœur, de bourgeois libéraux pleins de bons sentiments ou de membres du clergé à la doucereuse bienveillance. Il était grand temps de se mettre en marche. Le Peuple n'avait plus rien à perdre que ses chaînes. Et un monde à gagner.

Ce fut comme s'il écrivait sous la dictée de Marie. Écrire, c'était lui redonner vie, faire revivre sa voix, sentir encore sa main dans la sienne. Les feuillets à nouveau s'accumulèrent autour de lui. Ce n'était plus l'urgence du bouclage quotidien, les tambourinements des coursiers à la porte de l'appartement, la remise ventre à terre des feuillets au siège du journal. Il s'agissait d'une tout autre forme d'urgence, d'un impératif autrement plus essentiel : celui qui consistait à tracer une voie de sortie de ce monde ancien et sclérosé.

Ainsi, Marie renaquit entre les lignes, prenant force et vie au cœur des phrases. Et dans un écho à sa voix, Eugène perçut aussi celle de l'ouvrier Fugères, qui lui avait ouvert la voie vers le nouveau monde. Puis toutes celles des lecteurs et lectrices aux lettres enflammées. Ce chœur des voix chéries anima cette histoire du Peuple vers sa libération. Ce livre serait le leur : il comptait l'appeler *Les Mystères du Peuple*.

Un matin, alors qu'il était sur le point de mettre un terme à cette histoire, il perçut un grondement sourd dans le lointain. Il leva les yeux de sa page, fronça les sourcils. Ce ne pouvait être un orage, car aucun nuage n'obstruait la ligne claire de l'horizon ce matin-là. Intrigué, il sortit dans le jardin, lançant son regard le plus loin qu'il pouvait. Il devina plus qu'il ne vit, en contrebas dans la vallée, un vague mouvement. Puis sa vision se précisa. C'était comme un fleuve qui aurait dévié de son cours. Il crut d'abord à une hallucination. Sa plume lui jouerait-elle encore des tours, s'ingéniant encore une fois à brouiller les frontières entre la fiction et la réalité ? Car ce qu'il appelait de ses vœux sur ses pages griffonnées, c'était précisément ce qu'il voyait se dérouler là, sous ses yeux. Un mouvement de foule dont la clameur parvenait jusqu'à lui. Un cortège bigarré se dirigeant vers Paris.

Il resta un moment hagard, tétanisé par la panique.

Puis il se précipita vers la grange, en sortit la carriole, la chargea en victuailles diverses, y arrima deux de ses plus vaillants chevaux; et dévala la pente pour rejoindre le cortège. Lorsqu'il arriva à sa hauteur, on lui souhaita la bienvenue.

— En route, camarade, le vieux monde est derrière toi !

Certains grimpèrent sur la carriole et y prirent place. Une joyeuse parade portant banderoles et entonnant des chants révolutionnaires. Dans leur avancée vers Paris, elle fut rejointe à chaque bourg par de nouveaux venus…

Lorsque la carriole atteignit les hauteurs de Saint-Cloud, le ciel soudain se dégagea, comme si l'on avait brusquement retiré un drap. Alors, elle lui apparut à nouveau. Vibrante et lumineuse.

Son Unique, sa Capitale.

Le cœur d'Eugène se figea, ses avant-bras se raidirent comme si son corps se refusait à avancer. Paris était si chargée de souvenirs pour lui. Fallait-il réveiller le passé ? Mais le cortège ne lui laissa pas le loisir de tergiverser ; il l'emporta avec lui dans sa houle joyeuse. Accélérant la cadence, la foule dévala la pente sinueuse qui menait à la Seine pour l'enjamber et s'enfoncer sous les frondaisons du bois de Boulogne. Les soubresauts de la carriole, chahutée par les nombreux nids-de-poule, faisaient rire les enfants. Puis le convoi fut secoué par les trépidations régulières du pavé parisien, signe qu'ils touchaient au but. À mesure qu'ils avançaient, le pouls d'Eugène accélérait. Sa carriole se mit à tanguer dangereusement.

Ou bien n'était-ce pas à nouveau sa tête qui se mettait à tourner ? Il se retrouva une nouvelle fois à la proue du navire, saisi de vertiges face aux gouffres amers de son passé, sommé d'affronter ses souvenirs comme autant de déferlantes.

Alors que le convoi pénétrait dans Paris, toute sa géographie intime défila sous ses yeux. Son histoire parisienne remonta à la surface par vagues successives.

Rue Tronchet, ses jeunes années dorées, sa fougue d'indomptable caprin et d'indigne héritier ; puis le boulevard de Gand et sa vie rêvée à Dandyland sous les lustres étincelants de chez Frascati, Tortoni ou du Café de Paris, les rires et les raouts ; puis le quartier des Feuilletonistes, d'où lui parvint l'écho de leurs complots narratifs où tout se jouait dans l'urgence du quotidien ; ses années feuilletonnesques défilèrent avec tous ses pirates séduisants et maléfiques ; puis encore, de l'autre côté de la Seine, il aperçut les flancs de la rive gauche, le noble Faubourg dont il fut quelque temps l'un des princes éphémères au bras d'Olympe...

Maintenant, le soleil rougeoyait à l'horizon, allumant la Seine d'une couleur de braise. À nouveau il émergea de son éblouissement. Il était là, si loin et si près, le petit banc au mur jaune, *leur* petit banc... Le regard d'Eugène s'embua et s'irisa. Il répétait : « Petit banc au mur jaune. »

Et c'est alors que, sans crier gare, de l'autre côté du fleuve, une autre vague le frappa de plein fouet. Entre Notre-Dame et le Palais de Justice, ils remontèrent à la surface du temps, surgis des abysses des ruelles obscures et de sa mémoire : le Chourineur, Rigolette, la famille Morel, Germain, le Tortillard, la Chouette et le Maître d'École, les Pipelet et tous ceux du tapis-franc...

Mais pas comme de simples fantômes du passé ou des êtres de papier.

Car nous sommes en 1848 et partout dans Paris on s'agite, on lève le poing, on écrit sur les murs, on fait jaillir des feux et des hourras...

Tremblant, Eugène descend de sa carriole et pose quelques pas mal assurés sur les pavés irréguliers et luisants du pont au Change.

Comme cette nuit-là...

Mais ce soir, il n'est pas seul, le vent fait tournoyer un tract qui du pavé prend son envol et virevolte dans les airs. Plus loin, il est plaqué contre un mur. On peut y lire les mots « CITOYENS » et « RÉVOLUTION ».

Eugène se retrouve alors entouré de barricades qui se dressent aux cris de « LIBERTÉ ! LIBERTÉ ! ». Un enfant au visage barbouillé de taches de rousseur, à la houppette telle un feu follet, brandit crânement sous son nez une pancarte : « SA SUFI ! »

Eugène sourit et vacille.

Ils sont tous là, sous ses yeux, en chair et en os. Oui, les personnages des *Mystères de Paris* ont enfin pris en main leur destin.

MERCI

À tous ces auteurs, écrivains « au jour le jour », qui ont bercé notre enfance et continuent de nous émerveiller.

À Umberto Eco pour toutes ses analyses – et ses expérimentations – érudites et jubilatoires sur le roman-feuilleton et le roman populaire, notamment. C'est son essai « Eugène Sue : le socialisme et la consolation » in *De Superman au surhomme* (Grasset) qui a déclenché en nous l'envie de nous atteler à l'écriture de ce livre. Ce roman est dédié à sa mémoire.

À Jean-Louis Bory et à sa virevoltante biographie de l'auteur des *Mystères*, *Eugène Sue, dandy et socialiste* (Mémoire du Livre).

À Francis Lacassin et Judith Lyon-Caen qui ont respectivement dirigé les éditions des *Mystères de Paris* chez Bouquins (Robert Laffont) et chez Quarto (Gallimard). Leurs dossiers ont constitué une précieuse mine d'anecdotes et d'analyses pour la rédaction de ce roman.

À Honoré de Balzac, Marcel Proust, Lewis Caroll, Karl Marx & Frederich Engels, Paul Verlaine, Charles

Baudelaire, Jules Barbey d'Aurevilly, Villiers de l'Isle Adam, Édith Piaf, Théophile Gautier, Ponson du Terrail, Alexandre Dumas & Auguste Maquet, James Cameron, Stanley Donen & Gene Kelly et évidemment, *last but not least*, Eugène Sue pour les *samplings* de ce livre, qu'il s'agisse d'emprunts, de pastiches, de collages, d'hommages ou de simple clins d'œil…

À Céline Thoulouze et Pauline Ferney pour leurs précieux conseils, leur écoute et leur patience au jour le jour ; à Camille Deforges-Pauvert pour son magnifique enthousiasme ; à François Chasseré pour son dynamisme et l'idée du « bêtisier des feuilletonistes » ; aux différentes relectrices pour leurs corrections et à Paul Boulant pour cette couverture feuilletonesque !

Table

I. RETOUR À DANDYLAND 13
II. UNE VOCATION IMPROMPTUE 51
III. LES FEUILLETONISTES 75
IV. À L'ABORDAGE DU FAUBOURG 113
V. SUR L'OLYMPE 139
VI. DANS LES RUELLES OBSCURES 175
VII. UN ANGE DANS LES ÉGOUTS 197
VIII. LE PETIT BANC 213
IX. LE BAL DES INDIGNÉS 235
X. LE PACTE 257
XI. À LA RECHERCHE DE MARIE 275
XII. VENGEANCES 295
XIII. L'OMBRE DU SQUELETTE 311
XIV. CRUELLES RÉVÉLATIONS 327
XV. LE CRI 351
XVI. MARIE LIBERTÉ 365

FSC
www.fsc.org
MIXTE
Papier issu de
sources responsables
FSC® C003309

Dépôt légal : février 2017

FSC
www.fsc.org
MIXTE
Papier issu de
sources responsables
FSC® C022030

Imprimé en France

N°: 4550414309017

Dépôt légal: 02/2017